T0384413

El verano que caímos

M

Papel certificado por el Forest Stewardship Council®

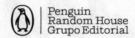

Título original: *The Summer We Fell*

Primera edición: julio de 2024

© 2023, Elizabeth O'Roark
© 2024, Penguin Random House Grupo Editorial, S. A. U.
Travessera de Gràcia, 47-49. 08021 Barcelona
© 2024, Mariola Cortés-Cros, por la traducción

Printed in Spain — Impreso en España

ISBN: 978-84-10050-66-2
Depósito legal: B-9.262-2024

Compuesto en Grafime, S. L.
Impreso en Black Print CPI Ibérica, S. L.
Sant Andreu de la Barca (Barcelona)

GT 50662

ELIZABETH O'ROARK

El verano que caímos

Traducción de Mariola Cortés-Cros

Montena

1

AHORA

Hasta hace no mucho podía pasearme por los aeropuertos sin que nadie me reconociese. Eso lo echo de menos.

Pero hoy tendré que dejarme las gafas de sol puestas. Es una de esas cosas horribles que hacen los famosos y que he odiado toda mi vida, aunque lo prefiero a la avalancha de comentarios que surgirían si dejo que me vean con estas pintas. La verdad es que la mayor parte del trayecto de Lisboa a San Francisco la he pasado durmiendo, gracias al pequeño alijo de zolpidem que llevo siempre conmigo, pero sigo jodida y cabreada por la llamada que recibí justo antes de subirme al avión... y me parece que eso se nota.

Donna siempre ha sido un chute de energía, incansable y alegre. No me la imagino de ninguna otra manera. De todas las personas de este mundo, ¿por qué le ha tenido que tocar precisamente a ella? ¿Por qué a las personas que más merecen seguir vivas les llega su hora tan pronto, cuando hay tanta gente que no lo merece en absoluto, como yo por ejemplo, y no se marchitan nunca?

Me he prometido a mí misma que lo único que necesito es aguantar un poco más, cuando la triste realidad es que me quedan tres semanas enteras de aguante, sin visos de que vayan a salir bien. Pero, si

7

no me importa mentir al resto, no me voy a poner tiquismiquis a la hora de mentirme a mí misma.

Me meto en el baño rápidamente para asearme un poco antes de ir a buscar mis maletas. Tengo la piel cetrina, y tantas ojeras del cansancio que apenas se ve el color avellana de mis ojos. Las mechas *sunkissed* con las que el peluquero tenía intención de aportarle algo de luz a mi pelo castaño, no creo que hagan que nadie piense que últimamente he pasado mucho rato al sol. Sobre todo Donna. Siempre que ha venido a verme a Los Ángeles, me ha dicho lo mismo: «Ay, cariño, pero qué cara de cansada tienes. Ojalá vinieses a casa». Como si regresar a Rhodes pudiese mejorar en algo las cosas.

Me aparto del espejo justo cuando pillo a una mujer haciéndome una foto desde un lateral.

Se encoge de hombros sin un atisbo de vergüenza.

—Lo siento, no eres de mi estilo. Pero a mi sobrina le gustas.

Antes pensaba que la fama lo solucionaría todo. De lo que no era consciente es de que sigues igual de triste. Solo que ahora todo el puto mundo se cree con derecho a observarte y recordarte que no tienes ningún derecho a estar así.

Salgo de allí antes de decir algo de lo que luego pueda arrepentirme y bajo las escaleras automáticas en dirección a la sala de recogida de equipajes. Solo cuando empecé a salir con Cash entendí el tipo de caos que se genera cuando el público cree que te conoce, pero hoy no hay ninguna multitud esperándome. Solo Donna, a los pies de las escaleras, un poco más delgada de lo habitual, pero por lo demás con un aspecto impecable.

Me abraza con fuerza, y el aroma a rosas de su perfume me recuerda a su casa: un sitio donde tuvieron lugar algunos de los mejores momentos de mi vida. Y algunos de los peores.

—No tenías que venir a recogerme. Me iba a pedir un Uber.

—Eso cuesta muchísimo dinero —me dice. Es evidente que o bien no se acuerda o bien no le importa que yo ya no sea esa chiquilla sin blanca a la que en su momento se vio obligada a acoger bajo su techo—. Cuando mi chica viene a casa, soy yo quien va a recogerla. Y, además, no estoy sola.

Sigo su mirada, por encima de su hombro.

No sé cómo no lo he visto, teniendo en cuenta que le saca una cabeza de alto y un cuerpo de ancho a todos los demás. Hay algunos tíos grandotes que se esfuerzan en disimular su tamaño: se encorvan, sonríen, bromean al respecto... Pero Luke no ha hecho nada así en su vida. Él es él. Y no tiene ningún complejo por su tamaño: ni se molesta en sonreír ni en disimularlo.

Parece más mayor, pero han pasado siete años, así que supongo que tiene sentido que así sea. Ahora es todavía más grande, más rudo y más infranqueable. Su pelo castaño, despeinado, sigue teniendo los reflejos dorados de todas las horas que pasa en el agua. Pero lleva una barba de una semana cuando toda la vida se ha afeitado. Ojalá hubiese estado preparada. Me habría encantado que al menos alguien me dijera: «Eh, Luke va a venir. Y todavía es como las mareas: capaz de succionarte hacia las profundidades marinas».

No nos abrazamos. Sería demasiado. Tampoco creo que tenga intención de hacerlo, teniendo en cuenta las circunstancias.

Ni siquiera sonríe. Se limita a elevar la barbilla:

—Juliet.

Ya es un adulto; hasta le ha cambiado la voz, que ahora es más profunda, más grave, más segura. Siempre fue profunda, siempre segura. Y siempre fue capaz de doblegarme con ella.

El hecho de que me esté enterando ahora de que él está aquí no parece fortuito. Donna sabe que nunca nos llevamos bien. Pero Donna se está muriendo, lo que significa que no puedo cabrearme con ella por esta pequeña manipulación por su parte.

—Se ha ofrecido a conducir él —añade Donna.

Con los brazos aún cruzados sobre el pecho, Luke levanta una ceja cuando oye la palabra «ofrecido». Y me queda claro que no fue exactamente así como pasó. Es típico de Donna hacer que todos parezcamos mejores personas de lo que en realidad somos.

—¿Cuántas maletas traes? —dice al tiempo que se gira hacia la cinta para hacer lo correcto y recogerlas, por mucho que me odie.

Me pongo delante de él:

—Ya la cojo yo.

Me cabrea que aun diciéndole eso vaya a la cinta. Me aprieto la sien derecha con el dedo. La cabeza me estalla. Es como si me la hubiesen partido por la mitad, como si todo lo que me tomé anoche ahora solo me esté dando una bonita resaca. Y no estoy precisamente de humor como para mantener una conversación de lo más educada. Y menos con él.

Trago saliva:

—No sabía que estarías aquí.

—Siento decepcionarte.

Veo mi maleta avanzar por la cinta.

—Eso no es lo que quería decir. —En realidad, lo que quería decir es «esta es la peor situación que se me ocurre, y no tengo ni idea de cómo voy a ser capaz de capearla tres semanas enteras». Supongo que tampoco es mucho mejor.

Echo una mirada de soslayo y le pregunto:

—¿Cómo está Donna?

Se le ensombrece la mirada.

—Yo he llegado esta mañana, pero…, bueno, ya la has visto. Como venga una corriente fuerte, la tumba.

Y lo cierto es que con esas palabras ya no hay mucho más que decir. Al menos no de un modo fácil o cómodo. Y el silencio se alarga.

Los dos vamos a por mi maleta a la vez. Nuestras manos se tocan un segundo.

Yo aparto la mía, pero ya es demasiado tarde. Ya tengo a Luke metido en mi riego sanguíneo, envenenándome. Haciéndome desear todo lo que no debo. Igual que ha hecho siempre.

2

ENTONCES
MAYO DE 2013

Prácticamente ha terminado el año escolar, así que la calle de la cafetería parece un desfile destartalado: hay todoterrenos y *pick-ups* llenos de chavales y tablas de surf, con música a todo trapo que surge estrepitosa y desaparece casi al mismo tiempo. Así empieza la temporada alta. Los tres próximos meses, Rhodes estará inundado de surfistas y familias que compran camisetas, helados, hamburguesas y gasolina. La mayoría de los negocios locales hacen literalmente su agosto en estos meses, cuando el pueblo y sus habitantes parecen salir de un largo letargo.

Sobre todo yo, aunque en este momento me siento peor que bien.

—Si no estuviésemos tan liados, ya estarías despedida —me gruñe Charlie, el ayudante de cocina.

Si él fuese otra persona, le contaría que mi novio vuelve a casa por fin. Pero Charlie no es esa clase de tío. Así que le podría contar que tengo una enfermedad terminal y aún seguiría sin ser esa clase de tío.

—Lo sé. Lo siento. —Me aparto el pelo de la cara y cojo dos platos de debajo de la lámpara de calor.

—No lo sientas —me contesta con su habitual desdén al tiempo que se gira para volver a hacer la comanda con la que me he equivocado—. Limítate a no cagarla tanto.

Stacy me quita los dos platos que había cogido yo.

—Los de la iglesia, en la zona dos. Para ti todos.

Siempre me coloca con las mujeres mayores que vienen después de las catequesis porque dejan propinas de mierda. Pero para mí lo peor no es eso, sino tener que lidiar con su acritud, con esa suficiencia tan pagada de sí misma con la que me recuerdan constantemente la suerte que tengo por haber encontrado este trabajo. La suerte que tengo de que el pastor y su mujer, los padres de Danny, me acogieran bajo su techo.

—¡Qué raro verte por aquí! —dice la señora Poffsteader—. ¿No volvía Danny hoy?

La pregunta, inocente por completo. El tono, en absoluto. Asume que yo debería estar demasiado nerviosa como para venir a trabajar hoy. Que tendría que estar preparándome para recibirlo. Pero, si no estuviese trabajando, eso querría decir a su vez que soy una vaga de categoría. Con ellas una nunca sabe cómo acertar.

—Sí, esta noche —le contesto—. Tengo mucho tiempo.

—La señorita Donna nos contó que viene con un amigo.

—Sí. Luke. Creo que van a hacer surf —digo forzando una sonrisa.

Luke Taylor, el compañero de equipo de Danny, me pareció un tío bastante majo la única vez que hablamos, y sé que su beca no le cubre la estancia durante el verano, pero lo cierto es que tampoco quiero que un amigo de Danny de la universidad me sabotee el verano con él con prioridades distintas a las mías. Toda la vida social que he tenido este año ha girado por entero en torno a la parroquia: cantar en el coro, ayudar a Donna con las reuniones… Así que no creo que sea demasiado pedir que quiera pasar algo de tiempo con Danny a solas. Ojalá el tal Luke no tenga intención de quedarse mucho.

—Yo pensaba que a estas alturas ya estaría saliendo con una universitaria —dice la señora Miles—. Pero, en realidad, supongo que para ti es muy bueno que lo vuestro siga adelante. Desde luego, qué generoso fue el pastor al acogerte.

Me da igual que prácticamente me esté diciendo a la cara que Danny podría estar con una chica mucho mejor que yo. Es algo con lo que estoy de acuerdo, de hecho. De lo que estoy harta es de lo que dan a entender veladamente con sus comentarios: «Tienes que estar más agradecida, Juliet. No estarías en ningún sitio sin ellos, Juliet. Demuéstranos a nosotras que te mereces lo que ellos han hecho por ti, Juliet».

—Sí, lo fue. —Saco mi libreta—. ¿Qué les pongo para beber?

Me miran con cara de póquer mientras todas me piden té helado. Claro que sé lo que en realidad querían: algún tipo de declaración de gratitud por mi parte. Querían que las adulara, que me postrara ante ellas, que admitiera que soy una mierda y que siempre seré una mierda que no merece nada de lo que recibo. La gente solo quiere que la caridad la obtengan quienes saben cuál es su posición en la vida.

Y por supuesto que estoy agradecida. Hace poco más de un año, no podía ni hacerme un sándwich sin que alguien me dislocara el hombro. Para empezar, no podía ni comprar todos los ingredientes para un sándwich.

Pero hay algo en esta constante petición de muestras de agradecimiento por parte de quienes no han levantado un solo dedo por mí en su vida que me hace sentir una auténtica basura. Yo le doy las gracias a Donna cada noche. Pero ¿a esta panda de zorras de la parroquia? Ya pueden esperar sentadas si quieren.

Les llevo las bebidas y apunto su comanda. Cada vez que me acerco a la mesa se callan, lo cual no me sorprende. Hasta con las biblias ahí, encima de la mesa, su tema favorito sigue siendo el mismo: que Danny podría salir con alguien mejor que yo y que esta situación va a acabar fatal. Así que… qué alivio cuando se marchan.

Limpio la mesa, donde, cómo no, se han limitado a dejar un mísero dólar de propina por una cuenta de veinticinco. Estoy a punto de levantar la bandeja cuando suena la campanita de encima de la puerta y un chico guapísimo, rubio, con la mandíbula cuadrada, entra en la cafetería sonriéndome como si yo fuese su cosa favorita del mundo entero. En vez de la chaqueta de colegio privado pijo, ahora lleva unos pantalones cortos y una camiseta del equipo de fútbol americano de la Universidad de California San Diego (UCSD), pero sigue pareciendo el perfecto adolescente sacado de una serie Disney que cuando nos conocimos y yo estaba terminando la secundaria. Sigue pareciendo demasiado bueno para mí. Y aun así, no sé cómo, es mío.

—¡Danny! —pego un alarido y se me cae la bandeja con un gran estruendo. Atravieso el restaurante corriendo y le arrojo los brazos al cuello.

Me aprieta muy fuerte solo un segundo antes de soltarme con dulzura. A él estas demostraciones de afecto lo incomodan más que a mí, pero me cuesta culparlo por eso. Siendo el hijo del reverendo de un pueblo, cada uno de sus pasos se mide y comenta con escuadra y cartabón. Y, casi siempre, con sus padres.

—¿Cómo has llegado tan pronto? —le pregunto sin aliento.

—Porque… —dice mirando por encima del hombro con una sonrisita— no conducía yo.

Es en ese momento cuando miro más allá y veo al chico que está entrando. Parpadeo. Una. Dos veces. Yo ya me había imaginado cómo sería Luke: un chaval monísimo, americano total… Alguien a quien le presentarías a tu madre al segundo. Un calco de Danny, vamos.

Pero Luke no es monísimo. Ni es el chico al que le presentarías a tu madre. Ni siquiera es un chico, sino un hombre hecho y derecho de metro noventa y tantos de puro músculo, que necesita afeitarse con urgencia, un tipo muy en forma, bronceado y —no sé por qué— peligroso. Nunca había visto a nadie tan distinto a Danny.

Se me borra la sonrisa de la cara. Se me seca la boca, y el corazón me retumba en los oídos. Él tampoco me sonríe. No sabría decir si está incómodo o de mala leche, pero, desde luego, el chico majo con el que hablé por teléfono ha desaparecido por completo, y al que ha venido en su lugar no parece que yo le haga mucha gracia.

—Hola —digo con la voz algo quebrada. Hay algo en su rostro que me obliga a mirarlo: el extraño color de sus ojos, marrones con motitas verdes; los huecos debajo de sus mejillas, esa boca tan inesperadamente dulce...

Danny me pasa un brazo por los hombros:

—Ya te dije que era la chica más guapa del mundo, ¿a que sí?

Luke me mira como si estuviese sopesando lo que acaba de decir Danny y dice:

—Se lo contaste a todo el mundo, sí.

Es lo más cercano a debatir las palabras de Danny sin necesidad de hacerlo. Pero aquí estoy, como un pasmarote, con los ojos aún puestos en él tratando de ignorar el aleteo cada vez más fuerte de las mariposas que me han surgido en las entrañas de repente.

Trago saliva y vuelvo la mirada hacia Danny:

—No salgo hasta las cinco.

Él me besa con dulzura en la frente.

—Tranquila. No hay prisa. Vamos a ir con el coche a Kirkpatrick a enseñarle a Luke por qué se tiene que quedar este verano.

Me obligo a sonreír para disimular el desasosiego que siento y que ni yo misma puedo explicar. Y, por el ceño fruncido que luce Luke, me da que él también lo siente.

El sol está empezando a deslizarse suavemente cuando llego a la pulcra casa de los Allen, con su acogedor porche delantero y los preciosos y cuidados rosales de color melocotón.

El año pasado, lo único que deseaba en esta vida era una bonita casa como esta a la que regresar cada tarde. Un lugar donde me sintiera segura. Llegué aquí después de que mi hermanastro me dislocara el hombro. Y pensé que sería feliz para siempre con solo considerarlo mi hogar.

Es curioso cómo, cuando logras lo que quieres, empiezas a desear algo distinto.

Esta noche, por ejemplo, ojalá pudiese desmoronarme en la cama cinco minutos, o al menos quitarme del pelo la peste de la cafetería. Cuando estás de prestado en casa de alguien, no puedes estar cansada. Ni tener un mal día.

—¿Juliet? —me llama Donna desde la cocina—. ¿Me vienes a echar una mano con el puré de patatas, por favor?

Yo sé que Donna no lo hace con mala intención: me consta que a ella le chifla cocinar y construir un hogar bonito, agradable, y que siempre quiso tener una hija para que la ayudara en la cocina, alguien a quien transferirle sus conocimientos. Pero a veces, cuando llego aquí, me siento como si siguiese en el trabajo. Ni siquiera en mis sueños dejo de rellenarle la taza de café a alguien o de correr a buscar kétchup.

Luke y Danny ya están sentados a la mesa. Todavía tienen el reluciente aspecto de alguien que se ha pasado la tarde al sol, y el pelo aún húmedo de la ducha. Luke se ha sentado en el extremo opuesto, donde se suele sentar Danny. Cuando entró en la cafetería, parecía algo desgarbado de tan alto que es. Sin embargo, sentado se le ve demasiado grande para esta mesa e incluso para el comedor. Sin él éramos cuatro personas de tamaño normal, perfectamente equilibradas. Él ha echado por tierra ese equilibrio y, no sé por qué, me resulta peligroso.

Danny me pregunta cómo me ha ido en el trabajo mientras cuelo las patatas que ha hervido Donna. Si pudiese hablar con libertad, le contaría lo de las señoras de la parroquia que se han pasado la comida entera poniéndome a parir y diciéndome lo alucinadas que estaban de que Danny no haya encontrado a otra persona. Mencionaría que el señor Kennedy me ha tocado el culo otra vez, o que unos niñatos han pegado la propina a la mesa con kétchup.

—Bien —respondo al instante, porque fue el pastor quien me consiguió el trabajo y no quiero sonar como una desagradecida. Los

Allen se piensan que yo no hablo mucho. No estoy segura de que eso sea cierto. Lo que pasa es que hay tantas cosas de las que no puedo decir ni pío que me es más fácil no abrir la boca.

Aplasto las patatas mientras la conversación torna rápidamente al surf, que es lo que hizo que Luke y Danny congeniaran el año pasado. Hay mil y una maneras de describir una ola: bacheada, fofa, *glassy* (cuando la superficie de la ola está lisa y cristalina, por lo visto), gruesa… Y parece que se han propuesto usarlas todas. No tengo ni idea de lo que significa nada de lo que dicen, pero, cuando me vuelvo a mirarlos, me fascina el modo en que Luke habla de ello y la energía que desprende. Le brillan los ojos, sonríe de oreja a oreja, y creo que nunca he visto a nadie tan magnético en toda mi vida. Ni siquiera me gusta, pero no puedo dejar de mirarlo. Quiero sonreír cuando él lo hace.

El pastor aparca el coche en la entrada y empezamos a ir más rápido, porque a él le gusta que la cena esté puesta en cuanto llega a casa. Abraza a su hijo y le da la mano a Luke antes de sentarse a la cabecera de la mesa. Ayudo a Donna a llevar la comida a la mesa y me siento en el banco junto a Danny, que me apoya los labios en la frente y al instante arruga la nariz.

—Hueles a hamburguesa con queso —me dice con una sonrisa pícara.

Luke, que está enfrente de nosotros, se me queda mirando más de lo normal, como si esperara a que yo diese algún tipo de explicación. Puede que él opine lo mismo que la señora Poffsteader y piense que debería haberme cogido el día libre en el trabajo si de verdad me importase Danny. Que soy una depredadora nata que usa a su amigo a cambio de un sitio donde vivir.

No lo soy. Sé que no lo soy. Pero de lo que no tengo ni idea es de adónde iría si Danny y yo rompiéramos. Tengo poquísimo dinero ahorrado de lo que gano en la cafetería. Y ya me dejaron cristalino que no soy bienvenida en mi casa. Tampoco es que fuese a volver.

—¿Hay pimienta? —pregunta el pastor.

Donna abre los ojos sorprendida. No sé a qué viene ese sobresalto, porque el pastor no tiene nunca reparos en dejar claro que falta algo, da igual lo mucho que ella se esfuerce. Yo me levanto sin que nadie me pregunte, y Luke frunce el ceño. Cuando regreso con la pimienta sigue con los ojos fijos en mí, con cierta severidad en la mirada.

—Ya que estás de pie, ¿puedes coger también el té, Juliet? —añade el pastor antes de empezar a contar una historia larguísima sobre una mujer que fue con su bebé a la parroquia a pedir ayuda. Lo hace con frecuencia a la hora de cenar: habla sobre qué le ha pasado durante el día a ver si así encuentra algo que pueda usar para el sermón del domingo. Quizá hable de que «Dios ayuda a los que se ayudan a sí mismos». Quizá de que «la caridad empieza por uno mismo». Todavía no lo tiene claro.

Y, durante todo este tiempo, Luke está en silencio, pero sigue absorbiendo todo el oxígeno de la sala. La casa de Danny ha sido mi refugio desde hace un año y medio, pero ahora que Luke está aquí… ya no lo es. Ojalá, de verdad, que decida no quedarse.

Donna y yo nos ponemos de pie para recoger la mesa, y Luke también empieza a levantarse, pero Donna le hace un gesto con la mano acompañado de una gran sonrisa para decirle que no lo haga.

—Siéntate, siéntate —le habla como si fuese un dignatario en visita de Estado.

Voy pitando al garaje a por una tarrina de helado del congelador mientras Donna prepara el café. Yo saco la nata y el azúcar, y ella corta la tarta. Estas tareas las hago cada noche, pero de repente me siento visible, como si estuviese interpretando un papel sobre un escenario… porque Luke me está mirando. Su escrutinio es tangible, y consigue que cada cosa que llevo a cabo parezca impostada y forzada.

Se comen la tarta mientras empiezo a fregar las sartenes, y, cuando nuestras miradas se cruzan por casualidad, sus ojos pasan de mi cara al trapo con desdén; sus pensamientos son tan obvios que es como si los hubiese pronunciado en voz alta: «Veo a través de ti, Juliet, y no encajas aquí ni de puta coña».

18

Durante todo este año he intentado ser igual de amable, buena e indulgente que los Allen, pero con Luke no puedo ser esa persona. Simplemente soy incapaz.

Lo miro con los ojos entornados: «Puede que yo no encaje, Luke Taylor. Pero tú tampoco».

Un brillo de satisfacción le centellea en los ojos, como si esa fuese precisamente la reacción que esperaba de mí desde el principio.

Después de cenar nos vamos a una fiesta que da en una urbanización privada uno de los alumnos de Westside, la repelente escuela privada a la que Danny fue con una beca. Danny pone todo de su parte para que yo me sienta una más.

—¿Te acuerdas de Juliet, mi novia? —pregunta a diestro y siniestro. La mayoría de ellos se acuerdan, claro, pero fingen que no. Son así.

Nos ofrecen cerveza, pero Danny dice que no en su nombre y en el mío. No me importa. Antes que una vida estudiantil al uso, lo que yo quiero es ser como los Allen, y demostrarles así que me merezco todo lo que me han dado. O, mejor todavía, aunque prácticamente imposible: convertirme en una de ellos. Ser la versión adolescente de Donna; sonreír al ver cómo las ardillas se persiguen por el jardín y no desear nada más que no sea hornear una tarta y sentarme con mis seres queridos a disfrutarla al final de la jornada. Donna irradia una cierta paz, un silencio satisfecho. Yo quiero ese silencio para mí.

—Tú eres la chica a la que acogió el pastor, ¿verdad? —me pregunta un chico cuando nos presentan—. ¿Tu hermano no murió o algo así?

«Algo así». Como si morir fuese tan parecido al resto de los desenlaces que es casi imposible diferenciarlos.

Trago saliva y contesto:

—Sí. —«Murió o algo así».

La incomodidad de Danny es peor que el recordatorio. No estoy segura de si es porque le doy pena o porque le da vergüenza que lo relacionen con todo eso. Cuando muere un adolescente de Haverford, normalmente es porque él o ella se lo ha buscado.

Vamos al exterior. Luke está sentado junto a la hoguera con una cerveza en la mano y una chica en el regazo, aunque solo llevemos aquí diez minutos como mucho. A diferencia de mí, a él lo han acogido en el redil con los brazos abiertos, porque jugar al fútbol en la universidad abre muchas más puertas que ser la novia de alguien, qué duda cabe.

—¿Juliet? —me pregunta la chica que está justo a mi lado. Es monísima, pero ella sí que no parece, de ninguna manera, encajar entre esta gente. Tiene el pelo rubio y luce un corte bob impecable. No lleva autobronceador, ni pestañas postizas, ni maquillaje—. Soy Libby. Mi familia y yo acabamos de mudarnos aquí. Me gustaría decirte que te oí cantar en la iglesia la semana pasada y tienes una voz realmente preciosa. Solo con escucharte me siento más cerca de Dios.

Es el tipo de sensación que yo no he experimentado en toda mi vida. Se me hace tan raro que, si no fuera porque le brillan los ojos de sinceridad, pensaría que se está quedando conmigo.

Me cuenta que acaba de terminar el primer año de carrera. No me puedo creer que me saque dos años, pero supongo que se debe al hecho de que sea tan inocente y bien intencionada. Y yo no soy ninguna de esas cosas.

—Apúntate al coro —la animo cuando menciona lo mucho que le gusta cantar—. Necesito que alguien que no tenga tropecientos años cante conmigo.

Se ríe y luego se tapa la boca con la mano, como si se sintiese culpable por hacerlo.

Si fuese mejor persona de lo que soy, soltaría a Danny. Permitiría que me dejara para que se enamorara de una chica dulce y pura que se siente culpable si se ríe ante un comentario lleno de mala leche;

que siempre se siente más cerca de Dios. Pero yo no soy mejor persona, y no le voy a dejar ir.

—¡Eh, Maggie! —le grita un chaval a la chica que sale de la caseta en penumbra de la piscina, abrochándose todavía los pantalones cortos—. No creo que hayas estado ahí demasiado. Llévame a mí la próxima vez.

—A mí me gusta comer, no merendar —dice riéndose.

Danny no me ha puesto ni un dedo encima desde que estamos juntos. Y se muestra inflexible, porque soy menor de edad. Mis experiencias anteriores a él fueron casi todas sin que yo quisiera... Eso, por decirlo suavemente. Pero en la cara de Maggie, aun con estupor, observo una satisfacción velada. La misma que les he visto a otras chicas varias veces. Yo quiero tener esa sensación. Y quiero saber cómo es no tener ganas de vomitar después de hacerlo.

Desvío la mirada y me encuentro con la de Luke, que me observa, como si pudiese ver a través de mí, como si él sí supiese exactamente lo que yo quiero. Y, por un momento, se genera una extraña energía entre nosotros, como si pesara el aire.

—Yo creo que este no es nuestro rollo —dice tranquilamente Danny, echándole un vistazo a Maggie y después al chico que se está encendiendo un porro a su derecha—. ¿Quieres que nos marchemos?

Asiento, aunque lo cierto es que todo lo que me rodea es precisamente mi rollo. En un mundo en el que no existieran los Allen, yo sería una chica totalmente distinta.

Luke le tira a Danny las llaves del jeep cuando nos levantamos y le dice:

—No me esperes despierto.

La chica que Luke tiene en el regazo ya le está metiendo la mano bajo la cinturilla del pantalón, y algo se me quema por dentro. Las demás personas, las chicas como ella y como Maggie, consiguen lo que quieren. Beben y bailan y... experimentan. ¿Y yo por qué no?

«La bondad es en sí misma la recompensa», dice a menudo el pastor Dan. Pero, ahora mismo, no me parece nada gratificante, la verdad.

Nos subimos al jeep, y Danny pone el motor en marcha antes de salir despacito. Me pregunto qué hará Luke a continuación. ¿Besará a esa chica como si ella fuese importante, o la besará como me besaba Justin a mí, que solo lo hacía para que no hablara y no pudiese negarme?

—Estás muy callada —dice Danny.

Me giro hacia él.

—No parece el típico chico del que te harías amigo.

—Puede que no apruebe lo que hace. —Se encoge de hombros—. Pero es un buen tío y ha tenido una vida muy difícil. Dificilísima. No tiene un hogar desde que cumplió dieciséis... y creo que su padrastro le pegaba a su madre y lo echaron de casa cuando intentó detenerlo. ¿Te lo imaginas? ¿Sin hogar a los dieciséis?

Me río en voz baja.

—Bueno, pues sí me lo imagino. Yo me fui de casa a los quince.

—Tú te fuiste porque quisiste —me corrige.

Aprieto los dientes. Tampoco es que tuviese una puta opción mejor, teniendo en cuenta que me piré justo después de que mi hermanastro me dislocara el hombro. Danny me suelta perlas como esta de vez en cuando al reinterpretar mi pasado.

—Parece que yo no le caigo demasiado bien.

—Solo es reservado. No es nada contigo —dice negando con la cabeza.

Y yo quiero contarle que hay algo en la cara de Luke cuando me mira a mí que no está cuando observa a los demás, pero sería descabellado hacerle entrar en razón. Me limito a desear que Luke decida largarse en cuanto acabe el fin de semana.

Cuando nos despertamos el sábado para ir a la playa, la brisa sopla con fuerza, y me arrepiento de haberme cogido el día libre. Solo me lo había pedido porque pensaba que Danny y yo estaríamos solos. El clima en el norte de California a finales de mayo varía muchísimo. Puedes estar muy a gusto en la sombra, o que haya tal vendaval que no consigas calentarte ni con la luz del sol. Hoy es lo segundo, y además Luke se comporta como si yo hubiese envenenado el pozo del pueblo. Así que lo poco que me apetecía esta excursión se esfuma del todo.

Danny y Luke bajan cuando nosotras estamos terminando de preparar el desayuno. Luke tiene los ojos prácticamente cerrados, pero yo sigo viendo en ellos el sempiterno desdén con el que me mira.

—¿Te has puesto ya el bañador, cariño? —me pregunta Danny—. En cuanto acabemos de comer salimos.

No puedo. No me puedo pasar todo el santo día con un tío que me odia por ser así de patética y dependiente y por chuparle el culo a la gente que me ha acogido. Es que no puedo.

—Hace mucho frío fuera —digo con la intención de escaquearme—. Y con este viento nos vamos a llenar de arena.

—Seguro que luego hará más calor —dice Danny—. Tienes que venir, que llevo meses sin verte.

Así consigue Danny las cosas: es la única persona que quiere que yo esté junto a él. Evito deliberadamente la mirada de Luke tras darle la razón a Danny.

Ellos comen mientras yo friego, y, cuando al fin me siento, Danny le pide a su madre más zumo.

—Ya lo cojo yo —digo al tiempo que me vuelvo a levantar y me voy a la nevera del garaje a buscarlo. Cuando vuelvo, Luke me mira y levanta una ceja, como diciendo «sé perfectamente lo que estás haciendo».

Yo le levanto la ceja a él: «Que te jodan, Luke». No creo que haya nada malo en esforzarme por ser de más ayuda en esta casa. Por colaborar. Puede que lo haga para convencerlos de que no soy una mala persona, o para convencerme a mí misma. Pero, sea lo que sea, no es asunto suyo.

Voy hacia el viejo y destartalado jeep de Luke después de desayunar, tiritando a pesar de la sudadera que llevo puesta, con un libro y una toalla pegados al pecho. Luke me escruta con la mirada de los pies a la cabeza.

—¿Dónde está su tabla? —pregunta.

Danny se ríe y me pasa un brazo por el hombro.

—Juliet no hace surf. —El verano pasado intentó enseñarme un día, y salió fatal—. Pero, créeme, es más seguro para todos que se quede en la playa sin necesidad de hacer nada, solo con su preciosa cara.

A Luke se le contrae un músculo de la mejilla como una silenciosa objeción, no sé si porque no sé hacer surf o porque Danny piensa que soy guapa.

—Quizá es mejor que vayáis en la furgoneta. Si ya tiene frío, directamente se va a congelar en cuanto salgamos a la carretera sin la capota puesta.

—No te va a pasar nada, ¿verdad? —me pide Danny veladamente apretándome la cadera con cariño—. Son solo diez minutos en coche.

Asiento porque sé que, si Danny se lleva un coche, sus padres tendrán que compartir el otro. Y cualquier tipo de inconveniente que sufran será por mi culpa. Y siempre que puedo intento no hacer nada que moleste.

Me acurruco contra la esquinita del asiento de atrás. Las tablas me dan en el hombro, y la corriente que pasa a través de las ventanillas abiertas hace totalmente imposible que oiga nada de lo que dicen.

Me entra un mensaje en el móvil. Cuando veo que es de mi amiga Hailey, me agacho un poquito en el asiento. Ya sé que cualquier cosa que me diga no es apta para todas las miradas.

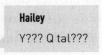

Hailey
Y??? Q tal???

Hailey estaba segurísima de que anoche iba a ser LA noche. Y yo estaba segurísima de que no lo sería. Y no me equivoqué.

¿Habría aceptado las continuas proposiciones de Shane si no estuviese con Danny? Puede, pero es que sí estoy con Danny, y vivo con sus padres, así que no tiene sentido ni tan siquiera planteármelo.

Al llegar a Kirkpatrick, con un volantazo aparca el jeep a un lado de la carretera. Salgo de la parte trasera tiritando, y Luke pone los ojos en blanco cuando me arropo con la toalla intentando entrar en calor.

Los sigo a la playa y me siento, metiendo las rodillas por dentro de la sudadera, mientras ellos se quitan la camiseta y se ponen los neoprenos. La brisa viene cargada de olor a protector solar, a plantas marinas y flores silvestres, y, aunque sigue haciendo frío, cierro los ojos e inhalo profundamente levantando el rostro al cielo. En esta playa, cuando brilla el sol y sopla una ligera brisa, hay momentos en que casi me convenzo a mí misma de que podré recomponerme del todo.

Cuando abro los ojos, Danny ya se dirige a la orilla firme, confiado como un soldado. Pero Luke no.

Luke está ahí, quieto, mirándome. Solo cuando me giro hacia él, se dispone a seguir a Danny sin decir una palabra.

Carga la tabla debajo de un brazo sin esfuerzo, como si no llevara nada. Al ser tan alto, con la ropa puesta casi se le ve delgado, pero tiene la espalda y los hombros anchos, de nadador. Camina con una elegancia que no suelen tener los jugadores de fútbol, pero que tampoco es exactamente propia de un bailarín clásico. Parece más

25

un tigre con apariencia humana, dotado de una poderosa gracilidad incluso cuando hace algo tan simple como caminar hacia la orilla.

Reman con los brazos hasta ponerse en el *line-up* mientras yo entierro los pies en la fría arena para protegerlos del viento. Pronto hará más calor, pero aun así desearía no haber venido.

Danny coge la primera ola que puede. Es el mismo tipo de ola que siempre surfea: moderada y predecible. Intenta colarse en ella, pero desaparece.

Espero a que Luke coja la siguiente, pero se queda quieto. Deja pasar una ola tras otra. Danny dice que es buenísimo porque creció haciendo surf, antes de que su familia se mudara a otro sitio. Así que me pregunto si no se sentirá intimidado por el tamaño de estas olas, ya que solo ha surfeado en San Diego. Y, aunque sea egoísta por mi parte, deseo que sí que esté intimidado.

«Ojalá que odie todo esto y no vuelva nunca más».

Sin embargo, justo cuando lo estoy pensando, se sienta muy recto, erguido, y mira a lo lejos, con todos los músculos en tensión. De nuevo me recuerda a un tigre, pero ahora a uno que acaba de avistar una presa. La ola que se acerca comienza a hacerse cada vez más gruesa y a crecer. Luke se tumba bocabajo y rema con fuerza, sin dejar de mover los hombros anchos mientras detrás de él se va formando un muro de agua.

No es una ola para principiantes, sino el tipo de ola que podría joderte bastante como no sepas lo que estás haciendo. Y, aunque no me cae bien y no quiero que esté aquí, contengo la respiración y me preparo para lo peor.

Y de repente, como por arte de magia, se pone de pie sobre la tabla. Cuando Danny se levanta, es metódico; se coloca primero de rodillas y luego, con cuidado, apoya un pie y luego el otro. Pero, no sé cómo, Luke ha propulsado su inmenso cuerpo hacia arriba en un movimiento único y fluido, aterrizando firmemente con ambos pies a la vez. Pasa todo tan rápido que casi no me da tiempo a procesarlo. Tan deprisa que me pregunto si no me lo habré imaginado.

Pensaba que su altura le molestaría, pero no le supone problema alguno. Esta ola es un monstruo, feroz y llena de irregularidades. Pero Luke parece tan estable que es como si estuviera descalzo en el suelo de la cocina.

Corre la pared de la ola a toda velocidad, hace un aéreo sin ningún esfuerzo y vuelve a deslizarse, dejando que la mano roce la ola y tratando de ir más despacio al entrar en el tubo para que dure el mayor tiempo posible. Parece uno de esos tíos profesionales que vienen en invierno a pillar las olas gigantes de mar de fondo de Mavericks. Y, aunque no pueda verlo de cerca, ahora sé por qué estaría dispuesto a conducir ocho horas desde el sur y a soportar quedarse en casa de un pastor. Esto, simple y llanamente, le hace feliz. Ya le he visto sonreír y hasta reírse, pero esto es distinto. Cuando se eleva por el agua, parece alcanzar una concentración y una plenitud absolutas.

Luke termina de surfear el tubo y sale volando por los aires mientras se desliza sobre la cresta de la cola de la ola. Los chavales del agua —que normalmente no muestran más signo de aprobación que un silencioso «bien» con un gesto de la barbilla— lo vitorean. Así de bueno es Luke. Vuelve a ponerse bocabajo en la tabla y rema de nuevo. Su alegría se ha visto reemplazada por algo más, algo mejor. Por intensidad pura. Como si en el mundo no importara nada más que volver a coger otra ola de esta forma.

Danny no es así en absoluto. Él no quiere más. Se contenta exactamente con lo que ya tiene. Ojalá fuese yo más parecida a Danny en ese aspecto. Lo intento, al menos.

Cuando salen al fin a la orilla, dos horas después, están llenos de arena y sal, completamente agotados, pero con un cansancio distinto al que yo pueda sentir después de un turno de noche. Están como aturdidos, eufóricos. A pesar de lo grandes que son, parecen dos niños pequeños.

—Nena, ¿lo has visto? —me pregunta Danny exultante porque al fin le ha salido un aéreo pequeño—. Creo que ya he pillado lo que estaba haciendo mal.

—¿Surfear como el culo? —bromea Luke—. ¿Es eso lo que hacías mal?

Y se ríe; una risa profunda, grave, ronca. Tan masculina que noto cómo una chispa me recorre por dentro y casi me destroza las entrañas.

Danny le da un golpe, se ríe y se desploma a mi lado en la arena:

—Gilipollas.

Luke cierra los ojos y vuelve la cara al sol.

—No quiero volver a surfear en San Diego —dice.

—¿Eso quiere decir que te he convencido para que te quedes todo el verano? —le pregunta Danny.

Luke me mira antes de desviar los ojos al horizonte:

—Sí, supongo que sí.

Y su felicidad de hace un momento ya no es tan intensa. Sospecho que el motivo soy yo.

3

AHORA

Cuando la gente habla de volver a casa, suele hacerlo con cariño. Pero en mi caso hasta los buenos recuerdos que pudiese tener ahora están teñidos de dolor y me traen a la memoria todo lo que perdí. Ese es uno de los motivos por los que he tardado siete años en volver, pero en realidad no es el más importante.

La autopista rodea Haverford, que tiene el mismo aspecto de mierda que ha tenido siempre. Cash se partiría el culo si estuviese aquí ahora mismo. Después de un par de copas, sacaría el temita habitual de «mis raíces de basura blanca». Lo más probable es que lo siga sacando siempre.

Donna me da un golpecito en el hombro cuando ve adónde estoy mirando:

—De vez en cuando, vengo a ver qué tal está. —Se refiere a mi madre—. Lo cierto es que no hay muchos cambios.

Y eso quiere decir que mi madre sigue siendo esa mujer que se posicionará siempre al lado de su marido en cualquier discusión. Una mujer que me detesta, aunque no tenga problema ninguno en pedirme dinero una y otra vez.

Y solo se lo doy para comprar su silencio.

Seguimos en dirección a Rhodes, salimos de la autopista y entramos en una calle de doble sentido que llega hasta la costa. Una calle de casas impolutas y prácticamente iguales: césped bien cortado y buzones que nunca ha destrozado nadie a golpetazo limpio. Nada más distinto al lugar en el que yo crecí.

Cuando al fin nos detenemos frente a la casa de madera amarilla de Donna, se me revuelve el estómago. El nuevo anexo de la parte de atrás es tan inmenso que la casa principal ahora parece minúscula y anticuada. Pero todavía recuerdo lo bonita y bien iluminada que me pareció la primera noche que vine aquí, como un símbolo de todo lo que Danny tenía y yo no: unos padres que lo querían y un lugar seguro. En aquella época Danny lo tenía todo.

No tendrían que haberme dejado ni pasar por el umbral de la puerta.

—Guau —susurro al salir del coche—. Parece... un sitio totalmente distinto.

Donna entrelaza sus dedos con los míos y me aprieta la mano.

—Todo gracias a vosotros, chicos.

Lo único que hemos hecho ha sido firmar un cheque tras otro. El trabajo de verdad empieza a partir de ahora, cuando el Hogar de Danny se inaugure de manera oficial.

Hay muchísimos lugares que ofrecen asilo temporal y a largo plazo. Unos son buenos y otros nefastos. Pero el Hogar de Danny contará con personal de primera, muy formado, compuesto de psicólogos, abogados y asesores educativos en nómina. Cuando Donna lo sugirió por primera vez, parecía un proyecto demasiado ambicioso para convertirse en algo real. Por eso le dije que vendría a la inauguración si algún día lo conseguía. Pensé que no tendría que hacerlo jamás.

Y no me percaté de que Donna le había hecho prometer lo mismo a Luke.

Entrar en el recibidor es como volver al pasado. Tengo la sensación de que Danny saldrá tan pancho de la cocina, con la piel reluciente después de todo un día en el agua y el pelo todavía húmedo. Pero el resto de la casa ha cambiado. Han ampliado el salón, en el comedor ahora caben treinta personas y la cocina es el doble de grande que antes.

Donna me muestra orgullosa la nueva despensa, enorme y abastecida ya con todo tipo de comida.

—¿Tienes hambre? —me pregunta.

Niego con la cabeza.

—Puf, menudas tres semanitas tan interesantes te esperan, sin chef personal ni langostas —resopla Luke.

Las excentricidades de mi estilo de vida suenan ridículas en sus labios, sobre todo teniendo en cuenta de dónde venimos los dos. Y, por otro lado, ni siquiera son «mis» excentricidades. Porque no fui yo la que ideó la lista de cláusulas especiales de la gira ni quien la filtró a la prensa, aunque sí sea yo la que tenga que lidiar con ello desde entonces.

—Eso fue cosa de mi representante, no mía —contesto desganada—. ¿De verdad te piensas que me voy a comer una langosta antes de cada concierto?

Me lanza una mirada asesina.

—¿Cómo voy a saber yo lo que haces antes de un concierto?

«*Touché*, Luke. Supongo que no tienes ni idea».

Donna nos mira a ambos, disimulando rápidamente su preocupación con una sonrisa forzada.

—Os voy a poner a Luke y a ti en el anexo. Esperamos a dos niños en breve, así que cuando lleguen ya podrán dormir en la casa principal y vosotros no os tendréis que volver a cambiar. ¿Os parece bien?

—Claro.

Le lanzo una mirada rápida a Luke y la desvío con la misma rapidez. Él no quiere estar cerca de mí y yo no quiero estar cerca de él. La visita no puede ir mejor, vamos.

Donna nos conduce al anexo a través de la puerta que tiene a su izquierda. Hay una cama, una mesilla de noche y nada más. Las paredes están desnudas, pero la ventana da al inmenso jardín trasero. Tuvimos que derribar la casa que estaba detrás de la de Donna para la ampliación.

Será un buen lugar para los niños. Un buen lugar para cualquiera que haya nacido en un hogar como el mío. Contengo las lágrimas, trago saliva y trato de mantener la compostura. Esto es lo único bueno que ha salido de aquel puto desastre, pero jamás dejaré de pensar que ojalá no hubiésemos tenido que llegar hasta aquí.

—Sé que no es gran cosa —dice Donna.

—Ya sabes cómo me crie —le comento con una sonrisa—. Así que mientras tenga una cama donde dormir, por mí no te preocupes.

Me pasa un brazo por los hombros.

—He visto los sitios donde te alojas ahora y me imagino que te habrás acostumbrado a cosas mejores.

No se equivoca. Sí que me he convertido en el tipo de persona que se queja cuando llega a un hotel y todavía no tienen limpia su habitación, o que se indigna cuando la suite no está disponible. Pero, al mismo tiempo, sigo teniendo la sensación de que en cualquier momento todo eso va a desaparecer. No hay ni una sola noche en que me meta en la cama sin esperar casi que me saquen de ella a rastras, que mi padrastro me agarre del tobillo y me tire al suelo para castigarme por algo, o que venga Justin a ordenarme que salga para que no se despierte mi hermano. De ahí que igual no me resista cuando Cash se porta como el culo conmigo... Porque he vivido cosas peores.

O quizá sea porque sé que me lo merezco.

—Es perfecto —le digo sonriendo—. Le pediré a mi ayudante que me envíe sábanas de seiscientos hilos para la cama.

Estoy de broma, pero Luke pone los ojos en blanco al ir a su habitación. El resentimiento me estalla por dentro. Que me odie me lo he ganado a pulso, pero ¿de verdad se piensa que me he convertido tan rápido en ese tipo de persona?

Pues claro que lo piensa. Ya me veía así cuando me largué hace siete años.

—Te dejo para que te instales mientras yo me voy a hacer la cena. El baño está al final del pasillo por si te quieres duchar. —Donna me abraza, y la familiaridad con la que lo hace provoca que me duela el pecho—. Qué bien que estés en casa, Juliet.

Yo la abrazo a ella muy fuerte y hago lo imposible por no llorar. Me gustaría contarle que también estoy encantada de haber venido, pero con Luke, conmigo y con todos estos recuerdos contenidos entre estas cuatro paredes… es imposible que suene verdadero.

Los recuerdos. No tengo ni puta idea de cómo hacer que no se apoderen de mí, pero será mejor que se me ocurra algo pronto. Debo esconderlos todos y cada uno de ellos y guardarlos bajo llave. Donde ni ella ni Luke puedan encontrarlos.

4

ENTONCES

JUNIO DE 2013

Donna está encantada de tener a los chicos en casa. Me pilla por banda para que la ayude a cocinar, a limpiar y a mimarlos, porque verdaderamente es incapaz de pensar que a mí me pueda apetecer otra cosa.

De algún modo es como si yo fuese un trozo de barro sin tratar, y ella hubiese elegido moldearme a su imagen y semejanza y convertirme en algo que siempre quiso: una hija que cante en el coro y que sea buena… y una esposa considerada y atenta para su hijo. Lo cierto es que ni yo tenía planes para este montón de arcilla, así que no sé de dónde me sale de vez en cuando ese impulso de volver a ser lo que era.

Llego tarde a casa porque he tenido turno doble, y los chicos ya han vuelto de hacer surf.

Cuando entro, Donna me sonríe como si yo fuese la princesa más bella de un cuento de hadas. Luke se limita a observarme. A estas alturas, seguro que él me ve como el Lobo Feroz.

—¿Puedes empezar a preparar el arroz, cariño? —me pide Donna.

Asiento al tiempo que me dirijo a la pila a lavarme las manos. Ojalá pudiese sentarme, aunque fuera un segundito, porque después de un turno doble siempre me duele todo el cuerpo. Y hoy, además, una chica que iba al instituto con Danny me ha puesto la zancadilla, así que estoy peor de lo normal. Cada vez que trago, me duele la parte de la barbilla con la que me he dado contra la silla al caerme. Y, como siempre, incluso cuando no miro hacia donde él está, noto a Luke fulminarme con los ojos como diciendo: «A mí no me la cuelas, Juliet».

Pero no puedo odiarlo. No del todo. A pesar de su tamaño, Luke hace algo cuando come que logra que se me caiga el alma a los pies. Come muy rápido, como si estuviese muerto de hambre. De hecho, come igual que comería alguien que ha pasado mucha mucha hambre. Y probablemente ahora también la tenga, porque no creo que Donna esté haciendo mucha comida, la verdad, si tenemos en cuenta que Luke es mucho más grande que Danny y que el pastor. También hace el doble de actividad que ellos. Este verano, Danny ha conseguido trabajo en la parroquia, pero sentado. Y Luke en una obra. Si a eso se le suma que surfea todas las tardes con Danny y que se levanta cada mañana al amanecer también para hacer surf antes de ir a trabajar… Sí, seguramente está comiendo mucho menos de lo que debería. Así que, cuando llego a la mesa después del resto y veo que ya ha vaciado su plato, no puedo ignorar el hecho de que se me haya encogido el corazón.

Se levanta con hambre de la mesa cada noche. No sé cómo no ha caído en ello Donna.

—Ay, cariño —me dice cuando me ve echar el arroz en un cuenco—, has preparado arroz como para un regimiento.

—Lo siento —contesto como si lo hubiese hecho sin querer.

Soy la última en tomar asiento. Cuando lo hago, a Luke se le oscurece la mirada al estudiar mi cara.

—¿Qué te ha pasado en la barbilla?

Me pongo colorada cuando todos se giran para mirarme.

—Me he caído en el trabajo —contesto en voz baja.

No sé muy bien por qué ha tenido que comentarlo o por qué resopla como si le acabara de meter una trola. Y sí, es mentira, pero

¿qué malvada razón podría tener yo para hacerlo? ¿Acaso se cree que trabajo de dominatrix? ¿Que antes de llegar a casa me dedico a trapichear con metanfetaminas? ¿En qué momento? Ni que me sobrara el tiempo… Pero ahí está él, devorando el arroz de más que he hecho. Y yo ya lo he perdonado. Mucho antes de decirme a mí misma que estoy cabreada.

—¿No hay té helado? —pregunta el pastor Dan.

—¿Quieres cafeína a estas horas? —dice Donna consternada. A veces lo trata como si fuese su padre y no su marido, sobre todo desde que él fue al cardiólogo el invierno pasado.

—Tengo que volver a la parroquia para dar una sesión de orientación —le recuerda el pastor—, así que necesito estar espabilado.

Donna me mira con una sonrisa de disculpa.

—Juliet, cariño, ¿te importaría ir a cogerlo tú?

—Ya que estás de pie, ¿podrías traer el tabasco también? —me pide Danny cuando yo paso las piernas por encima del banco.

No es para tanto, pero a Luke se le vuelven a ensanchar las fosas nasales. Los Allen siempre han hecho que me sienta como si aún pudiese convertirme en una persona mejor, pero el desdén silencioso, continuo, de Luke dice todo lo contrario: «Juliet, falsa de mierda. Este no es tu verdadero yo para nada».

Y ya lo sé. Pero ¿tan mal está que quiera cambiar? ¿Que todavía me crea que me puedo convertir en alguien mejor de lo que soy?

—Eres una santa —me dice Donna cuando vuelvo.

Me siento y me encuentro con la mirada severa de Luke:

—Uy —dice al tiempo que levanta el cartón de leche—. Me da que está vacío.

Me está retando con los ojos.

«Venga, Juliet, sé una buena chica y levántate otra vez. Nosotros estamos a punto de acabar y tú todavía ni has empezado, pero vamos a ver lo buena actriz que eres».

Cuando él está cerca, mi caparazón se agrieta, y ya noto cómo empieza a inundarme la versión de mi persona más perversa y antigua.

—Que yo sepa, tienes dos piernas —replico.

Se le iluminan los ojos cuando me dice:

—Eso no es muy pío por tu parte, Juliet.

—Tampoco lo es la forma en que te piraste con esa rubia anoche.

—Juliet —me regaña Donna con dulzura.

Luke ha ganado esta ronda. Quería demostrar que soy una cabrona y lo ha conseguido. Cuando acabe el verano, los Allen no querrán que yo esté ni a cien metros de ellos. Me agarro a la mesa dispuesta a levantarme por tercera vez, a punto de echarme a llorar de repente.

—No —gruñe Luke poniéndose de pie—. Ya voy yo.

Durante el resto de la cena, el aire que hay entre Luke y yo podría cortarse con un cuchillo, pero no parece que los Allen se hayan dado cuenta. Ellos son pececillos de colores en medio de dos temibles tiburones blancos. No sabrán lo que les ha sucedido hasta que Luke y yo los hayamos devorado a todos.

Casi todas las noches nos quedamos de fiesta en la playa con un grupo de surfistas. Caleb, Beck y Harrison son unos universitarios pijos que solo quieren pasar el rato frente a una hoguera con una cerveza en la mano y una chica en la otra mientras hablan de surf. A veces viene Libby, que se ha apuntado al coro. Pero, por lo demás, yo no sé qué pinto aquí.

Puede que sea porque no soy rica. Igual es porque no estoy en la universidad, pero sobre todo es porque no me visto como el resto de las chicas ni me comporto como ellas.

Yo no me siento sobre el regazo de Danny. No hago chistes de mamadas ni le vacilo a alguien sobre la «grandísima y dura» noche que les espera. Estas chicas van prácticamente solo con el biquini, y yo voy vestida como una Allen: ni ceñida ni dejando ver demasiada piel.

Y estoy harta. Cansada de quedarme tapada siempre, como si tuviese algo de lo que avergonzarme; agotada de que las cosas con Danny no vayan nunca a más.

Me quito la sudadera. Visto una camiseta de tirantes y unos shorts, que ya es bastante más de lo que llevan la mayoría de las chicas, pero aun así noto que llamo la atención.

Danny está discutiendo acaloradamente con el chico sentado junto a mí sobre dónde se encuentran las olas más grandes y ni se ha dado cuenta, pero Luke aprieta la mandíbula al apartar la mirada de mí. La chica que tiene encima casi tiene los pezones al aire, pero parece ser que mi camiseta de tirantes y yo le resultamos incómodas.

Si Danny se ha dado cuenta de que me he quitado la sudadera, no me lo demuestra. Pero, durante la hora siguiente, Luke se limita a mirarme fijamente con los dientes apretados hasta que de repente se levanta llevándose con él a la chica hacia la total oscuridad.

Cuando Danny y yo nos vamos a por un helado, me sugiere que me vuelva a poner la sudadera «por si nos encontramos a algún conocido», añade.

Es decir, sí que se ha dado cuenta, y el único efecto que ha surtido en él es que ¿le da vergüenza?

Yo me lo pido de menta y pepitas de chocolate con virutas de colores, y Danny, siempre correcto, de vainilla. Cuando volvemos a la camioneta nos cruzamos con una pareja que lleva a su bebé en el carrito.

—Qué ganas tengo de tener hijos —dice Danny—. Este es un buen sitio donde criarlos.

Me encanta que piense en qué cosas harían felices a sus hijos. Me encanta que piense en el futuro. Por lo que sé, a mi padre ni se le pasó por la cabeza el futuro y le importó una mierda cómo hacer felices a sus hijos. Se largó antes de que yo cumpliese un año.

Pero para el futuro queda mucho. Yo todavía estoy en el instituto y casi no he vivido nada. Quiero saber cómo es estar sentada en el regazo de alguien con una cerveza en la mano. Quiero saber cómo es que tiren de mí hacia la oscuridad y que yo vaya voluntariamente.

Quiero tener buenos recuerdos que reemplacen los malos que me dejó Justin.

Cuando Danny gira hacia la entrada de la casa y veo que las luces del interior están apagadas, me deslizo a su lado y me subo encima de él.

—Bésame.

Parpadea y mira a su alrededor con cara de culpa antes de inclinarse y darme un beso diminuto, con dulzura. Sé que está a punto de apartarse, así que lo beso con más fuerza, abro la boca y busco su lengua.

Hace mucho tiempo que va con pies de plomo conmigo, pero no tiene por qué. Me inclino más hacia delante y me aprieto aún más contra él hasta que noto cómo empieza a ponerse en tensión. No niego que estoy emocionada, porque es como si al fin nos subiésemos a un tren que llevaba siglos esperando. Pero no pasa demasiado hasta que me agarra por las caderas y me aparta.

—Cariño, por favor —dice dulcemente con cierta frustración.

Suspiro.

—Danny, cumplo dieciocho en breve.

—¿Y qué tiene que ver la edad con esto? Tú no eres esa clase de chica.

—¿De qué clase de chica hablas exactamente?

—Pues ya sabes, la clase de chica que hace «eso». Acostarse con alguien antes de casarse.

¿Quiere esperar al matrimonio? Me parece que es algo que tendría que haberme dicho antes.

Pero supongo que el hecho de que yo sí que no esperase al matrimonio con otro antes que con él también es algo que le tendría que haber contado.

Y, aunque cada día deseo que mi primera vez no hubiese sido como fue, quiero conseguir lo mismo que en estos momentos está disfrutando la chica que está con Luke. Quiero entrar en algún sitio, en medio de una fiesta, con la misma cara de pilla y de satisfacción que tenía Maggie. Lo cierto es que no sé ni lo que quiero. Solo sé que quiero más. Más de lo que tengo ahora. Y me siento fatal, porque ya tengo mucho.

Danny me acompaña a la puerta de mi cuarto y me da un beso de buenas noches como solo él podría hacerlo: como si yo fuese un tesoro, un objeto hermoso y delicado que hay que manejar con suma precaución. Claro que de vez en cuando me encantaría que me besara como Ryan Gosling a Rachel McAdams en *El diario de Noa*: intensamente, con desesperación, con deseo. Pero la forma de besar de Danny también tiene algo.

Solo que no puedo recordar muy bien qué es al mirar la habitación vacía de Luke.

No sé cómo Luke consiguió escaquearse de ir a la iglesia durante su primera semana aquí, pero el chollo se le acaba al terminar la segunda. Yo ya estoy sentada en el coro cuando entra detrás de Danny, totalmente grogui porque solo ha dormido dos horas, y con el aspecto de alguien que está a punto de ir a la guerra: las manos en los bolsillos, los hombros echados hacia delante y la mirada fija en el suelo. El único indicio de vida que aparece en su cara es cuando se da cuenta de que Danny ha cogido un sitio justo enfrente de mí. Empieza a mirar alrededor, a ver si encuentra un asiento en otro lado, pero, como no hay ninguno, aprieta la mandíbula y se queda así todo el servicio, sin cambiar la expresión cuando habla el pastor, cuando rezamos o cuando yo canto el solo.

—¡Qué bonito, Juliet! —dice el pastor cuando regreso a mi asiento. Se dirige a los fieles de nuevo y les empieza a hablar de su época de misionero en Nicaragua, una experiencia que le proporcionó un sinfín de historias sobre el sufrimiento humano… y sobre su propia bondad.

Yo personalmente creería más en su bondad si no aprovechara la miseria de los demás para demostrarla.

—Pero no hace falta que nos vayamos al tercer mundo para ayudar a los necesitados, porque están a nuestro alrededor —continúa. Yo me pongo rígida—. Sí, están a nuestro alrededor. Es el hombre que se sienta en la esquina a pedir limosna, la mujer que no puede permitirse leche para su bebé, la niña que se queda en la biblioteca del colegio porque tiene miedo de volver a casa.

Miro al suelo y me arde la cara cuando la iglesia al completo posa los ojos en mí. Saben todos perfectamente a quién se refiere. Yo ya estoy acostumbrada, porque las poco disimuladas alusiones del pastor hacia mi persona en sus sermones son el pan de cada día a estas alturas, pero me gustaría que Danny no le hubiese contado a su padre lo de la biblioteca... y que Luke no lo estuviera escuchando. Puede que lo que me molesta no sea ni siquiera su desdén, sino el modo en que me recuerda todas las cosas horribles que hay en mi interior y lo poco probable que es, por mucho que lo intente, por mucho que disimule, que logre deshacerme de ellas para siempre.

Al final del servicio, me quedo junto a Donna y el pastor, lidiando con los comentarios de la gente, que constantemente me recuerdan cuál es mi sitio como si me estuviesen haciendo cumplidos.

—Has cantado muy bien hoy, Juliet —dice la secretaria de la parroquia—. Anda que no has «florecido» desde que te acogieron los Allen.

Me obligo a sonreír, aunque yo no diría que he florecido. La única diferencia que hay entre mi yo de ahora y el de hace dos años es que tengo muchos menos moratones. Pero supongo que el precio de ser pobre es que siempre habrá alguien mejor que tú que se llevará el mérito por tus logros.

La señora Wilson es la siguiente en felicitarme:

—Juliet, qué bonito lo que has cantado —me dice, con una sonrisa que transmite compasión.

Luke, a mi lado, se ríe mientras ella se aleja y me dice:

—Vamos, caballito, deléitanos con todas tus cabriolas.

No le tengo que preguntar a qué se refiere, porque lo sé. Y es que el pastor no quiere que yo cante porque tengo una buena voz. Quiere que cante para exhibirme como en una competición y recordarles a todos que fue él quien me sacó de la mierda.

—Vete a tomar por culo —le respondo en voz baja.

Se le iluminan los ojos y tuerce la boca:

—Ahí está —dice solo para yo que lo oiga—. Sabía que estaba en alguna parte.

5

AHORA

Me doy una ducha muy muy larga para quitarme de encima los restos de un día entero de viaje. Luke está en el jardín poniendo en marcha el cortacésped. Su cara, de perfil, es una obra de arte: el sol del atardecer le marca la curva de los pómulos, la afilada mandíbula, la nariz recta. Me acerco a la ventana, como atraída por su presencia. Arranca un hierbajo y, al palpitarle el brazo, me palpitan a mí las piernas al mismo ritmo. Levanta la vista, como si supiera que lo estoy mirando, y yo me voy corriendo a la cocina descalza, en pantalones cortos y con el pelo húmedo cayéndome por la espalda.

Donna está disponiendo los ingredientes en la encimera, pero se detiene y sonríe cuando me ve:

—Ahí está mi chica. Estás igualita que la primera vez que viniste.

No creo que eso sea cierto. Porque me noto décadas más vieja. Llegué aquí con quince años, exhausta, sintiéndome sucia y con la ingenua esperanza de volver a estar limpia. Ahora ya no soy tan estúpida.

—Siéntate —le digo. Cuando vivía aquí, hice tantas veces chile que reconozco los ingredientes—. Ya lo hago yo.

—No me importa que me ayudes, pero todavía no me he muerto. Y aún le puedo hacer la comida a dos de mis personas favoritas.

45

Se me va la sonrisa. Aún no hemos hablado de todo en profundidad: si ha pedido o no una segunda opinión o qué planes tiene para este lugar cuando ella ya no esté. Y yo no me atrevo a preguntarle nada.

—No creo que te prepares comida casera para ti últimamente —dice mientras empiezo a picar la cebolla—. Todavía no te has comprado una casa, ¿verdad?

Niego con la cabeza.

—Viajo tantísimo que no me pareció que mereciese la pena. Pero supongo que sí, que al final algo me compraré.

Me pasa una mano por la cabeza, alisándome el pelo.

—Juliet, te exiges demasiado. Tal vez es momento de tomarte un pequeño descanso.

Estar saliendo con Cash me ha sumergido en la popularidad —puede que solo en la mala—, pero sé que tengo que aprovechar esta ola mientras dure... Si es que soy capaz de continuar, claro. Soy demasiado joven como para decir que ya he explotado, que no puedo más, pero lo cierto es que la mayor parte del tiempo me siento como una cáscara seca, y no sé cuánto más podré fingir que no lo soy.

—Estoy bien. Tú tampoco me vas a poner a trabajar aquí como una loca, ¿verdad? —Hago un puchero, acompañado de mi sonrisa más dulce, y ella se ríe.

—Pues lo cierto es que sí. Tengo una lista kilométrica de cosas que hay que hacer antes de que lleguen los primeros niños. —Esto no tiene mucho sentido, porque hay dinero de sobra para contratar a alguien si lo necesita. Pero continúa antes de que pueda preguntarle nada—: Quiero que lo sientan como su auténtico hogar. Para ti nunca lo fue, ¿verdad? Con todo el tiempo que pasaste aquí, y no colgaste ni un póster en la pared.

Dejo de cortar y apoyo la mano sobre la cebolla. La culpa no fue de Donna... Simplemente no quise darle al pastor un motivo más para caerle mal.

46

—Con tener una habitación me contentaba —le digo, pero no estoy segura de que me crea. Ni yo tampoco me lo creo del todo. Sí que hubo un momento en el que quise poner cosas en la pared; un tiempo en el que todavía le daba importancia a las cosas.

La cena ya está prácticamente lista cuando entra Luke, recién duchado y con la camiseta lo bastante húmeda como para amoldarse perfectamente a su torso, tonificado tras días haciendo surf.

Hace diez años, él era lo más hermoso que yo había visto en mi vida, y hacía que el corazón me latiera a millones de kilómetros por hora si me permitía a mí misma mirarlo demasiado rato.

Ahora es todavía más hermoso. Y mi corazón, que yo pensaba que ya no era capaz de hacer gran cosa, se pone a latir igual que antes.

Y no puede ser.

Él sonríe.

—Supuse que lo máximo que harías a nivel culinario estos días sería inaugurar un servicio de habitaciones.

—Tu comida no se puede escupir a sí misma. Así que pensé que tendría que echarle una mano.

Donna suspira:

—No creía que fuera posible, pero ahora os peleáis incluso más que cuando erais más jóvenes.

Mi mirada se cruza con la de Luke y, por un segundo, todo vuelve a estar ahí: la antigua tensión entre nosotros y el motivo de que existiera. Dios mío, cómo odiaba la forma en que mi mundo se ponía prácticamente patas arriba cada vez que él entraba en el sitio donde yo estaba. Me peleaba con él solo para ocultarlo. Pero eso fue hace años, y yo era otra persona. Así que ¿qué me hace discutir aún con él? ¿Y a él? Me agarro con fuerza al borde de la encimera para alejar todas estas preguntas.

Nos sentamos y bendecimos la mesa con Donna, pero la única voz que se oye con confianza y sinceridad es la suya. Nosotros apenas susurramos. Yo intenté con todas mis fuerzas convertirme en una Allen, pero era en momentos como este cuando sentía que sería incapaz; ellos siempre tenían muchísimas cosas por las que estar agradecidos y así lo expresaban en sus oraciones. Y yo solo estaba cabreada por todo lo que no tenía. Incluso ahora, cuando he sido bendecida con una vida por la que matarían mil chicas en Los Ángeles —una vida que incluye dinero, fama y un novio que está buenísimo—, sigo sin estar agradecida. Sigo un poco cabreada.

—Miraos los dos. Sois personas hechas y derechas y os va fenomenal —dice Donna pasándome la ensalada y sonriendo con más orgullo que cualquier madre—. Juliet, ¿te enteraste de que Luke quedó segundo en Hawái este invierno? —Se vuelve hacia él—. ¿Cómo se llamaba?

«El Pipeline Masters».

Luke titubea. No tiene ninguna gana de presumir de sus logros. Y conmigo menos que con nadie.

—El Pipeline.

—Menudo mes, ¿eh? —continúa Donna—. Tú en ese gran torneo y Juliet en una revista. —Se vuelve hacia mí—. Me sentí como una lela cuando fui al súper a comprarla. Ojalá te dejaran llevar más ropa para hacer esas cosas.

«Sí, a mí también me gustaría», pienso. Me juego el cuello a que nadie le ha pedido a Slash que pose desnudo con las piernas alrededor de una guitarra.

—Precisamente fue por no llevar ropa por lo que todo el mundo, menos tú, se compró esa revista, Donna —dice Luke con una sonrisilla de desprecio.

«Gilipollas».

Y a continuación Luke se zampa el chile de una sentada, como siempre, encorvado y famélico; y eso abre esa odiosa herida en mi interior. ¿Por qué no se cierra nunca? ¿Qué tengo que hacer para que desaparezca y nadie sepa que en algún momento estuvo ahí?

—Comes como un troglodita —le digo.

Levanta una ceja.

—Y tú no comes nada, como la gente que tiene un TCA.

Echo un vistazo a mi comida, que ni he tocado.

Dejé de tener buenos hábitos para comer a raíz de la gira. No me gusta salir al escenario llena; y supongo que la cocaína tampoco ayuda.

Donna, que palpa la tensión, se inclina hacia delante y me coge un mechón de pelo mientras empiezo a comer.

—Me alegro de que hayas dejado de teñírtelo —dice—, pero te veo muy delgada, cariño. Ya no estás con ese chico, ¿verdad?

Luke se pone rígido, y yo también. No era tan famosa hasta que empecé a salir con Cash Sturgess, pero, madre mía…, ahora me conoce todo el mundo. Nada como unas buenas imágenes filtradas de tu novio dándote una paliza para ganar publicidad.

—Es complicado —respondo, porque no me atrevo a decir: «Sí, probablemente».

Cash está en estos momentos en «rehabilitación», que en realidad es un retiro de ayahuasca en Perú, y supongo que dentro de un mes estará «mejor», y yo volveré con él. A veces, sencillamente es un alivio estar con un tío que te trata como el trozo de mierda que tú ya sabes que eres. Es un alivio no tener que fingir lo contrario.

Luke aprieta la mandíbula.

—No tendría por qué ser complicado.

Se me cierran los ojos. Este pequeño indicio de que le importo, aunque esté enfadado precisamente por eso… Dios mío, cómo duele. Lo ignoro. Pero me guardo este momento, lo envuelvo con cuidado y lo coloco junto al resto de mis recuerdos favoritos…, que son todos con él. Y lo volveré a desenvolver cuando sea seguro y no haya testigos.

Cuando termina la cena, Luke se levanta, recoge los platos y se va al fregadero sin decir ni mu.

—Como al parecer os vais a encargar vosotros, creo que me voy al sofá a descansar un poco —dice Donna.

La miro marcharse y se me revuelve el estómago. Yo quería creer que en realidad no estaba tan enferma como me decía, que igual exageraba para asegurarse de que yo viniera —algo que podría no haber hecho—, pero la Donna que yo conocía no se cansaba jamás. Siempre tenía a mano una cacerola para ir a darle de comer a alguien que lo necesitara, una bolsa de ropa para donar a la beneficencia. Y esta Donna, la de aquí y ahora, necesita descansar después de comer y camina despacito. Es verdad que se va a morir.

Sigo a Luke a la cocina de mala gana. Está de pie junto al fregadero limpiando una sartén. Luke es el único ser capaz de convertir el acto de limpiar los cacharros en algo sexy. Solo Luke puede llevar a cabo una acción tan mundana como fregar una sartén y hacer que te plantees lo poco elegante que resultas cuando lo haces tú.

—¿Qué sabes de su cáncer? —pregunto mientras cojo un paño de cocina y la sartén para secarla.

Frunce el ceño. Ser civilizado conmigo le supone un esfuerzo que le resulta casi imposible.

—No demasiado. He mirado en internet: probablemente le quede un año como mucho, y eso con quimioterapia. Y se niega.

No. No. Tiene que haber una manera de poder gastarse el dinero en esto, en alargarle la vida hasta que exista un tratamiento mejor.

—Seguro que lo están estudiando. Haré que alguien lo analice a fondo. Puede que en Stanford…

Se agarra a la encimera con fuerza y me suelta:

—Eso no es lo que ella quiere. No quiere lo que le podamos comprar. No quiere que vayas y arregles el puto problema. Lo que quiere es que estés aquí.

—A veces la gente no quiere lo que es bueno para ellos —digo bruscamente.

Se vuelve para mirarme, con los ojos entrecerrados.

—¿Pero tú te crees que necesitas decirme eso a mí? —Luke sabe perfectamente lo que es querer lo que no es bueno para él.

Supongo que ambos lo sabemos.

Terminamos de fregar en silencio antes de volver al salón con Donna. Yo me siento a un lado y Luke al otro como siempre lo hace:

con las piernas extendidas y el brazo apoyado en el respaldo del sofá. Aún en reposo sigue teniendo ese aspecto tan atlético.

Vemos una de esas series de detectives en las que el protagonista siempre está mirando a lo lejos con cara de circunstancias y diciendo cosas tipo: «Creo que este caso se acaba de complicar».

Donna nos va contando en voz baja quién es cada personaje, como si fueran reales; como si fueran sus amigos. Hace siete años, Donna tenía por delante un futuro totalmente distinto: envejecer junto a su marido, ver a su hijo casarse conmigo, tener un montón de nietos correteando por su casa… Ahora se sienta aquí sola cada noche y se va a morir.

A las diez me da una palmadita en la rodilla y luego a Luke:

—Me voy a la cama. Seguro que los dos tenéis algo mejor que hacer que sentaros aquí con una vieja.

Se da la vuelta para subir las escaleras y noto cómo el pánico se adueña de mi pecho ante la idea de quedarme aquí sola con Luke. Me pongo de pie de un salto y me marcho, dejando que sea él quien cierre.

En la seguridad de mi habitación, a oscuras, lo escucho acercarse mientras yo me hundo en el colchón, inspiro y espiro lentamente, memorizando los sonidos que hace antes de irse a la cama: el agua del grifo, la cisterna del váter, sus pies descalzos en el nuevo suelo de madera…

Detiene sus pasos justo delante de mi puerta, y contengo la respiración como si estuviese rezando. Él se aleja, y yo exhalo.

No sé si lo que siento es un alivio inmenso o una decepción infinita, porque, por algún motivo, parece que ambas sensaciones se han apoderado de mí.

6

ENTONCES

JUNIO DE 2013

En los dieciocho meses que llevo aquí, no le he pedido a Donna absolutamente nada. Pero una tarde, antes de que los chicos lleguen a casa, me es imposible quedarme callada al darme cuenta de que ha vuelto a preparar comida para cuatro, pero finalmente vamos a ser seis porque viene un invitado a cenar.

—Luke tiene hambre —le digo como quien no quiere la cosa con la mirada fija en las patatas que estoy pelando.

—¿El qué, cariño? —pregunta distraídamente mientras hojea un libro de cocina.

—Que Luke tiene hambre. Que es mucho más grande que los demás. Y necesita comer más que el resto.

Ella levanta la vista y parpadea rápidamente. Tarda en entender lo que quiero decir.

—Yo creo que me habría comentado algo, ¿no?

No sé si reír o llorar. «Pues claro que no te va a decir nada, Donna. Es tu invitado. ¿Qué coño te va a decir?».

Me enderezo y dejo el cuchillo de pelar para mirarla.

—No. Jamás te lo diría.

Me estudia un momento mientras yo le ruego con la mirada que vea la situación tal y como es y no como a ella le gustaría que fuera.

Se muerde el labio.

—No sé cómo le va a sentar esto al pastor. Voy a necesitar más dinero para la comida.

Ya lo sospechaba. La parroquia les paga el alquiler de esta casa, pero más allá de esto no tienen gran cosa. Todas las mañanas veo a Donna recortar cupones sentada a la mesa, preocupada si una receta requiere media cucharadita de algún ingrediente caro. Supongo que tendría que haberles ayudado desde que llegué.

—Voy a empezar a contribuir —le digo. Yo estoy ahorrando para tener mi propia casa cuando me gradúe, pero Luke solo está aquí en verano, y a mí me queda otro año. Tampoco me va a suponer tanto.

Ella niega con la cabeza.

—Juliet, no. Ya trabajas muchísimo. No quiero hacerte eso.

Y yo sé que no lo hace, pero está entre la espada y la pared. En realidad, el pastor no nos quiere aquí, ni a Luke ni a mí. Nos aguanta y punto. De ahí que, cada vez que él llega a casa, Donna me haga estar siempre en alerta. Pero después, cuando él no está, me ruega que me relaje. Así que, como ella le saque el tema, las cosas podrían torcerse para todos.

—Donna, no pasa nada. Es la única solución.

Quiere discutir. Sé que quiere. Abre la boca y luego la cierra.

—Es muy amable por tu parte —dice al fin en voz baja.

Nuestro invitado, el sobrino de la señora Poffsteader, llega poco después con la camisa abotonada hasta arriba y su fino pelo castaño repeinado cuidadosamente. Grady está en el último curso de la escuela bíblica y, en cuanto haya terminado las prácticas obligatorias de un año, podrá trabajar de pastor. Tiene el aspecto de un niño que se hace pasar por adulto, y no me quiero ni imaginar quién demonios se pasaría una hora entera de un domingo escuchando los pensamientos de un chaval de veintidós años.

Sobre todo de este chaval de veintidós años.

El pastor comparte con nosotros una interminable historia sobre la indulgencia, que le ha inspirado un padre al que ha oído decirle a su hija que no puede tomar helado, y a Grady le brillan los ojos como si estuviera postrado ante el dalái lama.

—Qué revelación tan sorprendente —dice Grady cuando concluye—. Me fascinan sus reflexiones, pastor. Estoy deseando oírle predicar.

Cuando el pastor nos endosa a Grady y nos sugiere que nos lo llevemos de fiesta a la hoguera, me pregunto si hasta a él le habrá resultado demasiado obvio el modo en que Grady le ha lamido el culo.

—Nos encantaría que vinieras —dice Danny amablemente.

A mí se me revuelve el estómago. Ya es horrible que Luke me trate como una mierda cada noche, solo me falta que ahora Grady también me menosprecie. Sobre todo esta noche, que Donna y el pastor salen y yo puedo tener la casa entera para mí sola.

—Yo tengo que quedarme —les digo—. He de terminar unas cuantas lecturas de verano.

Lo he dicho en un tono de disculpa bastante convincente, pero, cuando levanto la vista, Luke me está mirando con una sonrisa burlona. No sé cómo, pero sabe que es mentira. ¿Cómo? ¿Cómo sabe esas cosas si el que es mi novio desde hace dos años no tiene ni idea?

Recojo los restos de la cena yo sola y al acabar me voy al jardín de atrás con la antigua guitarra de mi hermano, que fue lo único que mis hermanastros no lograron quitarme jamás.

Tengo una nueva progresión armónica que no me puedo quitar de la cabeza. No sé cómo encajarla en una canción, pero la toco una y otra vez al tiempo que la tararreo. Como no me sale demasiado bien, me frustro, así que vuelvo a tocar «Homecoming», porque es la única canción que creo que está del todo terminada.

A Danny, que ha sido la única persona para quien la he cantado, no le impresionó demasiado. «¿Por qué no intentas escribir una canción alegre?», me preguntó. Se pasa el día elogiándome por las cosas más insignificantes: la forma en que doblo las camisas, los *brownies* que hice con una mezcla preparada... Así que, cuando lo oí decir que esta canción que he escrito, creado y cantado yo es «triste», me sonó más bien a una amable manera de decirme que debería buscarme un sueño más realista.

Eso fue el invierno pasado, y desde entonces casi no la he tocado. Pero esta noche, al escucharla de nuevo, de veras pienso que estaba equivocado. Sí, claro que es una canción la hostia de triste. Pero es que la vida puede ser muy triste. Y en este mundo caben por igual las canciones tristes y las alegres, digo yo, ¿no?

La toco de principio a fin sin parar, y me corre por las venas un placer que roza la euforia. Tampoco soy Taylor Swift, pero la canción es buenísima: la nostalgia que hay en la letra, la música y hasta mi voz. Por separado no son perfectas, pero se juntan de una forma que me llega al corazón, y hacen que me maraville un poco de mí misma. Porque la que ha hecho esto he sido yo. Yo.

Toco las notas finales, y es como si toda mi alegría —todo mi ser— se fuera con ellas.

Puede que ese sea el motivo por el que Luke no confía en mí. Porque tal vez, cuando se asoma a mi alma, lo único que ve es un vacío gigantesco.

Si me pensaba que me había librado de Grady con esa mentirijilla de las lecturas de verano, no podía estar más equivocada. Al poco de llegar empieza a salir con Libby, y se viene con nosotros casi todas las noches, aunque no me entra en la cabeza por qué, ya que ni bebe ni hace surf. Es como si estuviese resentido con todos menos con Danny, pero a mí... A mí directamente me odia; y el sentimiento es mutuo.

—Grady me estaba comentando que esta noche podríamos ir a otro sitio —le dice Danny a Luke en la cena—. Está aburrido de tanta playa.

Luke levanta una ceja dejando cristalino lo que está pensando: «Pues entonces que Grady no venga».

Por primera vez, Luke y yo estamos de acuerdo en algo.

Anoche, Grady me dejó en ridículo porque usé la palabra «misógino». Me soltó: «Qué vocabulario tan elevado tienes. ¿En qué curso me dijiste que estabas, Juliet?» con una sonrisa burlona y un centelleo asqueroso de victoria en los ojos, así que contraataqué y le pregunté si en la escuela bíblica tienen cursos, ya que en realidad no es ni la universidad.

Y Danny me dijo: «Sé amable». A Grady ni mu, pero a mí me regañó.

Así que, hoy que Donna y el pastor no van a estar en casa, ni loca pienso renunciar a una noche para mí misma por ninguno de ellos.

—Voy a quedarme aquí y adelantar algo de deberes para el instituto —miento.

Danny no entiende ni por qué necesito tiempo a solas ni por qué Grady me resulta insoportable.

Luke inclina la cabeza hacia mí, sin hablar, pero noto cómo se acerca el día en que lo hará. El día en que empezará a decir: «Piensa, Dan. ¿A ti te parece que algo de lo que dice esta chica es cierto?».

Espero a que se hayan ido para salir al jardín de atrás con mi guitarra. Llevo dos semanas dándole vueltas a la nueva canción y creo que ya la tengo.

Pruebo dos variaciones distintas, y están bien, pero no del todo perfectas. Al final, me rindo y vuelvo a tocar «Homecoming». A primera vista, la letra parece que va de un baile escolar que ha acabado fatal, pero en realidad trata de ir a tu casa y saber que allí no vas a estar más segura que en cualquier otro lugar. La letra la escribí pensando en la casa de mi madre, pero a veces me pregunto si también se podría aplicar a esta. Después de casi dos años aquí, aún me siento como si caminara sobre cáscaras de huevo, como si me quedara solo un error para que me echaran a la calle.

Las últimas notas se van flotando, y estoy a punto de empezar otra canción cuando oigo un movimiento cerca de la puerta de atrás. Me quedo de piedra.

—Es buena. —Luke sale de entre las sombras mirándome como si me viera por primera vez—. Es cojonuda, de hecho.

Se me dispara el ritmo cardiaco, y la ansiedad me palpita en el pecho.

—¿Qué haces tú en casa?

—¿Por qué le has dicho esa mentira de los deberes a Danny? —Su voz suena lo suficientemente suave como para quitarle gravedad a sus palabras—. No deberías esconderte. Deberías actuar.

—Ya canto en la iglesia —le contesto con un deje de resignación, como si aún tratara de convencerme a mí misma de que con eso basta.

Se le hunde la mejilla al mover la mandíbula. Me imagino recorriéndole ese hueco con el dedo índice.

—No, quiero decir tú sola, en un escenario, y no únicamente para que al pastor todo el mundo le dé palmaditas en la espalda. No había oído nunca esa canción. ¿De quién es?

—Yo… Eh… Es mía —digo apartando la mirada—. La he escrito yo.

Cuando me atrevo a mirarlo, tiene la boca abierta.

—Y una mierda.

—¿Me estás llamando mentirosa? —le espeto.

Clava los ojos en los míos.

—¿Y tú me estás diciendo que no lo eres?

No contesto. He mentido sobre lo que iba a hacer esta noche. Miento cuando aparento ser feliz con la situación en la que me encuentro. Y he mentido en otros muchos aspectos. Así que no sé qué más cosas no sabe Luke de mí, o qué sospecha… Pero seguramente tenga razón en todo.

—Esa canción es buena —dice acercándose a la puerta—. Pero creo que es una mierda que hayas mentido solo para poder tocarla. ¿No te cansas nunca de que te traten como a una criada a tiempo completo?

Me pongo tensa.

—No me tratan así. Ser parte de la familia significa arrimar el hombro.

—Ah, ¿sí? ¿Cuántas veces le han pedido a Danny que vacíe la secadora o que ayude a hacer la cena? —me dice con una expresión vacía.

Me levanto.

—¿Pero a ti exactamente qué te pasa?

Me mira un rato largo, con los ojos casi negros por la penumbra.

—No estás hecha para esto, Juliet.

Trago saliva y me voy hacia la puerta.

—No tengo ni idea de lo que estás hablando.

Da un paso atrás para dejarme pasar.

—Yo creo que sí. Y, cuanto más se alargue esta situación, más jodido se va a quedar él cuando te pierda.

Me giro hacia él completamente alucinada.

—Él nunca me va a perder.

Durante un segundo, desvía la mirada hacia mi boca.

—Ya te ha perdido, créeme.

Me alejo tambaleándome. ¿Cómo puede decir algo tan ridículo? Sin embargo, en el interior de mi cabeza, muy escondida, hay una vocecita que se pregunta si no tendrá razón. Quizá sí soy una falsa. Puede que esté aquí por razones equivocadas. Puede que no sea yo la que se está poniendo al nivel de Danny, sino arrastrándolo a él al mío.

E igual esto no es algo que pueda mantener a largo plazo.

7

AHORA

—He tenido una pesadilla horrorosa —le digo a Luke. Rueda hacia mí bajo la luz del alba, sonriente y somnoliento, pasándose la mano por la mandíbula que debería haberse afeitado ayer.

—Cuéntamela.

Aprieto los ojos para intentar recordar los detalles. Mis pesadillas nunca parecen tan terroríficas a la luz del día.

—Pues trataba de todo esto —le digo—. Ni siquiera lo recuerdo bien. No me había ido nunca de Rhodes y me iba a casar con Danny. Era como si todo lo que podía haber salido mal hubiera salido mal en realidad.

Luke me pasa una mano por la cabeza.

—Te lo tengo que decir: despertarme y descubrir que has soñado con un ex no es algo que me chifle.

Pero me sonríe como un hombre al que todo eso le da exactamente igual, porque ¿qué tiene que temer cuando para mí el sol sale y se pone gracias a él?

Aprieto los labios contra su cuello y respiro su aroma. Aunque haya pasado durmiendo toda la noche, Luke siempre huele como recién salido de la ducha.

—Es raro lo real que parecía todo.

Desliza una mano por mi cadera y se le acelera la respiración; el pecho le sube y le baja mientras lo pega al mío. Su sonrisa se vuelve socarrona.

—¿Así de real? —Es el tipo de pregunta que acaba en sexo, que no tiene más intención que esa, pero algo en mi interior dice: «Asegúrate. Asegúrate de que sea real».

Me incorporo y miro a mi alrededor. La habitación me resulta familiar y, sin embargo, no lo es, así que me dirijo hacia el balcón y abro las cortinas.

Entonces, veo el acantilado. Los chicos se lanzan desde allí, tratando de alcanzar una ola a lo lejos.

Cierro las cortinas de golpe, presa del pánico. Si Luke los ve saltar, él también querrá hacerlo y nunca volverá junto a mí.

Me giro, dispuesta a rogarle que no salga, y me doy cuenta de dónde estamos. Esta es la casucha destartalada en la que me quedé durante el Pipeline Masters, cuando fui a observarlo desde la distancia segura de las dunas y de donde luego me escabullí como una ladrona para que no supiera que estaba allí.

«No estábamos juntos entonces. Ni estamos juntos ahora».

Me despierto sobresaltada, a oscuras, mirando las desnudas paredes de una habitación desconocida.

La verdad empieza a ser cada vez más y más obvia y me ahoga: la pesadilla sí se hizo realidad; las cosas que más quería, no.

Me tumbo contra la almohada bocabajo y lloro, en un intento desesperado de hallar la forma de volver a él, a la versión de Luke que no me odia. La que no se cree que todas las terribles cosas que los demás decían de mí acabaron siendo ciertas.

Las ventanas de mi cuarto todavía no tienen persianas. Joder, me había olvidado de lo muchísimo que brilla al sol incluso tan temprano.

Tardo en salir de la cama, me froto los ojos y me preparo para un día más de merecido odio por parte de Luke y de inmerecida adoración por parte de Donna.

Ella está empezando a preparar el desayuno cuando entro en la cocina.

—Buenos días, preciosa —me dice con un beso en la frente.

Debería haber tenido un pueblo entero lleno de niños. Supongo que eso es lo que intenta con el Hogar de Danny... Solo que no vivirá mucho tiempo para disfrutarlo.

Yo me pongo a preparar los huevos, mientras ella se ocupa del beicon, y Luke entra justo cuando terminamos, con los ojos somnolientos y los labios hinchados, pasándose una mano por el pelo revuelto. Veo una línea de abdominales cuando se levanta la camisa y pienso en el sueño que he tenido. Su mano en mi cadera con un gesto posesivo; sus ojos, tan tranquilos, tan felices. ¿Podríamos haber acabado así? Nunca lo sabré, y no saberlo es lo que me tortura. Poso la mirada en las líneas de su cuello solo durante medio segundo, y me imagino recorriendo su piel con la nariz, saboreándola de nuevo. El estómago me da un vuelco tan grande que me lo sujeto literalmente para ver si para.

Yo no desayuno, pero me lleno el plato hasta arriba igualmente y me siento con ellos porque eso es lo que quiere Donna: hacer como que no han pasado los años; sentarse a desayunar como si Luke y Danny fueran a salir a hacer surf en cuanto acabemos.

—¿Te dije que al final derribaron la cafetería? —comenta Donna—. Y en su lugar pusieron un sitio elegante.

Antes de que pueda detenerlo, noto un dolor intenso, como si un fantasma se me hubiese metido en el pecho para cogerme el corazón y estrujarlo. Mi mirada se cruza con la de Luke, y solo un instante, antes de que aparte los ojos, veo al fantasma también en él.

Se vuelve hacia Donna.

—¿No dijiste que tenías una lista de cosas por hacer?

—Ayer trajeron los arbustos para el jardín de atrás —contesta ella—. Lo primero que deberíamos hacer es plantarlos, y luego me gustaría que entre los dos terminarais de poner el pladur en algunas de las habitaciones del fondo.

El modo en que Luke levanta una ceja implica que es más probable que yo termine derribando los cimientos de esta casa en vez de construir paredes. Y no se equivoca en absoluto. Pero también es verdad que, con la cantidad de dinero que hemos aportado ya, no creo que esto sea necesario. Con dos millones, se podría pagar perfectamente a alguien para que ponga el pladur.

—Donna —empiezo a decir—, a mí me parece que eso tendrían que hacerlo profesionales. Si necesitáis más dinero, yo puedo…

Deja la cuchara y me mira a los ojos.

—No. No necesito dinero. Necesito que te involucres. Necesito que sientas que este lugar es tan tuyo como mío o de los niños.

Reprimo un suspiro y continúo:

—Me alegro de estar aquí y quiero pasar tiempo contigo, pero… ¿para qué arriesgarse a que yo atraviese los paneles de yeso a martillazos y le fastidie la habitación a alguien?

—Tienes que ensuciarte las manos, Juliet. La forma en que vives ahora no es buena para nadie. Te aleja de la vida real. ¿Cuándo fue la última vez que hiciste la colada? ¿O que lavaste los platos?

Me aprieto el puente de la nariz entre el pulgar y el índice. Es típico de Donna pensar que me basta con trabajar un poco con mis propias manos para volver a ser esa adolescente ilusionada que vino a su casa por primera vez. Pero, aunque tenga razón, ¿para qué necesita a Luke aquí entonces? Seguro que ahora él está forrado, pero da igual lo que gane, porque me apuesto lo que sea a que vive en un sitio minúsculo sin que nadie lo ayude en nada. Así que él sí que se ensucia las manos cada día.

Donna sigue mi mirada, ahora clavada en él.

—Sí, ya sé que Luke se hace la colada. Los dos habéis logrado muchísimo en estos siete años, pero no puedo evitar tener la sensación de que vuestras vidas no van por el camino correcto. Y me gustaría dejarlo solucionado antes de irme.

La mirada de Luke está tan llena de dolor y rabia que tengo que apartar la vista. «Esto no lo puede arreglar ella —dice su cara—, y no tendría ni que planteárselo». Porque la que se lo hice a él fui yo, y luego a mí misma. Todos los problemas que cada uno pueda tener... los causé yo.

Desvía la mandíbula hacia ella antes de mirarla, impasible como siempre.

—Bueno, ¿dónde quieres los arbustos?

—Creo que por toda la valla trasera. Separados por la misma distancia. Y estoy haciendo una lista de cosas que hay que comprar para el anexo, así que, si se os ocurre algo, decídmelo. Podéis ir vosotros después a buscarlas.

—Persianas —digo—. ¿Igual uno podría ir cavando en el jardín mientras el otro va a comprarlas? Lo digo por ahorrar tiempo.

Y con eso quiero decir que Luke cave y yo compre, claro.

—No —dice Donna—. Tenéis que hacerlo juntos.

—Donna... —empieza a decir Luke.

Deja el tenedor y se mira el regazo.

—No es casualidad que te descalificaran en Australia, y, como no averigües qué es lo que te reconcome, me preocupa que no sobrevivas al próximo campeonato.

Se me encoge el pecho. He intentado con todas mis fuerzas no pensar en lo que hace para ganarse la vida. Me he dicho a mí misma una y otra vez que es demasiado grande, demasiado listo y demasiado salvaje como para salir mal parado. Pero, por muy grande, listo y salvaje que sea..., para el océano no es ningún rival. Y en Australia fue un insensato, y se peleó con el resto en el *line-up*. Podría haber acabado todo fatal.

La idea de que Luke se muera me provoca un dolor tan agudo que me metería la mano en el corazón y me lo arrancaría si pudiera.

Donna me mira a mí ahora.

—Y tú... Tú dejas que un hombre con el que estás saliendo te saque a empujones de un ascensor con tanta violencia que te tira al suelo, y que a continuación te arrastre de los pelos. Algo está mal, es obvio, y no sé qué es lo que necesita cada uno de vosotros, pero, por favor, encontradlo aquí y solucionadlo juntos para que yo me pueda ir a la otra vida convencida de que estáis bien.

Se me cierran los ojos. Ojalá Donna no hubiese visto ese vídeo; y sus deseos… son una causa perdida. Si el tío con el que salgo es un gilipollas, pasarme una mañana plantando arbustos no va a recomponerme. Y no sé por qué ella cree que sí. Pero, si tengo que estar tres semanas fingiendo que he cambiado, que así sea.

En cuanto termino de recoger el desayuno, salgo a la parte de atrás. Luke ya está cavando, con la camisa pegada a la espalda y a los hombros. Los músculos se le marcan con cada palada. Parece que ha nacido para esto, pero ese es Luke: un ser que parece haber nacido para conseguir todo lo que intenta.

Me mira de arriba abajo antes de negar con la cabeza.

—Puedes plantar los bulbos —dice, al tiempo que señala con la mandíbula las cajas que hay en un rincón del nuevo patio de adoquines.

Es una oferta generosa. No sé por qué me empeño en rechazarla. No he plantado un árbol en mi vida, y me da que ninguna de las habilidades que he adquirido en los dos últimos años me serán de utilidad: se me da bien cantar, despistar a los periodistas cuando me preguntan por el tipo de relación abusiva que tengo y ligar con otros tíos para recuperar la atención de mierda de Cash. Son habilidades de aplicación limitada.

—Hago ejercicio casi todos los días, por si no te has dado cuenta —le digo—. Así que puedo cavar igual que tú.

Me da la pala.

—Pues, hala. Muéstrame lo en forma que estás.

«Genial, Juliet. Ahora vas a tener que cavar y, por muy duro que sea, no podrás admitir que no eres capaz».

Los siguientes treinta minutos me los paso dando unos palazos tremendos contra el suelo, pero no progreso ni la milésima parte de lo que había hecho Luke. Me tiemblan los brazos y tengo las manos llenas de ampollas. Cuando su sombra se cierne sobre mí por fin, me quita la pala sin decir palabra. Que haya sido un capullo cuando le he sugerido cavar en su lugar es típico de él; pero también lo es que al final me deje irme de rositas cuando probablemente no me lo merezco. Que se compadezca de mí en vez de limitarse a verme fracasar de nuevo y regodearse.

—Ya lo tenía controlado —murmuro.

Los dos sabemos que no.

—La idea es que los chavales de acogida no tuviesen ya nietos cuando acabaras.

«Deja de ser amable, Luke. Deja de protegerme».

«Eso nunca nos ha llevado a ninguno de los dos a ninguna parte».

8

ENTONCES
JULIO DE 2013

Antes de conocer a Danny, soñaba con tener una vida completamente distinta. Esperaba acabar haciendo algo que realmente me agradara, volar en vez de limitarme a tocar tierra. Que a Luke le gustara mi canción me ha hecho tener esperanzas de nuevo. Y preguntarme por qué, y cuándo, dejé de pensar que era posible.

No sé muy bien por qué me centro en eso e ignoro toda la mierda negativa que insinuó sobre mi relación con Danny. Lo hago y punto. Tarareo esa canción inacabada en voz baja cuando trabajo en la cafetería y cuando ayudo a Donna con la cena. Es como un puzle al que le falta una pieza, pero las palabras de Luke me han hecho creer que encontrar esa pieza importa.

La tarareo día y noche, todos los días, buscando sin parar y deseando poder tener algo de tiempo para mí y resolverlo, aunque sepa que eso no va a pasar. Esta semana están aquí dos amigos de Danny de la universidad, así que no hemos parado. Cuando no estoy ayudando a Donna me tengo que ir a toda prisa a una fiesta a la que no quiero ir porque alguno de ellos ha quedado con una chica.

Vienen a casa el sábado por la tarde, después de un día entero surfeando, justo cuando yo llego en bici después de un turno doble en la cafetería. Se quedan en el piso de arriba mientras Donna y yo hacemos la cena, y se vuelven a subir cuando Donna y yo limpiamos. Media hora enterita fregando sartenes, poniendo el lavavajillas y barriendo el suelo, mientras los cuatro están arriba riéndose como unos niñatos rebeldes que han hecho pellas.

Estoy que trino por dentro, harta de... todo. De luchar por tener un minuto para mí, de esta tensión tan rara entre Luke y yo...

Subo en el momento en que Danny sale del baño, recién duchado.

—Date prisa, ¿vale? —me suplica—. Hay una fiesta en la playa, y Nev está como loco por llegar ya.

Inhalo profundamente y asiento con la cabeza, supongo que para tragarme la frustración. Anoche, cuando acapararon el baño del pasillo uno detrás de otro, no me pude ni duchar, pero ahora tengo que darme prisa. «Si me ayudaras, no tendría que darme prisa. Si me fuese nueve meses a la universidad, ¿podría darme yo el lujo de estar toda la noche rascándome las pelotas y pasarme el día haciendo surf?».

Nunca diré nada de esto en voz alta. Danny quiere agradar a sus padres, a mí y a sus amigos. No es culpa suya que la cague todo el rato con alguna de esas personas.

—Igual tendría que quedarme y terminar el libro para el instituto —le digo.

—Cariño, venga —dice cabizbajo, mientras Luke me mira justo encima de su hombro como si fuera una puta mentirosa—. No te he visto en todo el día.

Aprieto los dientas y acepto ir. Quiero a Danny, pero también estoy en deuda con él. A veces me resulta difícil distinguir cuál de las dos cosas me obliga a ceder ante él cuando lo hago.

Voy corriendo a mi cuarto, cojo una toalla y una muda de ropa, y al salir veo que alguien se me ha adelantado en el baño y que la ducha está una vez más abierta.

Golpeo la puerta con la palma de la mano.

—¿Estáis de coña?

La puerta se abre de repente, y aparece Luke de pie con una toalla enrollada justo por debajo de la cintura mientras el agua sigue corriendo.

Sonríe con satisfacción.

—¿Pasa algo?

Es esa sonrisa burlona lo que me saca de quicio. Si Danny hubiese oído lo que acabo de decir, se habría preocupado. Habría dicho: «¿Qué pasa? ¿Cómo puedo solucionar esto?». Pero Luke se piensa que ha ganado algo haciéndome perder los papeles y... que le den por culo. No tengo que impresionarlo. Me da igual ya lo que piense.

—Estás gastando toda el agua caliente —siseo—. ¡Ahora mismo está corriendo y ni siquiera te estás duchando! Habéis tenido todo el día para vosotros. ¿Es mucho pedir que me deis cinco puñeteros minutos para ducharme después de todo el día trabajando?

Se pasa una mano por el pelo.

—No. No es mucho pedir. Pero eres incapaz de hacerte valer, así que no creo que lo consigas nunca.

La verdad que emana de sus palabras me sacude de arriba abajo. ¿Cómo va a cambiar algo en mi vida si sigo comportándome así? Noto el sollozo y la rabia que me suben por la garganta, y algo en mí se rompe. ¿Por qué Luke tiene que empeorarlo siempre todo?

Actúo sin pensar y lo empujo con todas mis fuerzas. Por supuesto, casi ni se mueve. Es como golpear una pared. Pero me coge las muñecas con las manos para detenerme, las sujeta contra su pecho... y se cae la toalla. Por puro reflejo bajo la mirada y me quedo alucinada. Está empalmado. Y, si antes no entendía por qué todas las tías se lo rifan por la noche, ahora me queda cristalino.

—¿Es esto lo que querías, Juliet? —No hace ningún movimiento para recoger la toalla—. Adelante, si tantas ganas tienes de mirar.

Me suelto, horrorizada, y por primera vez reconozco lo que él parecía saber ya de sobra: que quiero algo que se supone que no debo querer.

Retrocedo tambaleándome y parpadeo muy rápido para hacer que desaparezcan las lágrimas.

—Que te follen, Luke.

Me espero a que se regodee en su victoria. Pero, en lugar de eso, deja caer los hombros. Hay algo sombrío y doloroso en sus ojos. Como si esto no lo estuviese disfrutando absoluto. Como si hubiese odiado este verano tanto como yo, quizá.

Quiero cabrearme con él por lo que acaba de pasar, por todo lo que ha estado pasando, pero noto en el pecho un dolor por nosotros dos que no sé ni cómo interpretar. Me doy la vuelta y voy directa a mi habitación, cerrando la puerta tras de mí.

Ya nada tiene sentido. Nada.

Después de ducharme al fin, pero con agua fría, me voy con Danny a la playa, sin mencionar lo que ha pasado con Luke.

Los amigos de Danny ya están allí, reunidos en torno a una de las hogueras. Hago todo lo que puedo por ignorar a Luke, cuya mirada clavada en mí es más sombría que nunca. Parece que todo ha terminado, y la culpa la tiene él, así que no sé por qué sigo pensando en el roce de su pecho desnudo bajo mis manos y en todo lo que he visto cuando se le ha caído la toalla.

Los compañeros de Danny sacan una caja de cerveza barata. Cuanto más beben, más parecen centrarse en… Danny y en mí.

—Daniel Allen —dice Nev—. Eres un buen hombre. ¿Sabes por qué? Porque, si yo tuviera a la pequeña Juliet en mi casa, te aseguro que no dejaría que ningún gilipollas como nosotros viniera de visita.

Danny se ríe. Luke no. La chica con la que está, Rain, es pequeña y guapa, y cuanto más la ignora, más intenta ella llamar su atención. Lo mismo que su amiga Summer, sentada junto a ellos.

Me pregunto con cuál de las dos se irá esta noche. Hay un momento en que me imagino siendo la elegida. ¿Será amable? ¿Rudo? ¿Las dos cosas?

Yo creo que debe de ser un poco de las dos cosas.

—No sé cómo conseguís salir de la cama —continúa Nev.

Danny vuelve a reírse, pero el sonido de la voz baja y amenazadora de Luke le corta la risa.

—Cuidado, Nev —advierte, aunque no sé muy bien qué es lo que lo molesta.

Yo sí sé lo que me fastidia a mí. Es Danny. La forma en que se ríe y les sigue la corriente, sin corregirlos. Si tan importante es para él esperar al matrimonio, muy bien, pero entonces no debería suponerle ningún problema proclamarlo a los cuatro vientos. Me niego a fingir que nos estamos acostando solo para que sus amigos piensen que es guay.

Caleb saca una guitarra y empieza a tocar una versión espantosa de «Sweet Home Alabama».

—Deja que toque Juliet —dice Luke con autoridad cuando Caleb acaba. Lo miro boquiabierta y su mirada, impávida, se cruza con la mía, lanzándome un desafío—. La otra noche la escuché. Y es muy buena.

No me puedo creer que me venda de esta manera. No solo delante de Danny, sino de todos.

Caleb me pasa la guitarra y yo la cojo a regañadientes, con un nudo en el estómago. Pero también hay algo que me tranquiliza mientras me pongo la guitarra en el regazo. Como si fuese un escudo, aunque en realidad sea todo lo contrario.

—Toca la canción que escuché —dice Luke—. La que habla de volver a casa.

Lo fulmino con la mirada.

—Esa no está lista.

—Claro que está lista, joder —dice Luke—. Pero, si no quieres cantar esa, toca otra.

Lo miro a él y luego a Danny, que me dedica una sonrisa tibia y asiente tímidamente. Tengo la sensación de que mi novio preferiría que no tocara. Y esto es lo que definitivamente me impulsa, más que nada, a ponerme cómoda y tocar algunos acordes para hacerme una idea de cómo está afinada la guitarra. Luke tendría que haber cerrado el pico y no pedirme nada, pero yo tampoco debería sentirme mal por querer cantar.

Empiezo con una versión acústica de «Umbrella». Mi intención es parar en cuanto la termine, pero no puedo. Ahora sé qué es lo que veo en la cara de Luke cuando surfea. No es felicidad. Yo me siento mucho más que feliz. Me siento plena, joder.

Esta es mi ola. Esta soy yo, viendo dónde pongo la voz, junto a qué acorde. Yo, encontrando un sitio maravilloso y luego otro. La canción acaba, pero no quiero parar. Me he deslizado por la cresta de la ola y ahora quiero entrar en el tubo. Quiero rozar toda la pared con la mano para ir más despacio y hacer que dure más. El trayecto de una canción a la otra es irregular, lleno de baches, y por un momento me pregunto si no debería abandonar, pero sigo adelante. Toco «Wild Horses» de los Stones. Siempre ha sido melancólica, pero esta noche lo es aún más. Canalizo toda la nostalgia que llevo dentro y me sorprendo por todas las cosas que quiero del mundo y la pena inmensa que tengo porque no las conseguiré.

La canción termina, y tardo un momento en oír siquiera respirar a nadie. Espero con el estómago en un puño, sin saber si lo he hecho bien o si he hecho el ridículo y lo he estropeado todo.

—Hostia puta —susurra Caleb—. ¿Tocas y cantas así y antes, mientras yo hacía el imbécil con la guitarra, no has dicho ni una palabra?

—Ha sido increíble —dice Rain. Lo dice con tanta sinceridad que me resulta difícil odiarla.

—Tía, tendrías que estar en Hollywood —dice Beck. No sabía ni que supiese hablar, porque nunca le había oído decir nada.

Luke se echa hacia atrás, con los brazos cruzados sobre el pecho y los ojos clavados en mí como si no pudiera apartar la mirada. Y yo lo miro a él, solamente un instante quizá demasiado largo.

Tal vez, solo tal vez, intentaba ayudarme.

El corazón me empieza a tamborilear en el pecho, se me abren los pulmones… y me obligo a apartar los ojos de los suyos.

La puerta que acabo de abrir tiene que volver a cerrarse. Con llave.

«Luke no estaba tratando de ayudarme. No, para nada».

Y yo no estaría pensando ni sintiendo ninguna de estas locuras que siento si Danny y yo fuéramos… algo más. Si no me tratara como a una niña pequeña; si tuviéramos una relación la mitad de adulta que las que Luke tiene con chicas que casi ni conoce.

Espero a que Danny y yo nos quedemos a solas junto al fuego, a que todos y cada uno de sus amigos se vayan a ligar con alguien o a perseguir a alguna chica en otra hoguera.

Le cojo la mano.

—Danny —susurro mirando la arena bajo nuestros pies—, no quiero esperar al matrimonio.

Mira a nuestro alrededor como si estuviese prohibido hasta hablar de este tema, aunque estemos completamente solos.

—Creí que estabas de acuerdo conmigo —dice—. Pensaba que querías que fuera especial.

—Y probablemente sea especial, estemos casados o no.

A lo lejos se ríe una chica, y me pregunto si es la chica con la que Luke está ahora mismo. Si él le está bajando la mano por la espalda hasta llegar al culo. Si ella arquea el cuerpo contra el suyo para recordarle que es una mujer y que lo desea, por si acaso a él se le ha olvidado.

—Creo que pasas demasiado tiempo con Luke —concluye.

Y, aunque Danny no entienda nada…, también tiene razón. Definitivamente, paso demasiado tiempo con Luke.

9

AHORA

Por la tarde tenemos la primera reunión con la junta del Hogar de Danny.

Donna la organizó en el último minuto para que pudiésemos conocer a todo el mundo, pero de todas las cosas de las que quiere que yo forme parte —las entrevistas, la ceremonia de inauguración, la gala para recaudar fondos—, lo que más miedo me da es esta estúpida reunión. A pesar de todos los años que han pasado, no puedo olvidar aquellos encuentros con las viejas brujas de la cafetería, allí sentadas diciendo lo bien que le iría a Danny con otra, que lo nuestro acabaría fatal.

Lo peor es que tenían toda la razón.

Me dirijo hacia la sala, pero me detengo en cuanto veo a Libby en la mesa. Me siento un poco incómoda, porque no sé cómo me va a recibir.

Me ve y se levanta con una sonrisa tímida, reticente. Está igual de bonita que siempre… y embarazadísima.

—Juliet —dice y me abraza—. Me alegro mucho de verte.

Trago saliva. Me alegro de verla, pero al mismo tiempo tengo ganas de vomitar: otra persona a la que he tratado fatal.

—Siento mucho no haber mantenido el contacto contigo.

Cuando en realidad lo que quiero decir es «siento haberme perdido tu boda. Siento no haberte devuelto las llamadas, ni los correos ni los mensajes. Siento haberme ido de la ciudad sin decir una palabra y haberme comportado como si no importaras».

Mueve la mano como para quitarle importancia:

—¡Tu vida es una locura! No sé cómo logras hacerlo todo. Pero te sigo. Y estoy muy orgullosa de ti.

Qué típico de Libby ser así de amable. Si yo estuviese en su lugar no lo sería.

Le miro la barriga.

—Parece que tu vida también está a punto de ser una locura.

Sonríe, emocionada y avergonzada a la vez.

—Ha costado un poquito —dice—. Pero ya casi estamos.

Grady y ella llevan casados más de seis años, y sospecho, por lo que Donna me ha contado, que Libby se ha pasado la mayor parte de ese tiempo deseando tener un hijo. Me imagino lo que ha debido ser para ella que la señora Poffsteader le diese palmaditas en el hombro todos los putos domingos, para consolarla y, al mismo tiempo, hacer que se sienta como si la culpa la tuviera ella. Me pregunto dónde irán a desayunar esas viejas arpías ahora que ha desaparecido la cafetería; dónde plantan ahora las biblias mientras ponen a parir a todo el mundo y dejan una mierda de propina.

La sala se queda en silencio. Es hora de sentarnos. Libby me coge la mano.

—¿Comemos un día antes de que te vayas? Sé que estás ocupada, pero, si puedes hacerme un hueco, me encantaría ponernos al día.

—Sería estupendo —le respondo. Y lo digo en serio. Me encantaría comer con Libby, pero no pienso hacerlo. Me inventaré cualquier excusa o me tiraré delante de un autobús si es necesario. Básicamente, cualquier interacción que tenga aquí podría acabar mal, pero con Libby sería un desastre asegurado.

Una mujer pulcra y diminuta pasa por delante de nosotras, esboza una sonrisa falsa y empieza a hablar:

—Como la mayoría de ustedes sabe, soy Hilary Peters, la nueva directora ejecutiva. —Hay algo petulante en ella, y, ahora que he renunciado a intentar ser una Allen, no pienso reprimir ningún impulso de juzgarla por ello—. Permítanme comenzar dando la bienvenida a todos. Sobre todo, a nuestros invitados famosos: Luke Taylor y Juliet Cantrell. —¿Es mi imaginación o su voz rezuma sarcasmo al decir «famosos»? Echo un vistazo a Luke para ver si le molesta, pero mantiene un rostro inexpresivo. Siempre se le ha dado mucho mejor que a mí ocultar lo que siente. Hilary hace que se presenten todos y empieza a repartir algo—. Tenemos muchas cosas que hacer el mes que viene, y por eso he convocado esta reunión.

«Tú no convocaste esta reunión. Fue Donna. Yo estaba delante cuando te mandó el puto e-mail».

Miro la agenda que me acaba de pasar. Prácticamente es solo una lista de entrevistas, la mayoría organizadas por mi publicista, y al final la ceremonia de inauguración y la gala.

—Veamos, para las entrevistas, queridos Luke y Juliet, he pensado que estaría bien si los dos pudieseis centraros en vuestra experiencia como niños adoptados. En fin, que les contéis dónde estabais antes de que los Allen os acogieran y dónde habríais acabado sin ellos.

Esta vez, cuando miro a Luke, él ya me está mirando. Me he dedicado con sumo cuidado a eliminar la mayor parte de la verdad de mi pasado. Y él también. Ninguno de los dos necesita que salga a relucir.

Dejo el papel a un lado.

—Conseguir estas entrevistas para el Hogar de Danny ha sido un placer, pero en ningún momento se ha hablado de que el hecho de ser adoptada, algo que, por cierto, Luke nunca fue, formara parte de la estrategia de comunicación.

Hilary me dedica una sonrisa condescendiente.

—Hay una diferencia abismal entre que un famoso consiga una entrevista para algo y que el famoso personalice la experiencia para que los lectores comprendan lo significativa que es. Seguro que entiendes la diferencia.

«Ay, pero qué zorra».

—Entiendo la diferencia perfectamente. Pero hablar de eso es una decisión personal que tomaré cuando yo lo considere oportuno.

—Escucha, Juliet —dice con una sonrisa tensa—. Imagino que pueda ser incómodo para ti, pero significaría mucho para…

—Ya ha dicho que no —gruñe Luke. Hilary parpadea rápidamente. Al parecer, el «no» de Luke pesa más que el mío. Supongo que no debería sorprenderme. ¿Acaso alguien ha respetado alguna vez mis opiniones?—. Juliet ya ha hecho muchísimo por este lugar. No tiene por qué hacer más. Y, como ella misma acaba de decir, no fui un niño de acogida. Solo me quedaba con los Allen en verano mientras estudiaba en la universidad.

—Bueno, tú tuviste una adolescencia difícil, ¿no? —pregunta—. A lo mejor podrías hablar de eso y…

—¿Qué te parece si soy yo el que decide de lo que quiero hablar y Juliet decide de lo que quiere hablar ella? —inquiere—. Para empezar, si se está recibiendo tanta publicidad es gracias a nosotros.

Ella frunce el ceño y observa a los miembros del consejo más cercanos con una mirada que básicamente significa: «Os dije que nos darían problemas».

—Bien, pues aparquemos esto por ahora. Libby, ¿puedes contarnos qué tal van los preparativos para la gala?

Libby sonríe. Tiene el mismo carácter dulce que Donna, esa clase de dulzura que emana de ella, quiera o no quiera. Si hubiese sido Libby la que me hubiese sugerido lo de la entrevista, habría aceptado. Si ella me lo pidiera, probablemente diría que sí a casi cualquier cosa. Por eso lo mejor es que no me acerque a ella.

Nos habla de los preparativos para la gala, pero desconecto y no me entero casi de nada. Habrá mucha gente a la que me gustaría no ver; sobre todo, una persona especialmente resentida por toda la atención que me están dando; una persona que igual tiene la esperanza de socavarme la moral. No debo olvidar en ningún momento el riesgo que entraña toda esta situación.

Hilary interrumpe a Libby a mitad de la explicación y comienza a hablar ella de la ceremonia de apertura:

—Empezará Donna, luego el pastor rezará una plegaria, hablaré yo y después he pensado que estaría bien que Juliet cantara «Amazing Grace», ya que era el himno preferido de Danny.

La miro fijamente. Ni en sus mejores sueños podría yo cantar esa canción. Me alucina que piense que sí.

—Nadie me dijo que tendría que actuar.

Toda la sala me observa como diciendo: «Deja de dar por saco, Juliet».

—Supuse que no te importaría —dice Hilary con una sonrisa mordaz.

Recuerdo a mujeres como ella entre las muchas asistentes sociales con las que tuve que lidiar cuando era niña. Es de esas que se meten en este trabajo no porque les importe, sino porque disfrutan sintiéndose superiores al resto.

—Dada la situación, y con lo emotiva que podría ser la ceremonia, no estoy segura de que pueda hacerlo.

—Bueno, pero eres una profesional, ¿no? —pregunta—. Seguro que podrás superarlo.

—Ha dicho que no —dice Luke por segunda vez—. Y te recomiendo que no sigas intentando pasar por encima de ella, o descubrirás que aún podemos hacer mucho menos.

Lo miro atónita. No es la primera vez que Luke me defiende.

Pero ojalá sea la única de esta sala que se ha dado cuenta de que sigue haciéndolo.

10

ENTONCES
JULIO DE 2013

Termino de trabajar un poco más tarde de lo habitual, y vuelvo en bici a casa por la carretera de la costa justo después del atardecer. Stacy ha tenido algún problema con sus hijos y no he podido irme hasta que ha llegado ella. Pero ahora ya no me importa: sopla una brisa suave, el cielo se tiñe de tonos melocotón y púrpura, y disfruto de unos minutos para mí misma.

Voy tarareando «Homecoming» mientras pedaleo. ¿De verdad será buena? Danny había acabado calificándola con un adjetivo mejor que «triste», pero al final fue Luke el que me empujó a tocarla la otra noche delante de todos, que aplaudieron como locos cuando acabé. «Y yo que pensaba que el más famoso de todos nosotros acabaría siendo Luke», dijo Caleb después.

En mi interior noto cómo se libera algo más cada día, poquito a poco. Me vuelvo a preguntar si podría ganarme la vida cantando. Ahora mismo, solo estoy destinada a ser la mujer de Danny. Y no estoy segura de que eso me baste.

Mi cerebro no cesa de darle vueltas a las posibilidades: ¿me podría permitir vivir en Los Ángeles? ¿Cómo lo pagaría todo? ¿Qué hago para que me descubra un cazatalentos?

Estoy tan ensimismada que no oigo los improperios hasta que el coche está prácticamente encima de mí.

Antes de darme cuenta de lo que está pasando, veo un brazo que se asoma por la ventanilla y me agarra de la blusa. Tira con tanta fuerza que los botones se sueltan y pierdo el equilibrio con la bici, que se tambalea sin control. El corazón me bombea con fuerza contra las costillas y me aparto de una sacudida, desesperada. El hombre me suelta y yo salgo volando hacia el arcén. El impacto me produce un dolor espantoso y punzante en el costado, la gravilla me araña todo el cuerpo y el pedal de la bicicleta se me clava en la pantorrilla.

Estoy en shock un segundo, pero, cuando veo las luces de freno del coche, la adrenalina hace que todo desaparezca: el dolor, la conmoción y la furia…, porque esas luces de freno significan que no se van.

Significan que están dando la vuelta y vienen a por mí.

Si ya no quería tener que enfrentarme a estos tíos encima de la bici, peor será tener que hacerlo acurrucada en el suelo. Así que me pongo de pie. Me duele a morir cada centímetro de piel, pero trato de ignorarlo y llego desesperada hacia los frondosos árboles que hay al otro lado de la carretera. Desaparezco justo cuando pasan marcha atrás por encima de mi bici y paran el coche.

No sé si correr o quedarme muy quieta, pero el tobillo se me está hinchando y, de todos modos, no estoy segura de si podré moverme muy rápido. Cojo el móvil con manos temblorosas, cuando dos tíos salen del coche y observan detenidamente el bosque con una sonrisita en la cara, como si todo esto les hiciera gracia. Me agacho todo lo que puedo, demasiado asustada para llamar a la policía; no llegarían a tiempo para ayudarme, y el sonido del teclado podría delatarme.

Otro coche se acerca. Los chicos se miran entre ellos, y yo contengo la respiración, con el corazón palpitando a toda pastilla, hasta que vuelven a su vehículo. Cuando se van, me abandona la adrenalina y me desplomo en el suelo, temblando de frío a pesar de que el día es cálido. Mi impulso es hacerme un ovillo y quedarme allí hasta que todo mejore, pero ya me he hecho daño demasiadas veces en mi vida como para saber que, cuanto más espere para moverme, más difícil me resultará.

Me tiemblan las piernas, pero me obligo a ponerme de pie. La bici está jodida del todo, aunque igualmente me daría demasiado miedo cogerla, así que empiezo a caminar pegada al bosque por si acaso vuelven.

Creo que tengo un esguince en el tobillo, pero sigo, no me paro, sujetándome la camiseta, porque sé cómo funcionan estas cosas. En el momento en que me detenga a notar el dolor, me arrastrará. Cuando por fin me empiezan a resbalar las lágrimas por la cara, sigue sin ser por el dolor físico. Es, sencillamente, porque, por muy mayor que me haga y por muy segura que crea estar, dudo que llegue un día en que no me atropelle algo por detrás, en que no tenga que ir cojeando a algún sitio para estar a salvo, y todo esto preguntándome si es por algo que yo he hecho.

Cuando llego a casa, los chicos ya han vuelto de hacer surf. Sería más fácil si no fuese así. Porque Danny se creerá cualquier cosa, pero a Luke no será nada fácil colársela.

Subo cojeando los escalones de la entrada. «Tranquilízate, Juliet. No puedes entrar ahí y montarla».

—¿Juliet? —me llama Donna cuando abro la puerta principal—. ¿Eres tú?

Respiro hondo.

—¡Hola! —respondo—. ¡Un segundo! Me cambio rápido y voy.

La voz me sale con un tono que no está ahí normalmente, entre agudo y falso.

—Date prisa, cariño —dice Donna de nuevo—. Estoy liada con este pastel y me tienes que ayudar a darle la vuelta al pollo.

Lo que quiere decir es «llegas tarde». Respiro entrecortadamente.

¿Valdrá la pena? ¿Hay algo en todo esto que merezca la pena? Hoy, en la cafetería, una mujer le ha dicho a su hijo que, si no estudiaba más, acabaría sirviendo mesas como yo. Charlie me ha llamado im-

85

bécil. Dos viejos asquerosos me han preguntado después de comer cuánto cobraba yo si les daba más azúcar. Cuando les he respondido que tenían el azúcar encima de la mesa, me han dicho: «No estamos hablando de ese tipo de azúcar».

¿Qué me espera al final de esto? Nada. ¿Cómo coño voy a salir adelante en Los Ángeles si ni siquiera puedo vivir segura aquí?

El sollozo que estaba conteniendo se hincha y me ahoga cuando respondo:

—Vale —digo antes de tragar saliva, con la voz demasiado aguda y débil—. Solo un segundo.

Apenas he dado un paso cojeando hacia las escaleras cuando Luke sale de la cocina, y me observa con una mirada cada vez más sombría. Me sujeto la blusa con más fuerza, y él sigue el movimiento con los ojos.

—¿Qué coño te ha pasado?

—Nada —susurro, secándome la cara en el hombro. «Cálmate. Cálmate»—. Me he caído.

Se queda de piedra.

—No me mientas, joder. ¿Qué ha pasado?

Donna se asoma al pasillo y abre de par en par los ojos mientras se limpia las manos con un trapo.

—Dios mío, cariño, si tienes grava metida en... —Posa su mirada en la blusa que estoy sujetando—. Ay, cariño.

Danny cruza la habitación y me pone las manos en los brazos. Contengo la respiración cuando me toca.

—El brazo —susurro.

—¡Lo siento! Lo siento —dice soltándome—. ¿Qué ha pasado?

Vuelvo a mirar a Luke. Quiero mentir, pero supongo que la blusa rota me delata, y es como si Luke siempre supiese si estoy mintiendo.

—Unos tíos han intentado tirarme de la bici al volver a casa. Pero estoy bien.

—No estás bien, cojones —gruñe Luke—. Estás cojeando, raspada de arriba abajo, y te han roto la puta blusa.

Donna hace una mueca por el lenguaje que utiliza, pero no le dice nada a él y me pregunta a mí:

—¿Quieres que llamemos a la policía, cariño?

Sacudo la cabeza rápidamente.

—No. No ha sido para tanto.

—Y una mierda que no —dice Luke.

Quizá tenga razón, pero la policía no va a hacer nada. Lo más seguro es que asuman que la culpa ha sido mía, y…, quién sabe…, igual sí que lo ha sido. A lo mejor me tendría que haber cambiado de ropa antes de volver a casa en bici. A lo mejor no tendría que haber ido cantando. A lo mejor no tendría que haber cogido ni la bici.

—Estoy bien. De verdad. He tenido que dejar allí la bici. Creo que se ha doblado el cuadro.

—Ya irán los chicos a por ella —dice Donna poniéndome una mano en el codo bueno—. Y yo te ayudaré a limpiarte.

Donna me lleva hacia las escaleras, y Luke se queda allí de pie, viendo cómo me marcho, luchando contra algún impulso que yo no comprendo, hasta que al final se aleja.

Donna tiene que quitarme la gravilla y los cristales de la piel con unas pinzas. Me muerdo el labio, aprieto los muslos y me clavo las uñas en la palma de la mano para distraerme del dolor.

—Ya está lo peor —dice por fin, y yo exhalo de alivio. Me abre la ducha, pero, cuando está a punto de salir por la puerta, añade en tono vacilante—: Si… Si ha pasado algo peor de lo que has contado, puedes decírmelo. No tiene por qué saberlo nadie más.

Abro los ojos. Se piensa que me han violado, y está dispuesta a no contarle ni una palabra a Danny si así ha sido. Yo sé que no lo haría.

—De verdad que no ha pasado nada más. Si casi no han parado el coche.

Me mira un momento largo, incrédula. Probablemente Donna cree que, si hubiese sido solo como se lo he contado, yo no debería estar tan triste. Y quizá tenga razón. Puede que no siempre haya tenido tanta suerte y tengo el recuerdo marcado a fuego. Y, por lo que parece, no es una mancha que se pueda quitar fácilmente.

Cuando bajo, Danny y Luke están en la cocina. Luke se levanta y Danny, mirándolo, hace lo mismo. Pensaba que las heridas tendrían mejor aspecto al salir de la ducha, pero por la cara que pone Luke creo que no.

—Eh, cariño. —Danny extiende un brazo con cuidado para tocarme el lado bueno—. ¿Estás mejor?

—Como nueva —le digo.

Miro hacia donde está Donna, e intento averiguar si necesita que la ayude.

—Ni se te ocurra —gruñe Luke.

—Pero puedo…

—Juliet —añade con una voz autoritaria que nunca le había oído—, siéntate.

—Sí, cariño —me insta Donna—, por supuesto. Descansa.

Cojeo hacia la mesa y Luke se pone a mi lado.

—Cámbiame el sitio —me exige. Porque desde su silla, al otro lado de la mesa, me resultaría muy difícil estar levantándome durante toda la cena.

Abro la boca para objetar, pero los ojos se le ensombrecen de un modo tan peligroso que hago lo que me dice.

—¿Cómo era el coche? —pregunta.

Levanto la vista. Aunque los Allen crean que el mundo es un lugar justo, yo sé la verdad y me da que Luke también. La gente miente. Las personas siempre se salvarán a ellas mismas primero. Podría saberme la marca, el modelo y la matrícula del coche; podría identificar un lunar en la cara interna del muslo derecho del tío que me agredió y tener su piel bajo las uñas, pero él seguiría diciendo que fue un accidente o un malentendido. Y todo el mundo lo creería.

—No importa. Aunque supiera quiénes son, lo negarían todo y dirían que me he caído de la bici yo solita.

—Ya lo sé —dice—. Pero yo solo quiero que me digas lo que has visto.

—Era un coche plateado. Pequeño. No tengo ni idea de qué marca. Con tablas de surf en la baca.

—¿Has visto a alguno de esos tipos?

Cierro los ojos.

—Solo recuerdo al que me he agarrado. —Otra mancha que se me quedará en la memoria. Sus ojos eran tan… fríos. Me ha visto sangrar, ha visto mi bici destrozada y mi camiseta hecha jirones, y aun así se reía—. Tenía un piercing en la ceja. Un tatuaje en los nudillos. Eso es todo lo que recuerdo.

La puerta del garaje se abre para anunciar la llegada del pastor. Donna frunce el ceño.

—Deberíamos dejar de hablar de esto.

Luke mueve la cabeza hacia ella.

—¿Y eso por qué?

Parpadea, sorprendida por su tono, y luego traga saliva.

—Porque creo que Juliet preferiría que esta historia se quedara… entre nosotros.

Todos tardamos un segundo en comprender lo que NO ha dicho: si se lo decimos al pastor, él lo incluirá en un sermón. Puede que espere unos meses, pero después lo contará con los detalles suficientes para que nadie dude de que fui yo. «Una chica joven que volvía en bicicleta de su trabajo en la cafetería», dirá, y toda la congregación se dará la vuelta para mirarme, recordando esas semanas en las que yo me paseaba magullada.

Seguramente pensarían que me lo busqué yo, y no sé por qué los odio por eso, cuando yo lo pienso también. No sé si tiene lógica o no la tiene. Pero sigo creyendo que, si fuera mejor persona, no me habría pasado nada.

Si yo fuera el tipo de chica que los Allen creen que soy, ¿me habría dejado mi padre? ¿Habría muerto mi hermano? ¿Tendría que trabajar en una cafetería para ahorrar dinero y así no quedarme sin casa cuando acabe el instituto?

Si yo fuera esa otra chica, esa chica mejor, ¿habría hecho Justin lo que hizo? ¿Habrían intentado agarrarme esos tíos?

No puedo evitar tener la sensación de que de alguna manera me lo he buscado.

—¿De qué estado? —pregunta Luke—. ¿De qué estado era la matrícula?

Sacudo la cabeza. La respuesta no va a servir de nada.

—De California —respondo en voz baja mientras se abre la puerta.

El pastor me mira mientras se sienta al otro lado de la mesa. No estoy segura de si le llaman más la atención los rasguños o el hecho de que esté sentada en un lugar distinto al habitual desde el que no puedo ser útil.

—¿Qué ha pasado?

—Juliet ha tenido un pequeño accidente con la bici —dice Donna rápidamente.

A Luke se le dilatan las fosas nasales, como si fuera una objeción silenciosa.

—¿Te has caído? —me pregunta el pastor—. ¿Llevabas casco?

Niego con la cabeza. «Ya verás como así el pastor encuentra la manera de que sea culpa mía».

El pastor le frunce el ceño a Donna, mirando el desorden de la cocina:

—No deberías tener que preparar todo esto tú sola.

No les dice a los chicos que tendrían que haber ayudado. Lo que quiere decir es «caerse de una bicicleta no es excusa».

Me dispongo a levantarme, pero Luke se pone de pie antes.

—Ya voy yo —dice.

Y la mirada que le lanza a la espalda del pastor es letal.

Los daños de mi bici son irreparables. Tengo lo suficiente ahorrado como para comprarme una nueva, pero no estoy preparada: ahora, siempre que estoy fuera de casa, aunque esté cerca paseando, no hay momento el que no sienta esa ráfaga de viento por detrás, un susurro de advertencia de que algo viene a por mí. Así que cojo el autobús, que tarda el doble, y el pastor se muestra algo distante conmigo las noches que no me da tiempo a ayudar a Donna, como si fuese algo que he elegido hacer a propósito.

Luke ha estado saliendo por su cuenta desde que ocurrió, pero, cuando llego a casa del trabajo una semana después, extrañamente insiste en que yo salga.

—Dan un fiestón en la playa esta noche —dice—. Tenemos que ir todos. Conduzco yo.

Frunzo el ceño. Suele haber fiestones con mucha frecuencia en la playa, y a Luke siempre le dan igual, así que no sé por qué este sí le importa. Y siempre va por su cuenta, ya que sus noches acaban de forma muy distinta a como acaban las mías con Danny.

—Claro, como quieras —acepta Danny alegremente, sin cuestionarse por qué Luke cambia el plan de repente.

Y me da la sensación de que tendría que haberlo hecho.

Cuando llegamos unas horas después, hay cientos de chavales. No cabe duda de que será la policía la que acabe disolviendo esta fiesta.

—Pero ¿conocemos a alguien aquí? —pregunto.

—Sí —responde Luke distraídamente—. Me han hablado de esta fiesta algunos de los del *line-up*.

Nos movemos entre la multitud. Supongo que habremos venido a ver a una chica con la que ha quedado Luke, como si no tuviese suficientes chicas en Kirkpatrick, pero él me observa más a mí que a la gente que nos rodea. Llevamos dando vueltas diez minutos antes de que yo tire de la mano de Danny hacia la parte sur de la fiesta, donde la música está a todo volumen. Él no quiere bailar, pero yo sí, y estoy harta de seguir a Luke para que pueda follarse a alguien nuevo.

Danny tira hacia atrás.

—Venga, Juliet —suplica.

Y en mi interior salta un resorte.

—Venga… ¿qué? —arremeto—. ¿Venga para que podamos seguir deambulando entre esta gente que ni conocemos, por ningún motivo? ¿Venga para que Luke encuentre a la chica que busca? ¿Para que yo pueda sentarme a escucharos hablar de la universidad y de surf toda la noche?

Se le desencaja la mandíbula.

—Pero, nena, ¿qué demonios te pasa?

Le aparto la mano. ¿Por qué a cambio de lo que yo quiero hacer tengo que ceder así? Lo he seguido como un corderito todo el maldito verano. Y lo poco que he pedido, que básicamente es una noche romántica y una relación algo más adulta que las que tenía con doce años, me lo ha negado. Y, como yo prácticamente no le he puesto ningún problema cuando lo ha hecho…, claro, ahora se queda estupefacto.

Me doy la vuelta en dirección a la música. Ya ni siquiera quiero bailar, pero, si no voy, sé que acabaré pidiéndole perdón. Y no me da la puta gana.

Me sumerjo entre la multitud que baila y cierro los ojos, intentando fingir que no hemos discutido hace dos segundos y medio, intentando fingir que Danny no está ahí dándole excusas a Luke como si yo me hubiese portado mal.

Esta Juliet malvada ha tomado el control y se ha impuesto de un modo que lamentaré después y por el que tendré que pedir disculpas, pero de momento, un minuto o dos, funciona. Me olvido. Y entonces termina la canción, y a quien veo primero es a Luke, de pie justo fuera del círculo. Su mirada me paraliza.

Probablemente esté cabreado, pero no lo parece. Su mirada es febril, feroz. Posesiva.

Esta no es la forma en que mira a las demás. Es… mucho más.

—Juliet —dice Danny acercándose por mi derecha. La cara de Luke vuelve a quedarse en blanco—. ¿Podemos irnos ya?

Me habla con dulzura, como si yo fuese una niña mimada y caprichosa que se ha escapado en el centro comercial, una niña a la que quiere mucho aunque ponga a prueba su paciencia. ¿Cómo voy a enfadarme con él por eso? ¿Cómo no voy a enfadarme con él por eso? Bajo los hombros en señal de derrota. Dejo que me coja de la mano y me saqué de allí para seguir a Luke y su misión misteriosa.

Caminamos y caminamos, hasta que la fiesta ha quedado muy atrás. Luke mira a los rezagados que quedan en la playa, y hasta Danny acaba frustrado.

—Pero, colega, ¿a quién estamos buscando? —pregunta.

Luke frunce el ceño, echándome un vistazo a mí de reojo, y luego se marcha.

—No importa. Vámonos.

A estas alturas parece que estemos a dos kilómetros del jeep. Empezamos a desandar el camino de vuelta a través de la multitud, y entonces me paro en seco.

Lo primero que reconozco son los ojos. Su frialdad. Luego los detalles que sí recordaba —los nudillos tatuados, el piercing de la ceja— aparecen un segundo después. Me quedo paralizada. Danny ni siquiera se ha dado cuenta, pero Luke sí. Me mira primero a mí y a continuación al tío.

—¿Es él? —me pregunta Luke casi al oído. Me apoya una mano en la parte baja de la espalda—. ¿Ese es el tío que te agredió?

No tengo motivos para estar así de aterrorizada. Fuera del coche, es un tío normal y corriente, de altura y peso estándares. Es más grande que yo, pero al lado de Luke o Danny se queda en nada. Pero da igual, porque yo estoy inmóvil. Asiento con la cabeza emitiendo un sonido diminuto… y Luke sale disparado a por él.

El tío abre los ojos y empieza a correr, pero no puede competir con un atleta universitario. Luke lo derriba al vuelo, y casi no han llegado al suelo cuando Luke le clava un puñetazo en la cara. Es como si se hubiese desatado algo en su interior… Algo aterrador, algo que apenas lo tenía sujeto.

Por eso hemos venido a esta fiesta. Para encontrar a este tío. Un tío al que Luke ha estado buscando desde que me pasó lo que me pasó.

Abro la boca, pero no me sale ningún sonido. Danny, junto a mí, también parece haberse quedado de piedra. Y solo salimos de ese trance cuando los amigos del tipejo se abalanzan sobre Luke. Danny corre para allá, coge a uno de ellos y lo sujeta, mientras yo me tiro al suelo y agarro una botella de cerveza, la única arma que encuentro.

Sin embargo, cuando llego hasta ellos Luke ya se ha quitado de encima al tipo al que no sujeta Danny y le está dando una paliza. Le hunde el puño en el estómago, luego en la cara y otra vez en el estómago.

Casi me alegro de oír sirenas a lo lejos porque, si sigue así, Luke va a matar a alguien. Y ya ha causado estragos. Así que tengo que sacarlo de aquí, y rápido, antes de que llegue la policía.

Danny le grita a Luke que se detenga, pero Luke se limita a darse la vuelta y asestarle un puñetazo en toda la cara al tío que Danny sí está sujetando, tan fuerte que a mi novio le ceden las rodillas.

—¡Por el amor de Dios, Luke, para! —grita Danny.

Luke se vuelve hacia el chico que está en el suelo, sangrando; el que me agredió.

—Si vuelves siquiera a respirar cerca de ella, te mataré y no me lo pensaré dos veces. Te pegaré hasta que no puedas defenderte y luego te sujetaré bajo el agua hasta que hayas exhalado tu último aliento. Te lo juro.

El ruido de los walkie-talkies de la policía hace que se disuelva la multitud, pero Luke se queda donde está, rígido e inmóvil, con los labios y los nudillos sangrando y en carne viva, como si no le importara que lo arresten.

—Corre —siseo—. ¡Vete! Has sido tú el que ha dado el primer puñetazo. Eso lo convierte en agresión.

Es como si tuviese la cara tallada en piedra.

—El que la hace la paga —dice sin inmutarse ni mostrar el menor miedo. Le da a Danny las llaves del jeep—. Vamos. Llévatela de aquí.

Danny nos mira, primero a uno luego al otro, indeciso. No quiere meterse en movidas, pero también sabe que Luke podría necesitarnos. Cuando se gira a mirarme, niego con la cabeza.

Si Luke no se va, yo tampoco. No lo abandonaré.

—No tengo ni idea de qué demonios le voy a decir a mi padre —me dice Danny con amargura cuando al fin llegan hasta nosotros los policías.

—Dile que me he encargado de algo de lo que deberías haberte preocupado tú un poco más —le suelta Luke.

No hay tiempo para que Danny responda, aunque tampoco estoy segura de qué podría haber dicho. Nunca he tenido la sensación de que Danny no estuviese especialmente dolido por lo que me pasó. Pero ahora sí que me lo cuestiono.

Meten a Luke y a dos de los chicos a los que les ha dado una paliza en el asiento trasero de un coche patrulla.

—Menuda putada —dice Danny mientras los seguimos—. No sé qué le ha pasado por la cabeza. Nos podrían quitar la beca por algo así. Tú me entiendes, ¿no? Si me hubiese metido, podría haber perdido la beca. Puede que todavía la pierda. Y la violencia no se resuelve con violencia.

Desliza los dedos entre los míos mientras espera a que le conteste.

—Sí —respondo sin convicción—. Lo entiendo.

Pero la antigua Juliet, la Juliet malvada, sonríe de oreja a oreja, como si el mundo se hubiese vuelto a poner en su sitio.

Cuando llegamos a la comisaría, ya se han llevado a Luke para tomarle las huellas dactilares y ficharlo. Me pregunto si necesitará un abogado, porque como sea así está jodido. Ninguno de nosotros tiene tanto dinero.

Le toman declaración a Danny, y a los pocos minutos aparece un policía, que me mira a mí como si yo fuera la culpable de todo; como si yo fuera la que ha desatado esto.

—Te toca a ti —me dice.

Lo sigo hasta su mesa y le cuento lo del tío que me tiró de la bici, adornando un poco la historia por si no suena lo bastante mal por sí sola. No sé por qué me siento obligada a mentir. Será que, en tantas otras ocasiones, con la verdad no fue suficiente. Ni siquiera ahora lo es.

—¿Por qué no lo denunciaste en su momento? —me pregunta.

—¿Habría servido de algo? —replico.

Si hubiese puesto una denuncia, habrían hallado el modo de echarme a mí la culpa. Me habrían soltado, con un tono condescendiente, alguna gilipollez sobre que no se debe ir en bici por la carretera de la costa, que debo tener más cuidado, que tendría que haber llevado casco... Por eso no lo denuncié; algo que al final también usan para hacerme parecer culpable a mí.

—Bueno, para empezar, ayudaría a que yo me creyera más la historia que me estás contando ahora.

Así que... una denuncia solamente para poder defenderme por si hay más follón después. Pero ¿será consciente este tío de la lógica de mierda que me plantea?

—No denuncié porque supuse que ustedes le darían la vuelta y harían que acabara sonando como si la culpa fuera mía. En fin, básicamente lo que está haciendo usted ahora.

—Mira, yo no te estoy diciendo que la culpa la tengas tú, pero tu novio ha arremetido contra un chico que abulta la mitad que él, que no le había provocado...

—Luke no es mi novio. Mi novio es Danny, al que le acaba de tomar declaración.

Levanta una ceja.

—O sea, ¿que tu novio no ha hecho nada y ha sido su amigo el que ha empezado la pelea?

Suena fatal y parece peor. Si el incidente con la bici fue tan espantoso como yo lo acabo de contar, cualquiera pensaría que mi novio buscaría el modo de vengarse. Pero no.

—El padre de Danny es pastor. Y él… Él no hace esas cosas.

—Vale —dice otra vez como si no me creyera—. Muy bien, así que Luke ha agredido al otro chico sin provocación previa, y al parecer lo ha amenazado con mantenerlo bajo el agua hasta que dejara de respirar. Y, de repente, apareces tú con una acusación falsa de violación…

—Yo no he dicho en ningún momento que me hayan violado —digo entre dientes. «Acusación falsa de violación». Nadie dice que alguien ha hecho una denuncia falsa por robo o por agresión. No. Parece que somos solo las mujeres las que alegamos falsamente que alguien nos ha violado. Solo una mierda sin importancia que les sucede a las adolescentes indefensas en vez de a los hombres con un mínimo de poder—. Como le he dicho, me tiró de la bici y me rompió la blusa, y, si no me cree, la señora Allen no tendrá problema en contarle cómo me tuvo que sacar gravilla y cristales de la cara con unas pinzas. —Y le muestro los rasguños que me quedan en el costado izquierdo y el leve hematoma del pómulo.

Suspira.

—Muy bien. Entonces ¿quieres denunciar o no al chico que te agarró?

—No lo haré si él tampoco lo hace —respondo.

No le gusta nada esta respuesta. Da golpecitos continuos en el escritorio con el bolígrafo, sin dejar de mirarme.

—Tu novio… ¿Danny? Está limpio. Todos los testigos han declarado que él no ha tenido nada que ver. Respecto al otro, Luke…, parece bastante violento. Ya tiene antecedentes, y no es la primera vez que hace esto. No se merece que lo protejan.

«Sí, sí lo merece».

Me encojo de hombros.

—Solo quiero que todo esto acabe.

Danny está impaciente por irse, pero yo me niego, así que nos sentamos en el vestíbulo hasta que sale Luke. Al fin lo vemos venir por el pasillo, y frena sorprendido cuando ve que le hemos estado esperando. Igual que yo: siempre con la puta alma en vilo, a ver si alguien lo abandona o no.

—Gracias —dice.

—No tienes por qué darlas —responde Danny—. Eres de la familia.

Pero era a mí a quien Luke miraba mientras lo decía.

Tan solo una semana después, los chicos se marchan a la concentración previa del equipo de fútbol. Aunque ha habido momentos en que el verano me ha parecido eterno, el final ha llegado demasiado rápido.

Los acompañamos al coche. Danny me da un beso en la frente.

—Te llamaré en cuanto llegue —me dice.

Luke le estrecha la mano al pastor y abraza a Donna antes de volverse hacia mí.

Estudio su rostro: los ojos oscuros, los labios carnosos, la mandíbula sin afeitar. Tardo un segundo en darme cuenta de lo que estoy haciendo.

Intento hallar la manera de retenerlo, porque no sé si volverá algún día, y él me mira exactamente igual. Supongo que ya lo ha hecho antes, solo que yo no lo había visto con tanta claridad como ahora porque estaba demasiado ocupada asumiendo que los motivos por los que lo hacía eran los peores.

—Hasta luego, Juliet —dice en voz baja.

—Adiós, Luke —susurro. Y solo entonces, por primera vez en toda la mañana, me pongo a llorar.

11

AHORA

La periodista del *New York Times* sugiere que la entrevista sea en la casa, pero no me veo respondiendo a sus preguntas mientras Luke está pululando por ahí, escuchándolo todo. Y tampoco me apetece que, de repente, esta periodista suelte: «Un momento... ¿Luke Taylor y tú durmiendo bajo el mismo techo?». A la prensa rosa le encantaría convertir esa información en algo que no es.

—Vayamos mejor al nuevo sitio que han abierto aquí —le comento—. Te mando un mensaje con el nombre.

Lo que antes era la cafetería se ha convertido ahora en The Tavern, un local decorado como un pabellón de caza. La carta incluye quesos artesanos y osobuco.

Cuando entro, se giran todas las cabezas del restaurante, pero ninguna me resulta familiar. Simplemente me observan como ahora me miran en todas partes y, por mucho que me disguste, lo prefiero a que se giren porque recuerdan quién fui una vez.

Me conducen hasta donde está la periodista. Es mayor y va desaliñada. No tiene pinta de ser una fan. Así que con un poco de suerte se centrará en el Hogar de Danny y en la buena obra que se llevará a cabo allí. Y, si no tengo suerte, entonces lo mirará todo con lupa e intentará levantar piedras que mejor sería dejar donde están.

Hablamos de tonterías sin importancia hasta que aparece la camarera y nos pregunta qué vamos a beber. La periodista me hace un gesto para que pida yo primero, algo que interpreto como una prueba: «¿Será Juliet Cantrell una bebedora empedernida? ¿O el tipo de princesita que se pide un plato de limones cortados en rodajas muy pequeñas para echarle a la Coca-Cola light?», me imagino que piensa. Pido una copa de vino tinto, y ella tomará lo mismo. Así que, si era una prueba, la he debido de superar.

Mientras esperamos el vino, me hace las primeras preguntas. La mayor parte es información que cualquiera podría haberle contado. Eso significa que está tanteando el terreno. Los periodistas al principio siempre son amables, pero no creo que dure mucho.

Me pregunta qué estoy haciendo ahora mismo para ayudar de cara a la inauguración cuando llega el vino. Le doy un sorbito y le hablo de lo de plantar árboles, de que me he dado cuenta de que no estoy tan en forma como creía, de que espero que Donna no me obligue a poner pladur... No menciono el nombre de Luke ni una sola vez.

—Según tengo entendido, Donna en principio quería abrir algo parecido al Hogar de Danny en Nicaragua, pero hubo cierta controversia al respecto...

Subo un hombro.

—Eso fue hace mucho tiempo; pero sí, la parroquia aceptó la propuesta y alguien se opuso. Siempre habrá alguien que se oponga, incluso cuando intentas ayudar.

—Parece que estés harta de la opinión pública.

Me obligo a sonreír.

—No. Solo estoy cansada de unos cuantos gilipollas que quieren impedir que una mujer abra un orfanato en un país extranjero.

—Tú viviste con los Allen la mayor parte de tus años del instituto, ¿verdad?

Me quedo de piedra. No existe nada, en ningún periódico, en ninguna revista, en ningún medio con quien yo haya hecho una entrevista que diga que yo viví con los Allen. Por lo que se sabe, yo era simplemente una estudiante mediocre que cantaba en el coro de una iglesia y enviaba grabaciones caseras hasta que encontró a alguien que quiso darle una oportunidad.

—¿Quién te ha dicho eso? —pregunto—. ¿Ha sido Hilary? Porque le dije específicamente que era algo de lo que no estaba dispuesta a hablar.

Inclina la cabeza y noto cómo me analiza en vez de entrevistarme.

—En realidad, se lo he oído a varias personas. Llegué hace unos días para documentarme.

Joder. Rhodes es un pueblo pequeño y, si ha hablado del Hogar de Danny con alguien, puede que se lo hayan mencionado. Yo esperaba sencillamente que lo hubiesen olvidado, pero está claro que era bastante absurdo desear algo así.

—Entiendo tu reticencia —continúa—, pero, a ver…, mírate ahora. Piensa en lo mucho que podrías inspirar con tu historia a los niños en acogida.

Doy golpecitos con las uñas en la copa de vino.

—No te ofendas, pero no creo que haya muchos niños en acogida que lean el *New York Times*.

Se encoge de hombros.

—Sí, es cierto, pero…

—Siguiente pregunta.

Se sienta un poco más erguida, nerviosa, y juega sin necesidad con el bolígrafo mientras repasa sus notas. Cuando vuelve a levantar la vista, me mira con cierta desconfianza, y me preparo para las preguntas acerca de Cash.

—He oído varias teorías sobre la muerte de Danny —comienza. Me pongo rígida. No se trata de Cash, sino de algo muchísimo peor—. Hay quien piensa que lo que hizo se salía demasiado de lo normal para ser un accidente. Por lo visto, tenía muchas ganas de vivir y estaba en un buen momento. ¿Qué piensas tú?

Aprieto los dientes.

—Danny estaba muy ilusionado por el futuro. Eso es todo lo que quiero decir al respecto. Y me voy a desentender totalmente de esta entrevista si tu intención es seguir escarbando en lo que pasó e insinuar que fue un suicidio. Eso mataría a su madre, y ya ha sufrido bastante.

Se ríe en voz baja.

—Juliet, no sé si eres consciente que de algo tengo que escribir. Y, si estás aquí para llamar la atención sobre el Hogar de Danny, qué mejor manera de hacerlo que hablar de tu experiencia allí. Tu historia podría atraer el tipo de atención y financiación necesarias para que este programa se repita por todo el país.

«Zorra». Así que esta ha sido su estrategia todo el tiempo: hacerme hablar de mi pasado dándome a entender que, si no, de lo que hablará es de la muerte de Danny.

Pero ¿sería el fin del mundo admitir que me fui de casa a los quince años? Al final ayudará al Hogar de Danny, y todo lo que pasó con Luke… ha quedado muy atrás. Tiene que haber un punto donde no me haga falta estar tan paranoica.

Este es el legado de Danny, y también el de Donna. ¿Acaso no se merecen que sea algo grande? ¿No se merecen que los alaben por cómo me ayudaron?

Bebo despacio otro sorbo de vino y me seco los labios antes de decirle:

—Si el propósito de este artículo es atraer una atención positiva hacia la causa benéfica, supongo que no querrás agriarlo todo insinuando que la muerte de Danny fue cualquier cosa menos un accidente.

Me dedica una sonrisa diplomática.

—No tienes que preocuparte por eso. Estoy segura de que los hechos hablarán por sí mismos.

«Sí, buen intento, señora».

Aparto el vino y me inclino hacia delante con las palmas de las manos apoyadas en la mesa.

—Yo hablaré de la época en que viví con los Allen si tú me aseguras que en ningún momento se insinuará, ni por asomo, que la muerte de Danny fue un suicidio. Donna… ahora no necesita esto precisamente.

Vacila de nuevo, lo que me indica que sí tenía intención de hacerlo, pero finalmente asiente.

—De acuerdo. Bueno, pues cuéntame por encima por qué te tuviste que ir de tu casa.

Me pregunto cuánto he de decir. Que haya aceptado hablar de esto no significa que ella deba tener toda la verdad. Así que empiezo con una respuesta sencilla. Pero hasta esto me parece demasiado.

—Nunca en mi vida, ni una sola vez, me había sentido segura hasta que me mudé a casa de los Allen —empiezo.

Sin embargo, no le menciono que quien realmente me hizo sentir segura fue Luke. En lo que a mí respecta, públicamente, él ya no importa.

Me pregunto cuánto tiempo hay que mentir al mundo antes de creerse algo una misma.

12

ENTONCES

AGOSTO DE 2013

El resto de agosto, antes de que empiecen las clases, es insoportablemente tranquilo. Trabajo más horas para olvidarme de que los chicos se han ido, pero noto su ausencia cada minuto del día. A veces, cuando paso por delante de la habitación de Danny, me paro y me asomo, esperando algo; un olor, un recuerdo… Como si pudiera quedarme aquí el rato suficiente para retroceder en el tiempo.

No hay nada, por supuesto. Hemos cambiado las sábanas, la ropa sucia ya no está tirada por ahí, y hemos barrido el suelo.

El rato de la cena es más sencillo y tranquilo. Donna y el pastor charlan, y yo me siento a la mesa en silencio sin nada que añadir. Es difícil aportar algo cuando lo único que se me permite decir es lo que quieren oír ellos. No puedo contarles que le tengo pavor al instituto, pavor al trabajo y que noto un dolor en el pecho, extraño y constante, que no desaparece.

Lo único que gano con la ausencia de Danny es tiempo. No toco la guitarra cuando el pastor está en casa porque le molesta verme «improductiva», pero, cuando él no está, ensayo, y esos momentos me llenan más que nada. Donna siempre se las arregla para darme un abrazo rápido después y contarme lo bonito que ha sido. Es la manera que ella tiene de decirme que lo aprueba.

Pero, aparte de eso, estoy vacía, inmensamente vacía. Y el año pasado no era así. Sí, claro que estaba cansada a menudo y deseaba que mi vida fuera un poco más emocionante, pero no era así. Los pocos meses que los chicos han pasado aquí lo han cambiado todo; y no para mejor. Ya no encajo en ningún sitio. Ni aquí ni en el instituto, donde todo el mundo menos yo ya está haciendo planes para ir a la universidad el curso que viene.

He echado cuentas: todas esas horas interminables que pasé el verano pasado limpiando mesas manchadas de kétchup, recibiendo insinuaciones y mensajes plagados de condescendencia… no me dan ni para cubrir un semestre. Y sé que puedo optar a un préstamo, pero ¿luego qué? Lo único que realmente me interesa es cantar, y para eso no necesito un título universitario.

He dejado pasar la mayoría de los ritos de paso de la adolescencia por el mero hecho de que son caros. Al final sí que me tuve que comprar una bici nueva, porque si no para ir al instituto de Haverford tenía que coger tres autobuses. Pero me da miedo montar en bici de noche y no puedo pagarme un Uber, lo que significa que se acabaron las noches de fiesta y de partidos de fútbol. Me paso el Día de Pellas, una tradición del último año, en el trabajo. Shane Harris me invita «solo como amigos» al Baile de Otoño, pero el vestido me costaría un dinero que no debería gastarme, y no me veo explicándoles a Donna y al pastor que voy a ir a un baile con otra persona que no sea Danny.

Hailey es la única que sigue mandándome mensajes, y hasta ella ha dejado de pedirme que vayamos por ahí porque está hasta las narices de mis excusas baratas.

Lo mejor de mi semana —lo único bueno, de hecho— es ver por la tele, los sábados, los partidos de Danny en la liga universitaria.

—Soy incapaz de distinguirlos —dice Donna—. Ni siquiera sé si podría reconocer a Danny si alguna vez lo dejaran jugar. ¿Quién habéis dicho que es Luke?

—El receptor externo —dice el pastor.

Yo sé exactamente quién es Luke. Incluso con casco y protecciones, nadie más en el campo combina altura y agilidad como él. Es igual de elegante y poderoso en el terreno de juego que en el agua.

Cuando corre, es algo hermoso de ver. Cuando salta en el aire y, sin dudarlo un instante, levanta el balón por encima de él con sus grandes manos, me maravilla comprobar de lo que es capaz el cuerpo humano. Los domingos, el pastor no ha dicho jamás ni una sola palabra que a mí me haga creer en Dios. Pero cuando veo estos partidos pienso en que sí que debe de haber algo más ahí fuera, algo más grande que nosotros. Algo milagroso. Porque ¿cómo explicar si no la existencia de Luke?

—¿Estás segura de que no quieres ir al Baile de Otoño? —me pregunta Danny durante nuestra siguiente llamada—. Si este chico ha dicho que era solo como amigos, de verdad que a mí no me importa.

—No quiere ser amigo de ella —gruñe Luke, más cerca del teléfono de lo que había pensado al principio. Cuando oigo su voz, algo se enciende en mi interior—. A ver si sacas la cabeza del culo de una vez, Dan.

Danny se ríe.

—Qué cínico eres, Luke.

—Y tú qué confiado, coño —responde Luke.

Luke tiene razón. Danny es demasiado confiado.

En noviembre, cuando San Diego juega contra la Universidad Estatal de San José, Donna, el pastor y yo vamos para allá. El pastor quería ahorrar dinero yendo en coche el mismo día del partido, pero, por una vez, Donna se impuso y nos fuimos la noche anterior. Es la única oportunidad que tenemos si queremos pasar un rato de verdad con Danny, porque lo más seguro es que esté ocupado antes del partido y que se vaya inmediatamente después.

Al pastor no le pareció apropiado que yo me quedara en la misma habitación con él y con Donna, pero al menos sí que accedió a que yo alquilara una habitación contigua. Donna no estaba de acuerdo en que yo pagara nada, pero se tuvo que tragar el enfado. Ya había presionado al pastor para que viniéramos la noche antes, y le preocupa que todo el plan se vaya al garete si sigue poniendo pegas.

No estoy segura de cómo ha acabado Donna en esta situación, con tan poco poder y teniendo que suplicar siempre para salirse con la suya, pero sé que eso es precisamente lo que no quiero para mí. Me pregunto si hay alguna forma de alcanzar la amabilidad y la satisfacción con la vida que tiene Donna sin entregarme a alguien del todo.

El equipo ya está aquí cuando nos registramos en el hotel. Quedamos con Danny en el vestíbulo para irnos a cenar.

—Gracias por venir —me dice al oído mientras me abraza—. No sabes cuánto me alegro de verte.

El pastor nos lleva a un restaurante de la ciudad. Donna pregunta por Luke, y yo escucho sin decir una sola palabra.

—Ojalá viniera con nosotros a cenar esta noche —dice Donna, y Danny desvía la mirada de ella a su padre.

—Le dije a Danny que esto era solo para la familia —dice el pastor.

Capto un breve destello de ira en los ojos de Donna antes de que le dedique a su marido una sonrisa breve pero firme y añada:

—Luke es parte de la familia.

«Bien por ti, Donna».

El pastor abre la boca para argumentar, pero algo en la cara de su mujer le hace callar. Puede que se esté empezando a dar cuenta de que ya no tiene todas las cartas: ahora que Danny se ha ido y que yo también estoy a punto de hacerlo, no hay nada que le impida a Donna dejarlo.

Después de cenar volvemos al hotel. Danny y yo les damos las buenas noches a sus padres y cogemos un taxi para ir a una fiesta de una hermandad del campus. Tengo un nudo en el estómago todo el trayecto. No sé cómo ha conseguido el equipo que los invitaran, pero desde luego parece el tipo de fiesta a la que iría Luke.

Sigo a Danny hasta una casa impresionante abarrotada de gente, la mayoría bastante borracha a estas alturas. Las luces son brillantes y la música suena a todo volumen. Hay parejas enrollándose contra las paredes, o sentadas en sillas, pasando olímpicamente de la opulencia que los rodea: techos altos, estanterías a medida, molduras ornamentadas y parqué de madera de roble, que un chico araña sin importarle lo más mínimo al arrastrar una silla por él.

Me pregunto si las chicas que viven aquí —ellas solas, sin que nadie las vigile— son conscientes de lo libres y afortunadas que son. No tienen que ayudar a nadie a hacer la cena. No tienen que limpiar. Probablemente ni siquiera trabajen. Nadie les va a preguntar por qué llegan tarde, ni las van a hacer sentir culpables por beberse una cerveza un sábado por la noche o por llevarse a sus novios a su cuarto.

—¡Todos para fuera! —le grita alguien a Danny, y salimos por la cristalera que da a la terraza.

Allí hay gente por todas partes: en el suelo, en sillas plegables, parejas dándose el lote sin ningún pudor...

Alguien grita el nombre de Danny desde la parte más oscura del jardín; seguimos el sonido a ciegas y acabamos tropezando con un grupo sentado en círculo. Luke está entre ellos, con una chica ya, claro. Me saluda con una pequeña inclinación de cabeza, nada más. Como si yo no fuera importante. Como si se hubiese olvidado de mí. Y no sé por qué me afecta, la verdad.

Nos sentamos y los escucho hablar de algún incidente con el entrenador durante la cena y de un montón de cosas de fútbol que no entiendo. Le preguntan a Danny si el pastor le va a dejar dormir en mi habitación, y luego se burlan de Luke por pasar más tiempo en el agua que en clase.

—Si te interesara el fútbol la mitad que el surf —dice uno de ellos—, ganaríamos esta temporada.

Luke no me mira ni una sola vez en todo este tiempo, y no sé cómo llegué a convencerme de que entre nosotros había algo que no debería haber existido nunca. Igual estaba tan acostumbrada a su hostilidad que confundí su ausencia con cariño.

Hay una pareja pegada contra la puerta del baño cuando voy al interior. La mano del chico está bajo la falda de la chica. Les pregunto si puedo pasar y no dejan de hacer lo que están haciendo; simplemente se limitan a apartarse un palmo. Lo que más me llama la atención es que no se avergüenzan de lo que desean.

Cuando me reúno de nuevo con Danny, está solo, esperándome. Me pregunto si sus amigos estarán intentando darle algo de intimidad. Esta parte del jardín está completamente a oscuras, así que la tendríamos sin problemas.

—¿Lista para volver a casa? —pregunta.

No. Se acabó. Estoy harta de comportarme como si tuviéramos diez años los dos.

Le paso las piernas por encima del regazo para sentarme a horcajadas sobre él, igual que he visto hacer a otras chicas con Luke.

—Juliet —susurra muy tenso de repente—. Esto no es buena idea.

Me pone las manos en las caderas como si fuera a apartarme. Pero lo ignoro. Porque quiero más. Necesito más.

No puedo seguir siendo la chica que va cogidita de la mano, la chica que ni bebe ni baila y que solo puede lucirse y ser ella misma cuando hace el solo en la iglesia, cantando algo que no ha elegido y que ni siquiera le gusta. Necesito más. Esta insatisfacción hacia él es una barrera que puedo romper si Danny me ayuda. Tiene que haber una manera de que pueda seguir con él y con mi vida a la vez.

Lo beso.

—Juliet —vuelve a decir, pero lo noto apretado entre mis piernas, duro, y toda la sangre de mi cuerpo parece fluir hacia ese punto exacto. Me froto contra él y reprimo un gemido. Las paredes de la casa de los Allen son finas y las habitaciones están muy pegadas. Hasta de madrugada me da demasiado miedo tocarme—. Deberías quitarte de encima.

A pesar de la poca luz que hay, lo veo ruborizarse, incapaz de mirarme a los ojos.

Le pongo las manos a ambos lados de la cara.

—Creo que es la reacción natural si tienes a una chica en tu regazo.

Vuelvo a besarlo y él responde al fin. Me froto de nuevo contra él, con todas las terminaciones nerviosas activas; no me importa lo más mínimo que pueda venir cualquiera.

De repente, jadea y me agarra las caderas.

—¡Para! —chilla al tiempo que me quita de encima con un empujón.

Me doy un golpe fuerte contra el suelo, sobre todo con la espalda, y parpadeo al tiempo que lo miro, estupefacta y aturdida. No me puedo creer que me haya empujado. Quiero pensar que ha sido un accidente, pero... me ha gritado. Así que supongo que de accidente no tiene nada.

Me incorporo con cautela y hago una mueca al notar el dolor en la espalda, mientras el ruido de la fiesta continúa a nuestro alrededor.

—No entiendo lo que acaba de pasar —susurro.

Deja caer los hombros, sin mirarme.

—Me he... corrido.

—Por... ¿Por eso?

—Sí —dice con la voz más aguda de lo habitual—. No parabas de moverte encima de mí, y luego los besos y... ¿qué creías que iba a pasar? Te he dicho que apartaras.

No recuerdo que se haya enfadado conmigo nunca, pero que lo esté ahora hace que a mí me lleven los demonios.

—¿Cuál es el problema, Danny? ¿Crees que no vas a entrar en el cielo porque te has corrido sin querer?

Se levanta.

—¡No ha sido sin querer! Hemos hecho una elección equivocada y el resultado es este.

Se larga corriendo al interior de la casa, y yo me quedo en el sitio en el que he aterrizado: sentada sobre el culo, en este oscuro rincón de un jardín trasero, a horas en coche de mi casa y con un sentimiento de culpa que no deja de crecer.

Le he cogido algo que él no me quería dar. ¿Acaso soy distinta entonces a Justin, cuando me acorralaba y actuaba como si todas las objeciones que yo le ponía fuesen un tímido juego al que a mí me encantaba jugar?

Noto cómo las lágrimas empiezan a resbalar por mi rostro. No sé por qué siempre quiero hacer lo malo; por qué no puedo ser feliz con esta vida fácil, segura, y mi novio maravilloso.

Estoy avergonzada de mí misma y cabreada al mismo tiempo. ¿Por qué todos los que están ahí dentro sí pueden beber, meterse mano y hacer cualquier cosa? ¿Por qué soy la única que tiene que elegir siempre entre el bien y el mal, cuando el resto del mundo tiene un poquito de las dos cosas?

Estoy demasiado afectada como para quedarme aquí o entrar a buscarlo, aunque no creo que él esté deseando que yo vaya tras él. Solo quiero volver a la seguridad de mi habitación, a un lugar tranquilo donde descansar y pensar en cómo arreglo esto.

Voy sigilosamente a oscuras hasta la verja que hay a un lado del jardín. El hotel está a menos de ocho kilómetros. Y, si puedo estar de pie en la cafetería diez horas al día, por mi vida que puedo andar ocho kilómetros en chanclas.

En cuanto estoy a unas manzanas del campus, el vecindario se vuelve cada vez más cutre. Estoy sola. Soy vulnerable. Una presa fácil. Me cruzo con un grupo de hombres en la oscura calle principal, y al verme les brilla la cara con ese interés asqueroso del que sé más de lo que debería. Me invade un pavor infinito, así que echo a correr, porque ¿qué otra cosa puedo hacer? No puedo volver a esa fiesta con la cara llena de lágrimas y suplicarle a alguien que me ayude a encontrar a Danny.

Se me empiezan a doblar las chanclas al correr, así que me las quito y las llevo en la mano. Ignoro la gravilla que se me clava en las plantas de los pies. Me duele, pero como ya tengo el dolor metido en el cuerpo desde antes, aunque no sea físico, lo que predomina ahora es el miedo.

El aire es frío, y el sudor que me empapa la piel lo empeora. Me castañetean los dientes, y cada vez se acercan más los faros de un coche, que frena en lugar de pasar.

Pienso en el incidente del verano pasado y corro más deprisa, me meto en una calle lateral y luego por un callejón, y soy consciente del todo de lo imbécil que he sido por irme sola del modo en que lo he hecho.

No debería haber huido de Danny; tendría que haberle escuchado. Sin embargo, es como si algo dentro de mí se fuera a morir si sigo viviendo así. Él quiere lo mejor para mí y a menudo tiene razón. Quizá esto que siento en mi interior deba morir, pero solo de pensarlo me dan ganas de tirarme a la calle y rendirme por completo. Sin ese pequeño aleteo de esperanza en mi corazón, ese anhelo por cosas que no aún no sé ni qué son ni cómo se llaman, no podría seguir adelante.

«No estás hecha para esto, Juliet». ¿No fue eso lo que dijo Luke? Solo que ¿qué otras opciones hay? No puedo hacerle daño a Danny.

Unas pisadas golpean la acera detrás de mí, y unas manos me agarran con fuerza los hombros.

—Juliet —gruñe Luke.

Ahogo un grito cuando me da la vuelta y lo veo ahí, con los ojos abiertos de par en par sin dar crédito.

—Pero ¿en qué estabas pensando? —sisea—. Esto no es seguro de noche. Por el amor de Dios. Podrían haberte violado.

Bajo los hombros. Esta noche he intentado hacer algo para que mi vida cambie. Pero lo que he hecho ha sido dejar que Danny viese quién soy en realidad. Y luego he huido… y todo ha sido en vano. Parezco imbécil, y encima ahora me llevarán con él como un perro apaleado, con la cabeza gacha.

—Vamos. —Me pone la mano en la espalda y me lleva calle abajo hasta un coche desconocido, cuya puerta me abre. Me meto dentro, derrotada. Se quita la sudadera y me la deja en el regazo—. Póntela. Estás temblando.

Hago lo que me dice, y pienso que la situación debe de ser muy grave para que Danny envíe a alguien a buscarme.

—¿Por qué has venido tú?

Arranca el coche.

—Iba a venir Danny, pero yo lo convencí para que me dejara venir en su lugar y que así no pensaras que estabas atrapada.

Miro por la ventana.

—No estoy segura de cuál es la diferencia.

Me devuelve a Danny como si yo fuera una fugitiva. Me devuelve a Danny y no me importa, ¿verdad? Total, seguro que yo habría acabado por devolverme solita.

—No he venido para llevarte a rastras junto a él, Juliet. Solo quiero que llegues sana y salva al hotel.

—¿Y por qué te molestas en hacerlo tú?

Guarda silencio un momento.

—Todo lo que le importa a Danny me importa a mí —dice al fin.

No sé por qué me duele su respuesta. ¿Acaso he pensado, por un breve momento, que podría tener otra razón? Odio la parte de mí que deseaba con todas mis fuerzas que la tuviese.

Paramos delante del hotel y empiezo a quitarme la sudadera, pero él me detiene.

—Quédatela. Espero a que entres, pero tengo que devolverle el coche a la chica que me lo ha dejado.

Intento reírme, pero en lugar de eso emito un sonido ahogado:

—Por Dios. Nunca había visto a nadie tan desesperado por deshacerse de otra persona. —Se me llenan los ojos de lágrimas y me dirijo a la puerta.

Él hace un gesto de dolor.

—Yo no estoy tratando de deshacerme de ti.

Me giro hacia él.

—Pues claro que sí. Ni siquiera me sorprende. —Tengo las lágrimas atascadas en la garganta, pero ya no me importa—. ¿Por qué me odias tanto, Luke? ¿Qué te he hecho?

Se le contrae el músculo de la mejilla. Cierra los ojos y, cuando los abre, los posa en mí como nunca había hecho, como si yo fuera de cristal y valiese mil veces más de lo que valgo en realidad. Al fin me muestra lo que ha ocultado tan bien durante meses.

Traga saliva.

—Yo no te odio.

Durante una fracción de segundo, la verdad se interpone entre nosotros.

Él no me odia. Nunca me ha odiado. Y yo nunca lo he odiado a él.

Agarro la manija de la puerta y, con las prisas, casi la rompo al salir del coche.

—Gracias… Gracias…, eh…, muchísimas gracias por haber venido a buscarme.

Creo que dice mi nombre, pero la puerta ya se está cerrando. Probablemente sea lo mejor. Tengo miedo de que diga algo que no pueda retirar después. Y yo también.

Entro y me ducho, tratando de enjuagarlo todo: lo que ha pasado con Danny… Pero sobre todo lo que he descubierto esta noche: sobre Luke y sobre mí misma. Cuando termino y me pongo el pijama, veo un mensaje de Danny, en el que me dice que está fuera de mi habitación y que se quedará allí toda la noche si hace falta.

Abro la puerta y me estrecha contra su pecho. Ahora me parece facilísimo arrojarme a sus brazos y disculparme una y otra vez. Porque soy una persona a la que se le ocurren cosas terribles, y que quiere cosas terribles, y nunca nunca podría merecer a alguien como a Danny, ni en un millón de años.

—Lo siento mucho. Muchísimo.

—No —dice—. Soy yo el que lo siente.

Parpadeo.

—¿Qué? ¿Y por qué ibas a sentirlo tú?

—Cuando te has ido, Luke me ha gritado —admite—. Ni siquiera sabía lo que había pasado, pero me ha dicho que era un gilipollas por volver a la fiesta sin ti y que te trato como si fueras mi hermana pequeña. Tú sabes que mi intención no es esa, ¿verdad? Lo único que intento con todas mis fuerzas es no sucumbir a la tentación de lo que está mal.

Asiento con la cabeza. Claro que lo sé. Sé que quiere que yo esté a salvo y que hagamos lo que él cree que es lo correcto. Pero yo no estoy de acuerdo con él. Quiero la satisfacción de Donna con la vida, su bondad innata…, pero no creo que adoptar a ciegas todos y cada uno de los valores del pastor sea la única forma de lograrlo.

—Lo eres todo para mí —susurra—. Más que mis padres, más que cualquiera. Lo dejaría todo por ti.

Pienso en la vez que Luke dijo que Danny algún día me perdería; y que, cuanto más durara esto, más le jodería la vida.

Cuando tenía quince años tomé una decisión: estar con él y formar parte de su familia. Fue como un bote salvavidas en medio del océano. Pero ahora me siento como si todo este tiempo me hubiese estado ahogando… y arrastrando a Danny al fondo conmigo.

13

AHORA

Luke coloca el pladur él solo, lo que seguramente es lo mejor, y yo me encargo de imprimarlo. No estamos trabajando juntos como quiere Donna, pero no sé por qué demonios piensa Donna que eso es mínimamente importante.

Cuando terminamos, está dormida en el sofá. No puedo evitar preguntarme si no será la vida la que ha hecho que enferme. Lo que yo he perdido se queda en nada comparado con lo que ella perdió, aunque yo piense a menudo que sería más fácil no despertarme por la mañana.

Voy a la cocina a preparar la cena. Encuentro un paquete de filetes de ternera finitos, del tipo que Donna solía rebozar y freír para Danny. No sé si era uno de sus platos favoritos. Cada vez me cuesta más recordar los detalles. Los únicos momentos que tengo grabados a fuego en mi mente son los últimos que pasamos juntos. Precisamente los que me gustaría olvidar.

—¿Qué te pasa? —pregunta Luke.

Ni siquiera me he dado cuenta de que ha entrado en la cocina.

No puedo decirle que estaba pensando en Danny, en lo mucho que lo he olvidado.

—Nada. Voy a empezar a preparar la cena porque Donna está dormida.

Me quedo a la espera de su burla inminente, de que insinúe que ahora soy demasiado elegante e inútil como para cocinar algo. Pero, en lugar de eso, saca una sartén y empieza a buscar el aceite.

Me pregunto qué hace Luke cuando no está aquí. La verdad es que no tengo ni idea de qué vida tiene: ¿cocinará él? ¿Tendrá una novia en algún sitio que le haga la comida?

Me da que Luke nunca pasa demasiado tiempo solo, pero no quiero pensar en eso.

Abre una botella de aceite de oliva y frunce el ceño al olerla:

—Esto es una mierda.

Disimulo una sonrisa. No es habitual ver a un hombre del tamaño de Luke en una cocina, y mucho menos murmurando sobre la calidad del aceite de oliva.

—¿Cocinas mucho? —le pregunto.

Aprieta los labios.

—Hazme un favor, Juliet, y no finjas que te importa.

Sus palabras me calan hasta los huesos, y miro hacia otro lado. «Gracias por recordármelo, Luke». No le digo ni una palabra más, y probablemente sea lo mejor.

Donna entra justo cuando estamos terminando.

—Mirad qué bien trabajáis los dos juntos.

Luke y yo ni siquiera estamos uno al lado del otro, pero nos separamos de todos modos. Hay cosas que nunca cambian, supongo.

—Siéntate —le digo—. Ya está la cena lista.

Llevamos todo a la mesa. Donna frunce el ceño al ver a Luke llenarse el plato hasta arriba.

—Tenías razón —dice volviéndose hacia mí— aquella vez que me dijiste que no le daba suficiente comida. Y yo insistiendo en que me lo habría dicho si así fuera.

«Dios, Donna. Por favor, no lo hagas. No lo cuentes delante de él».

Luke se queda paralizado, con el tenedor en el aire.

—Ahora que me acuerdo, no me puedo creer lo ciega que estaba —continúa—. Pues claro que tenías hambre. Eras mucho más grande que Danny. No sé por qué tuvo que ser Juliet la que me lo dijera. Qué chocantes son las cosas a veces, cuando vuelves la vista atrás y ves lo que hiciste o dejaste de hacer, y lo que deberías haber sabido. Ahora me parece tan obvio...

Parece que esté hablando de algo mucho más importante, pero no puede ser. Si Donna hubiese visto de verdad lo que era obvio, lo que tendría que haber sabido, no dejaría que ninguno de los dos estuviésemos bajo su mismo techo.

Luke baja el tenedor lentamente, y me mira de reojo.

—No sé de qué estás hablando. Siempre ha habido comida de sobra.

Donna se lleva la servilleta a los labios, y deja caer los hombros.

—No. No había. Cuando tú llegaste aquí, te acababas todo lo que tenías en el plato a mitad de la cena. Me decía que tal vez era la forma en que te habían educado, pero no era eso. Tenías muchísima hambre. Y Juliet... Juliet hacía como que estaba llena para darte a ti la mitad de su comida. Fingía que había metido la pata y que había preparado mucho más de lo que yo le había encargado.

Él me vuelve a mirar, esta vez buscando la verdad en mi rostro. Bajo la mirada; me niego a dejar que la encuentre.

—Y, cuando eso ya no funcionaba —continúa Donna—, me dijo que no te estaba dando de comer lo suficiente. Nunca me había pedido nada. Y lo único que me pidió fue para ti.

—No sé de qué va esto —le contesta a Donna, sin apartar la mirada de mí—, pero yo no recuerdo haber pasado hambre jamás.

—No lo recuerdas —susurra Donna—, porque Juliet empezó a darme parte del dinero de lo que ganaba en la cafetería para tu comida.

«No. No, no, no». Esto es algo que él no puede saber. Y ahora menos. «Dios mío».

—¿Cómo? —Luke se ha quedado de piedra, y la voz le sale vacía, apenas audible.

Donna baja la cabeza y continúa:

—No debí aceptarlo jamás. Lo que pasa es que no sabía qué más podía hacer. —Se le llenan los ojos de lágrimas mientras me observa—. Trabajabas tanto, aguantabas lo indecible… Y, aun así, yo acepté tu dinero.

Noto los ojos de Luke fijos en mí, pero los ignoro y le cojo la mano a Donna.

—Donna, no pasa nada. Tampoco es que tuvieses elección. Seamos sinceros: el pastor no quería que yo estuviese aquí, y probablemente tampoco quería a Luke. Siempre estabas preocupada por si alguna nimiedad se convertía en la gota que colmaba el vaso. ¿Qué otra cosa podías haber hecho?

Luke deja a un lado su plato.

—No lo entiendo. Juliet te entregaba dinero… ¿para darme a mí de comer? Eso no tiene sentido. Yo me ofrecí a pagarme el alojamiento y la comida cuando llegué aquí, y tú te negaste.

—El pastor no quería tu dinero —susurra—. Era una cuestión de orgullo. Le daba vergüenza que pensaras que no podía permitirse tenerte aquí.

—Pero ¿no le pareció mal aceptar el dinero de Juliet? —Se pasa una mano por el pelo y se aprieta con fuerza la cabeza—. Yo ganaba mucho más que ella y no lo necesitaba tanto. —Expulsa el aire como si quisiera vaciar los pulmones.

—No se lo conté. Al pastor. Me pasaba demasiado tiempo temiendo que reaccionara mal por cualquier tontería. Que es lo que hacía. Cómo odio ese recuerdo. Y odio estar resentida con él por eso ahora, cuando él ya no puede defenderse.

Luke se vuelve hacia mí, con los ojos oscuros como la noche.

—¿Cuánto tiempo duró eso?

Separo la silla de la mesa. Se me ha quitado el apetito y tengo que salir de aquí.

—Ni me acuerdo. Tampoco fue para tanto.

—Cuánto. Tiempo.

Se me pone la carne de gallina en los brazos.

—Lo estuvo haciendo los dos veranos que estuviste con nosotros —responde Donna—. Dos veranos enteros.

Hace un gesto de dolor.

—O sea, hasta cuando yo era una persona horrible contigo. Ya entonces ponías dinero para que yo pudiese estar aquí.

Quiere una respuesta más allá de un simple «sí» o «no». Porque, en realidad, lo que me está preguntando es algo completamente distinto: «¿Cómo pudiste preocuparte tanto por mí, y luego hacerme lo que me hiciste?».

Por mí, que se pase toda la vida esperando la respuesta si le da la gana, porque jamás le diré nada.

Y esa noche se queda de pie frente a mi puerta mucho mucho rato.

14

ENTONCES
DICIEMBRE DE 2013

Danny llega a casa para las vacaciones de Navidad el último día del segundo trimestre.

Solo vamos a una fiesta en el Westside y ninguna en la playa, lo cual me parece bien. Tampoco nos vamos por ahí los dos solos en plan pareja, pero supongo que Danny y yo nunca tuvimos citas románticas, aparte de cuando nos conocimos. De todas formas, la mierda que hacen los personajes en la tele es de risa. ¿Cuántos estudiantes de instituto se pueden permitir ir a cenar a la luz de las velas en restaurantes de lujo o pasearse en limusina como en *Gossip Girl*? Que yo sepa, ninguno.

Pero sí que es verdad que sin Luke todo es mucho mejor. No me siento como una sujetavelas, ni tampoco me siento falsa o cohibida cuando le echo una mano a Donna en la casa. Y al menos soy capaz de intentar ver el mundo como ella y hallar consuelo en las pequeñas alegrías: una noche fresca de invierno, la chimenea crepitante, el olor del árbol de Navidad... Los Allen son personas que se conforman con todo por naturaleza; yo no. Pero, si pudiera llegar a estar a medio camino de donde están ellos, me conformaría. La vida es mucho más sencilla cuando tus deseos no van más allá de lo que tienes cada minuto del día.

En Nochebuena la cafetería cierra pronto, así que paso la tarde ayudando a Donna con la cena. La celebración es en el comedor y no en la cocina, y Donna y yo hemos decorado todo con velas y acebo. La música navideña suena suavemente de fondo y toda la casa huele a pino.

Esta es una buena vida. Noto una especie de chispa en el corazón, como un retal de muestra de la satisfacción que Donna y Danny encuentran tan fácilmente. Cuando empezamos a comer, rezo en silencio para ser capaz algún día de convertir esa chispita en una hoguera. Y convencerme a mí misma de que con eso es suficiente.

El pastor le habla a Danny del trabajo que le gustaría que hiciera el verano próximo en la parroquia, y parece que sus funciones irían a más. Yo no tenía ni idea de que ser pastor de la iglesia era una profesión que se pueda transmitir de padres a hijos, pero al parecer el pastor está haciendo todo lo posible para que así sea. Danny también sería un buen pastor, sin duda mejor que su padre. Pero si hay algo de lo que yo no estoy segura es de que yo pueda ser como Donna; si yo tuviese la mitad de su autoridad, se iban a enterar esas zorras que tantos aires se dan en la cafetería.

—¿Luke vendrá contigo el próximo verano? —pregunta Donna. Dejo de masticar, deseando oír la respuesta de Danny.

—No lo sé —responde él—. La empresa de construcción para la que trabajaba el verano pasado le ha ofrecido una prima por volver, pero ahora, de momento, solo me ha dicho que se iba a quedar en San Diego.

Donna frunce el ceño.

—Pues eso no tiene sentido. ¿Es que ha conocido a una chica?

—Mamá, no pasa un día sin que Luke conozca a una chica. No creo que sea por eso —le contesta riendo Danny.

Y, de repente, nada de lo que sucede esta noche me genera la más mínima satisfacción. La masa de la tarta se me adhiere a la lengua, el aire desprende un hedor dulzón y la música es demasiado sentimental.

Y todo vuelve a ser como el verano pasado. Me esfuerzo muchísimo en ser como los Allen, pero, no sé cómo, Luke siempre se las arregla para joderlo todo, hasta cuando no está aquí.

Durante la cena de la última noche de Danny en casa, el pastor vuelve a hablarnos sobre su idea de la indulgencia. Nos sugiere que veamos 2014 como el año de la templanza, como el año en que no cederemos a nuestros caprichos. Me pregunto si Danny le habrá contado lo que pasó en la casa de la hermandad.

Claro que para el pastor no debe de ser muy difícil pedir algo así. Es un señor de mediana edad con una salud relativamente precaria. No bebe ni fuma, y no creo que le vayan otros vicios. Pero me gustaría ver qué haría si Donna siguiese sus indicaciones al pie de la letra y lo dejara sin postre todas las cenas.

—Me gusta lo que ha comentado mi padre esta noche —me dice Danny más tarde, mientras caminamos por el barrio, cogidos de la mano, disfrutando de nuestros últimos momentos a solas antes de que se vaya.

Me hago a la idea de que me va a soltar otro de sus sermoncitos sobre la necesidad de mantener las formas y comportarnos —ya me ha soltado unos cuantos desde que llegó—, y esa brecha entre nosotros es bastante palpable.

¿Tiene la culpa Danny por insistir en hacer las cosas a su manera? ¿O tal vez la tengo yo por haberme guardado mucha información? Hasta Luke sabe cosas de mí de las que Danny no tiene ni idea.

—Debo decirte algo —susurro. Me aprieta la mano, animándome a continuar—. El verano pasado, cuando te decía que tenía pendientes algunas lecturas de verano…, en vez de hacerlo me ponía a tocar la guitarra.

Frunce el ceño.

—¿Por qué mentiste?

—Porque creía que si te decía la verdad intentarías convencerme para que saliera con vosotros. Y me daba la sensación de no tener ni un solo minuto del día para mí.

Aprieta la boca y la mandíbula con fuerza. Supongo que mis razones no justifican que le haya mentido. O tal vez no le gusta lo que le he dejado caer como quien no quiere la cosa: que yo me pasaba el día muy ocupada, que él tiende a empujarme a hacer cosas que no quiero hacer.

Asiente despacio y a regañadientes.

—Gracias por contármelo. Pero, a partir de ahora, solo quiero la verdad, ¿de acuerdo?

Contengo la respiración. No tenía planeado contárselo todo, pero puede que ese sea el problema: que me preocupa que no le guste la persona que soy si lo sabe todo de mí.

Exhalo lentamente.

—Y respecto a lo que pasó en otoño…

—Sé que es difícil ver a todo el mundo conseguir algo que a ti te gustaría. A ver, a mí también me cuesta. Pero eso es lo que lo convierte en algo tan especial cuando…

—Danny —lo interrumpo porque no puedo escuchar ni una palabra más—, yo no soy virgen.

Ya casi hemos llegado a casa. Se detiene en seco y me mira totalmente alucinado.

—¿Cómo? —me pregunta con una risita nerviosa.

Le gustaría que fuese una broma. De hecho, asume que lo es. Eso me hace sentir todavía peor.

—Nunca me lo preguntaste, así que tampoco te he mentido —susurro—. Tú te limitaste a darlo por hecho, y yo dejé que lo hicieras porque me preocupaba que me juzgaras.

Incluso en la penumbra, veo perfectamente cómo su sorpresa se convierte rápidamente en aversión.

—¿Con quién? —pregunta—. Creía que yo era tu primer novio.

Hago una mueca de dolor.

—Lo eras. Lo eres. Da igual.

—No lo entiendo. Tenías quince años cuando nos conocimos. ¿Cómo es posible que ya lo hayas hecho?

Probablemente le quitaría gran parte del tono de censura a su voz si le dijera la verdad, pero eso solo empeoraría la situación.

—Es complicado.

Le brillan los ojos.

—Deberías habérmelo dicho. Era un regalo que guardaba para ti, y creía que tú también lo guardabas para mí.

—Danny, la rara aquí no soy yo. Lo eres tú. Me parece bien que no nos acostemos si para ti eso es importante; y sí, tendría que habértelo contado, pero me parece una gilipollez supina que te comportes como si yo te estuviese quitando algo aposta.

Se lleva las manos a la cara en señal de frustración.

—Pues perdóname por no saber cómo gestionarlo a la perfección, Juliet. Acabo de enterarme que llevas mintiéndome desde que empezamos a salir, y sí, estoy enfadado. Es como si me hubieses robado algo que se suponía que era mío.

A la mierda ya. ¿Él es el que está enfadado? A la mierda.

—Ah, ¿sí? Bueno, pues a mí también me lo robaron, Danny. Así que no es algo que me entusiasme.

El color desaparece de su cara.

—¿Te violaron?

Se me cierran los ojos. No lo sé. No sé si lo puedo llamar violación. No fue como lo que se ve en las películas de la tele. No vino ningún tío con una máscara y me llevó a rastras al bosque. No sé cómo llamarlo.

—A veces aceptas lo que te sucede porque sabes que luchar sería inútil. Yo era más pequeña que él, y sabía que él no dejaría de intentarlo nunca, así que… —Me encojo de hombros. Me rendí. Así de simple. Ahora me encantaría decirle que luché con todas mis fuerzas, pero probablemente no lo hice. También sé lo que pasa cuando lo haces.

Pasado un momento, me coge la mano.

—O sea, ¿que solo fue una vez?

—No —respondo entre dientes, porque sigue pensando que es a él a quien hay que consolarlo y calmarlo. Porque le encantaría creer que, a lo sumo, me usaron así, «como por encima».

—Pues si sucedió más de una no parece una violación —dice soltándome la mano una vez más.

Aprieto los dientes.

—Yo nunca he dicho que lo fuera.

—No podías estar tan poco dispuesta si continuó en el tiempo. ¿Intentaste siquiera quitarte de su camino?

Dejo caer los hombros. Esto sería mucho más fácil si yo de verdad pensara que soy inocente, si al justificarme, al defenderme, no pareciese que estoy mintiendo. Porque cuando le dices «NO» a una persona una y otra vez, pero hubo momentos en los que sí cediste a lo que hacía, ¿se puede seguir afirmando que la culpa no fue tuya? No tengo ni idea, la verdad.

—No sabes nada —susurro.

—Entonces ¡dime quién fue! —grita—. Dime por qué no fuiste capaz de evitar a ese tío.

Parece que hemos llegado al final del asunto. A mi secreto mejor guardado; lo que más odio de mí misma. No sé si contárselo a Danny; aunque, claro, no estoy segura de contárselo a nadie.

—Porque era Justin.

Se queda completamente de piedra.

—¿Tu hermanastro? —Abre la boca de par en par y la voz le sale quebrada del asco. Que reaccione así es precisamente el motivo por el que, después de aquel primer intento fallido de contarlo, nunca volví a querer que alguien se enterara. Porque cuando se lo cuentas a tu propia madre, a la persona que te conoce desde hace más tiempo, y esta te viene a decir que eres una mentirosa o que te lo has buscado, sabes que tienes que dejar de pretender encontrar un oído comprensivo que te escuche. De modo que asiento con la cabeza y él me mira fijamente—. ¿Pero él no tiene…, no tiene veintitantos? Si no es ni legal.

128

En mi interior bulle una risa patética.

—Tampoco es legal obligar a alguien a practicar sexo después de que ella haya dicho que no, Danny.

—¿Por qué no se lo dijiste a alguien? —exige—. ¿Por qué no se lo dijiste a tu madre, a un consejero o a quien fuera?

Me escuecen los ojos. Sabía que llegaría esta parte.

—Se lo conté a mi madre, y me dijo que me lo estaba inventando. Y no se lo conté a nadie más porque, después de aquello, pensé que todo el mundo me echaría a mí la culpa, como tú haces ahora.

Espero a que niegue que así es. No lo niega.

—¿Ya pasaba cuando…? —Se detiene, estremecido—. ¿Pasaba cuando ya estábamos saliendo nosotros?

Lo que me está preguntando es si lo engañaba. ¿Podría haber hecho yo algo más para evitarlo? A lo mejor. Tampoco puedo afirmar con rotundidad que agotara todas las opciones. Yo siempre esperaba lo peor de cualquiera que pudiese haberme ayudado. Y aún lo hago. Pero siempre existirá ese resquicio de haberlo podido evitar si hubiese hecho las cosas de otra manera. Supongo que jamás lo sabré con absoluta certeza.

—Yo no quería —susurro—. Él intentaba echarme de casa de todas las maneras posibles, y yo hice todo lo que estaba en mi mano para que no fuera así. Hasta que me dislocó el hombro. Lo hice lo mejor que pude.

Tengo que tragar saliva para que no se me quiebre la voz. No pienso suplicarle compasión a Danny. No quiero camelármelo para que finja un perdón que no siente.

Me mira fijamente durante un rato largo. Abre la boca para hablar, pero la cierra de nuevo. Sacude la cabeza y entra solo en casa. Cuando después paso yo, ya se ha ido a su cuarto.

Me quedo observando con atención la puerta cerrada de su habitación. Siento un gran vacío en mi interior, tanto por habérselo contado como por el hecho de que haya salido así de mal. Creía que él era la única persona capaz de ver más allá de lo horrible de la situación. La única persona que me abrazaría y me diría: «Juliet, siento muchísimo lo que te pasó».

Así que si ni siquiera Danny puede perdonarme, ¿quién demonios lo va a hacer?

Danny se va a la universidad a la mañana siguiente con la promesa de que me llamará.

—Sé que tenemos que hablar —dice—. Pero todavía no estoy preparado.

Sin embargo, no llama. Durante tres noches, ni una palabra, e incluso Donna se pregunta a qué se debe ese silencio.

Me rompe el corazón, pero al mismo tiempo estoy que trino. Ha cogido lo que más odio de mí misma y me ha hecho sentir que era aún peor de lo que pensaba. Toda esa bondad a la que aspira no ha hecho acto de presencia en el momento en que he tenido que superar una prueba.

¿Y qué será de mí si rompe conmigo? Si los Allen me echan, ¿adónde iré? No tendré edad para alquilar una casa hasta abril, y dudo mucho que lo que ahorré el verano pasado en la cafetería sea suficiente para cubrir lo que queda de curso. Para Danny simplemente significaría el final de una relación. Para mí, sin embargo, significaría el final de todo.

Cuatro días después de que Danny se fuera, estoy en el trabajo cuando veo pasar un jeep igualito al de Luke. Es imposible que sea él, pero sigo con la mirada el vehículo mientras se aleja. Sé que era una ilusión. Ojalá alguien me abrazara ahora mismo, alguien que me dijera que todo va a salir bien, que no fue culpa mía. Pero qué más da, porque esa persona tampoco sería Luke.

Danny al fin llama esa noche.

—Lo siento —dice—. Lo siento con toda el alma.

Estoy tan aliviada que me pongo a llorar, pero estoy furiosa también. Se largó y permitió que yo me comiera la cabeza durante varios días, preguntándome si habíamos terminado o no; se largó y permitió que yo creyera que le daba asco.

—Sé que estuvo mal —dice—. Lo único que necesitaba era hacerme a la idea, eso es todo. Anoche acabé bebiendo más de la cuenta y Luke me dijo que…

Me quedo boquiabierta. De todo lo que podría haber sucedido, jamás se me pasó por la cabeza que podría llegar a compartir mi peor secreto con otra persona. Sobre todo, esa «otra» persona.

—¿Se lo has contado a Luke?

—No tenía intención, cariño. Pero ya te he dicho que había bebido, y ya sabes que yo nunca bebo, y se me escapó.

Cierro los ojos con fuerza. Ya fue horrible que se enterara Danny, pero que lo sepa Luke… me parece el colmo.

—No tendrías que habérselo dicho —susurro.

—Créeme si te digo que me lo ha dejado claro. Mi ojo morado lo demuestra.

—¿Cómo?

—Me dio un puñetazo y luego me gritó todo tipo de improperios. En aquel momento me cabreé, pero cuando se marchó comprendí que él tenía razón: que tú tenías como mucho quince años y no sabías probablemente ni adónde ir. Así que sé que lo he manejado todo fatal. Y lo siento mucho.

—Me has tenido pendiente de ti toda la semana, Danny —murmuro—. Ni siquiera sabía si íbamos a seguir juntos o no.

—Pues claro que sí. Solo que en aquel momento yo solo podía pensar en que… —Se interrumpe y se me revuelve el estómago.

—¿Solo podías pensar en qué?

Suspira.

—Bueno, pues ya sabes, en las ganas que pareces tener de… eso. De sexo. Como lo que pasó en otoño.

Se me encoge el corazón. Vamos, que básicamente lo que pensaba es que yo soy una puta y que me lo había buscado.

—Guau, Danny.

—Lo sé, lo siento. Mira, yo no estoy acostumbrado a este tipo de cosas. Crecí oyéndole a mi padre dar sermones sobre la castidad, y siempre me ha sorprendido que tú quisieras más. Por eso, cuando me contaste lo que hiciste, me imaginé… No sé. Supuse que con él también te habías comportado así. —Se le quiebra la voz—. Por favor, perdóname. Te lo ruego.

Mi peor versión, la maleducada, no quiere perdonarlo nunca. Pero ¿cómo puedo culpar a Danny por pensar algo que yo misma también me he preguntado en ocasiones?

—Luke no se lo contará a nadie, ¿verdad? Es decir, que no se le ocurrirá denunciarlo o algo así.

—No lo hará. De hecho, fue él el que me dijo que tú no lo denunciaste probablemente por miedo a que se enterara todo el mundo.

Gracias a Dios. Me imagino la reacción de los castos feligreses si supiesen que me acosté con mi hermanastro, que además era mucho mayor que yo. Es más, incluso puede que la mayoría me echara la culpa a mí por lo bajini.

—Vale, pero asegúrate de que no se lo cuente a nadie más. Te lo pido por favor. Solo porque él no lo denuncie no significa que no lo haga otra persona.

Suspira profundamente.

—No lo he visto desde que nos peleamos, pero sí, en cuanto vuelva a casa, se lo diré.

Me quedo paralizada.

—¿Lleva fuera desde ayer? ¿Eso es normal?

—No —dice—, pero estaba muy enfadado.

Me planteo si contarle o no a Danny lo que creo haber visto antes, pero hay muchísimos jeeps como el de Luke, y parecería una estupidez por mi parte insinuar siquiera que Luke ha conducido ocho horas al norte solo por mí.

Y entonces me acuerdo de cómo reaccionó cuando pasó toda la movida de la bici el verano pasado… Y puede que de estupidez no tenga nada.

Justo antes del amanecer, me despierto porque alguien llama a la puerta. Al bajar, Donna y el pastor ya están allí con dos policías.

El pastor se vuelve hacia mí con una mirada sombría y nada feliz.

—Tu hermanastro está en el hospital. —Se cruza de brazos—. Y cree que Danny y Luke están detrás de esto.

Frunzo el ceño.

—Eso es imposible.

—Ya se lo hemos dicho —dice—. Que están a ocho horas en coche de aquí. Pero han visto a alguien que coincide con la descripción de Luke por allí. Y antes habían visto su jeep.

Trago con fuerza.

«Dios, Luke, ¿qué has hecho?».

Solo que tengo clarísimo lo que ha hecho. Defenderme.

Y lo más importante de todo es que me creyó a mí. Ni se le pasó por la cabeza que yo pudiese tener la culpa. Ni exigió saber qué papel había jugado yo ni por qué no me había esforzado más en salvarme.

Fue directo a la raíz, Justin, y lo obligó a pagar por lo que hizo.

—Anoche hablé con los dos —respondo armándome de valor—. Estaba en su apartamento.

—¿Estás segura de eso? —pregunta uno de los policías.

Donna me mira un rato largo.

—Fui yo la que cogí el teléfono —añade— y hablé con los dos antes que ella.

Acaba de mentir, por mí o por Luke, o por los dos. Pero ha mentido.

Me marcho con la excusa de prepararme para ir al instituto. Cuando la policía se va, me voy sin decir nada a nadie y llamo a Luke en cuanto salgo por la puerta. Nunca lo había llamado antes, y solo tengo su número por los mensajes que Danny nos envió a los dos. El corazón me late con fuerza mientras espero a que conteste.

Descuelga al quinto tono, con la voz grogui y ronca:

—¿Juliet?

—La policía ha venido a casa del pastor hace unos minutos. Te estaban buscando. Les he dicho que anoche hablé contigo. Si aparecen por allí, les tienes que decir que estabas en casa. Ahora llamo a Danny para que te cubra.

Se queda callado un momento.

—Respondo de lo que he hecho. Es más, lo volvería a hacer. No pienso mentir.

Aprieto los ojos con frustración. Otra vez la misma mierda de cuando la pelea en la playa... Luke defendiéndome a su manera, pero negándose a defenderse a sí mismo.

—Luke, por favor. ¿Vas a permitir que un pederasta sea la víctima y que tú vayas a la cárcel por agresión?

—No voy a salir huyendo como si hubiese hecho algo malo.

—Si no lo haces por ti, hazlo por Donna y por mí. Las dos acabamos de mentir a la policía por ti. Y, si todo esto sale a la luz, la gente sabrá lo que pasó. ¿Sabes lo que eso significaría para mí? ¿Ponerme frente a toda la iglesia cada domingo mientras el pastor habla de una chica de la que abusaron sexualmente? Por Dios, si ya les ha contado la mitad de mis historias. Todo el mundo ha oído hablar de mi hombro dislocado y del miedo que tenía de volver a casa.

Suspira.

—Jules, de todas formas da igual, porque seguro que entre que iba y venía alguna cámara me habrá grabado. Ayer no fui a clase tampoco.

—Tú inténtalo, por favor —le ruego.

Pasado un momento, vuelve a suspirar.

—Haré lo que pueda. Y lo siento. Lo último que quería es que esto se volviese en tu contra.

—Luke —empiezo a decir, pero se me quiebra la voz. Aun así, continúo—, no te disculpes. Me encanta lo que has hecho. Me parece una pasada.

Cuelgo antes de echarme a llorar, porque tengo que mantener la compostura para lo que viene a continuación, y rezo para que salga como tengo planeado.

Tengo que coger tres autobuses y hacer un corto trayecto en bicicleta para llegar hasta el hospital. En la recepción, pregunto por

Justin Mead, y la voz me sale ahogada cuando les digo que soy su hermana. Me comentan que están haciéndole pruebas, pero que me avisarán en cuanto llegue a la habitación. Espero dos horas antes de que me lleven con él. Sé que me voy a meter en un lío por llegar tan tarde al instituto, pero ese ahora es el menor de mis problemas.

Gracias a Dios, Justin está solo y dormido. Tiene toda la cabeza vendada. Si no fuese porque leo el nombre en la pulsera de identificación del hospital, ni lo reconocería. La policía ha dicho que Luke le fracturó la cuenca del ojo, entre otras muchas cosas.

—Justin, despierta —le digo moviéndole los hombros.

Se queja. Bajo el vendaje, vuelve un ojo lloroso hacia mí.

—Has sido tú la que me has hecho esto, puta de mierda.

—Ojalá lo hubiese hecho yo —le digo gruñendo. Y es verdad. He pasado mucho tiempo sintiéndome culpable y, en cierto modo, aún me siento así, pero por la reacción de Luke sé que puede que la culpa no fuese en realidad mía—. Y ya que estamos, ¿sabes cuál es la pena por mantener relaciones sexuales sin su consentimiento con una menor si la víctima tenía menos de dieciséis años? Cuatro años. Y eso es si solo pasó una vez. Así que ¿cuántos crees que te caerían a ti?

—Zorra mentirosa. No fue violación y no puedes demostrar nada.

—Ah, ¿no? ¿Cómo llamarías tú a una situación en la que una niña te dice «no» y actúas igualmente? ¿Qué nombre le pondrías tú si ella te dice «no» y tú le dislocas el hombro tratando de forzarla? Por cierto, tengo testigos. Se lo conté a Hailey mientras pasaba. Y a los Allen también.

Esto último es mentira, pero él no se va a enterar.

—Hailey es todavía más puta que tú. —Intenta reírse, pero le sale una tos—. No la va a creer tampoco nadie.

Me encojo de hombros.

—Puede que no. —Levanto mi teléfono—. Pero apuesto que se lo creerán todo a pies juntillas cuando oigan esto que acabas de admitir.

Frunce el ceño, pero no habla. Sabe que a estas alturas está bien jodido.

—Entonces ¿qué quieres? —pregunta finalmente.

Le paso su móvil.

—Llama a la policía. Diles que la has cagado. Diles que estabas alucinando. Diles que es imposible que hayan sido Danny o su compañero de piso porque están a ocho horas de coche al sur. Diles que les debes dinero a unos tíos y que probablemente fueron ellos.

Aparta el teléfono.

—Ya llamaré más tarde.

—¿Tú te crees que voy a confiar en ti después de toda la mierda que has causado? Llámalos. Ahora.

No salgo de su habitación hasta que le he oído retractarse por completo de su declaración ante dos agentes distintos, y luego salgo a toda prisa del hospital, con la esperanza de que, si llego al instituto a la hora de comer, no le digan nada al pastor. Estoy a treinta metros de mi bicicleta cuando veo a mi madre caminando con una mujer de unos veintitantos años: la novia de Justin, supongo.

Soy la única hija que le queda y hace un año que no la veo, pero sé que esto se va a poner muy feo. He sido su mayor grano en el culo desde que era pequeña, la mochila por la que su primer marido se largó, y para terminar la adolescente a la que su segundo marido le gustaba demasiado mirar. Cuando le dije que me iba, se limitó a soltarme «hasta nunca».

Miro a mi alrededor, a ver por dónde puedo huir, pero tiene los ojos fijos en mí y camina cada vez más rápido en mi dirección.

Pues que sea lo que Dios quiera entonces.

—¿Qué haces tú aquí? —exige—. ¿No te bastó con matar a mi hijo que ahora tienes la poca vergüenza de aparecer después de que casi matas también a mi hijastro?

—Yo no soy responsable de lo que le pasó a ninguno de los dos.

Pero mi voz suena exenta de convicción, porque estoy un poco de acuerdo con ella: sí que soy el motivo por el que Justin está en el hospital, y probablemente también la razón de que mi hermano esté muerto.

—Eres veneno —sisea—. Ya saliste de mi vientre siendo veneno. Así que será mejor que no te vuelva a ver por aquí.

La mujer que está a su lado, que ni siquiera me conoce, asiente enérgicamente antes de decirme:

—Y dile a tu novio que ni se acerque a Justin.

—Ah, ¿conque tú eres su novia? —le pregunto dulcemente—. Me parece sorprendente, porque debes de tener unos quince años más de los que a él le gustan.

La mano de mi madre viene hacia mí tan rápido que no me da tiempo a prepararme.

Me zumba la oreja izquierda, me arde la mejilla izquierda, y me quedo totalmente aturdida un momento. Supongo que después de toda una vida recibiendo bofetadas debería estar más atenta, pero estos dos años con los Allen me han ablandado. Casi había olvidado que hay gente como mi madre que se piensa que, por haberte parido, puede partirte la cara cuando y donde quiera.

Me arde la mano de las ganas que tengo de devolverle el golpe y darle a probar de su propia medicina, pero todavía es mi tutora legal y aún me quedan unos meses para cumplir los dieciocho: si quisiera, podría fastidiarme y mucho.

Así que me contengo, pero me planto a escasos centímetros de su cara.

—Llevo la cuenta, Amy —le respondo, porque nunca volveré a llamarla «mamá»—, y, cada vez que me pegues, lo voy a recordar. Y, cuando llegue el momento, te devolveré cada una de estas bofetadas que tanto te gusta repartir. —Paso junto a ella dándole tal golpe en el hombro que tropieza con la novia de Justin.

—¡Maldita zorra! —la oigo gritar detrás de mí, y la gente que pasa se da la vuelta para mirarme—. ¡Debería haber abortado!

Sigo caminando hacia mi bici como si no la hubiese oído. Le quito el candado, manteniéndome muy rígida. Y, solo cuando ya he doblado la esquina, me bajo de nuevo y me caigo redonda al suelo.

Esos refranes como «a palabras necias, oídos sordos» y lo de que «no ofende quien quiere, sino quien puede» son todos una puta gilipollez. Las palabras causan el dolor más grande, porque no se va nunca, joder. Da igual lo que le haga creer a la gente: las cosas que me ha dicho mi madre, las cosas que me dijo Justin… Las llevo todas como una mancha en el corazón que sé que no se borrará nunca.

Estoy furiosa —con ellos, con todo lo que ha pasado—, pero, cuando se secan por fin mis lágrimas, siento que empieza algo más; algo tranquilo y esperanzador. Porque, a pesar de lo espantoso que es todo, también es hermoso.

Porque al fin alguien se ha puesto de mi parte. Alguien sabe lo que pasó, y se ha puesto de mi parte.

Y eso significa que, aunque esté sucia y sea veneno, algún día, a pesar de todo, podría llegar a sentirme amada. Tengo la sensación de que ya es casi así.

15

AHORA

Como ha terminado con el pladur, Luke empieza a ayudarme a imprimir las paredes.

Trabajamos en habitaciones distintas y apenas nos vemos, pero, cuando eso ocurre, me doy cuenta de que intenta comprender. Tiene mil razones de peso para odiarme, pero ahora hay una diminuta para no hacerlo; y no sabe cómo unir esas verdades yuxtapuestas. Ojalá dejara de intentarlo.

Cuando se nos acaba la imprimación, Donna nos pide que vayamos los dos a buscar más. Ella lleva todo el día en el comedor ordenando fotos, y abro la boca para sugerir que no es necesario que lo hagamos los dos, o que tal vez podría ir ella y yo quedarme con las fotos…, pero por la expresión de su cara sé que me tengo que callar. Sigue pensando que podemos curarnos el uno al otro, a pesar de que Luke y yo apenas hablamos y, cuando lo hacemos, rara vez somos civilizados. Pero dudo que pueda convencerla de lo contrario.

Conducimos hasta la ferretería del pueblo, sin dirigirnos la palabra durante la mayor parte del trayecto, pero justo después de aparcar se vuelve hacia mí.

—¿Cuánto de todo lo que ganaste en la cafetería se usó para alimentarme?

Me obligo a soltar una carcajada mientras abro la puerta.

—Créeme, si te sientes en la obligación de devolvérmelo, ya no necesito el dinero.

Me pone una mano en el antebrazo.

—¿Por qué no me lo dijiste?

Me encojo de hombros y salgo del coche.

—Estás haciendo una montaña de un grano de arena. Me parecía que pasabas mucha hambre. Y, por muy malvada que creas que soy, no me gusta ver cómo nadie se muere de hambre.

—Pues entonces mírate en el espejo —murmura a mi espalda.

«Que te putojodan, Luke».

Suspiro aliviada cuando entramos en la silenciosa ferretería y me meto por los pasillos vacíos. Aparte del tío de la caja, creo que nadie me conoce. Luke compra la imprimación y yo más plásticos para cubrir. Insiste en pagar, aunque probablemente yo gane más que él.

Lo estamos cargando todo en el maletero cuando oigo el clic de una cámara justo a mi lado. Un niñato tiene levantado el iPhone, y no le ha dado ni tiempo a bajar el brazo cuando Luke, que le saca dos cabezas, ya ha llegado hasta donde está y se le encara.

—Bórrala —le suelta Luke.

—No puedes obligarme —responde el chico—. Estamos en un lugar público. Es legal.

Tengo que reconocerle el mérito al chaval, porque hay que tener muchas pelotas, o un padre muy rico, para quedarse ahí hablando de tus derechos cuando tienes encima a un tío del tamaño de Luke.

—Me importa una mierda si es legal o no. No pienso dejar que le hagas una foto sin su permiso. Bórrala. —El chico intenta llevarse el teléfono al bolsillo, pero Luke es más rápido. Se lo quita, se dirige a la calle y tira el teléfono por una alcantarilla—. Se acabó el problema.

El chico murmura algo mientras Luke vuelve al coche.

—No tenías por qué hacerlo —le digo en voz baja.

Deja caer los hombros, como si estuviese decepcionado consigo mismo. Es incapaz de dejar de defenderme, ni siquiera ahora.

Sin embargo, por el bien de todos, ojalá lo hiciese.

Esa noche, después de cenar, Donna nos lleva a la mesa del comedor.

—Mirad estas fotos que he encontrado. No sé si os acordáis, pero el periódico local hizo un reportaje sobre los surfistas de Long Point y me dio unas copias.

En la primera foto, la que publicaron, yo estoy entre Danny y Luke, los tres en bañador, con la brisa alborotándonos el pelo. Danny sonríe a la cámara, y yo miro a Luke. Sé exactamente cómo me sentía en aquel momento: no podía dejar de mirarlo, de acercarme un poco más a él. Aprovechaba los momentos en que nadie me observaba para aspirarlo en grandes y desesperadas bocanadas.

Aún me siento así. Cuando lo veo coger algo con el brazo, me cuesta no extender el brazo yo también y recorrer con los dedos las venas de su mano, de su antebrazo. Cuando se sienta, me cuesta no acercar los labios a la parte superior de su cabeza y comprobar si el pelo le sigue oliendo a sal y a ese champú que siempre usaba. Cuando entra en una habitación, lucho por no caminar directamente hacia él, como atraída por un imán, y apoyarle la cabeza en el pecho.

Y lucho igual que entonces para ocultar lo que siento. No me había dado cuenta hasta este momento de lo mal que se me daba hacerlo. Me pregunto si todavía se me nota tanto.

Luke saca una foto de entre el taco que hay en la mesa, y se me pone la carne de gallina. Danny y yo sonreímos a la cámara, y Luke me mira exactamente como yo lo miraba a él en la foto anterior.

Dios mío, ¿de verdad Donna no lo ve? ¿Ni Danny lo veía entonces? No puede ser más obvio lo que existía, joder. Si se hubiesen dado cuenta, podría haberse evitado este desastre. Yo ahora sería la novia que Danny tuvo en su adolescencia, de la que ya nadie se acuerda; la novia a la que mandó a la porra.

Y Luke y yo... No lo sé. No sé lo que podríamos haber sido. Todos esos «¿y si...?» entre Danny, Luke y yo amenazan con aplastarme una y otra vez.

—Creo que me voy a la cama —susurro, y Donna me da una palmadita en la mano. Se cree que mi tristeza se debe a otra causa.

Consigo lavarme los dientes y quitarme la ropa antes de que me empiecen a caer las lágrimas. En la oscuridad, lloro y me pregunto cómo es posible que, después de todo este tiempo, no haya cambiado nada. Porque mis lágrimas aún son por el hombre equivocado. Aún siento que sin él me moriré.

Me despierta la puerta al abrirse. El suelo de madera cruje bajo los pies de Luke, que se acerca a mí en pantalón de pijama. Cojo aire al verlo: los músculos bien marcados, los anchos hombros y la forma en que los pantalones le cuelgan de las caderas estrechas.

Nuestras miradas se encuentran, y el corazón se me desboca, pero no puedo apartar los ojos de él.

Este ardor que me recorre las venas no lo tuve nunca con Danny. Me siento totalmente desbordada por la situación, de esperar tanto algo que no puedo permitir que ocurra, y el ardor continúa, crece, volviéndome febril y ciega. Cuando Luke por fin llega a la cama, estoy tan agotada, lo necesito tanto, que ya no puedo decir que no. Soy incapaz.

Se le abren y cierran sin parar las fosas nasales mientras me observa, como si me odiara a mí, o a sí mismo, por lo que está a punto de ocurrir.

«Me da igual que me odies, Luke. Pero no te detengas. No te vayas».

Sube a la cama, y me aprisiona poniéndome un antebrazo a cada lado de la cabeza. Y entonces baja la boca hasta la mía con fuerza, como si no hubiese pasado el tiempo. Me besa ardientemente, me busca con la lengua, me enreda una mano en el pelo.

Huele igual que siempre, a esa combinación de piel, jabón y arena que nunca le ha pertenecido a nadie más que a él. Respiro hondo:

quiero guardar esto para siempre, quiero que todo vaya más despacio y a la vez más rápido, antes de que a alguno de los dos le remuerda la conciencia.

Luke se levanta lo justo para apartar la sábana que nos separa. Su erección me aprieta el vientre, me oprime con sus duros pectorales. Pasa la mano por debajo de mi camisón, abarcando toda mi piel desnuda, sube y me agarra un pecho, lo aprieta y me pellizca el pezón, lo que me hace pegar un gritito.

Me baja el camisón hasta dejarme expuesta, y a la tela le sigue su boca, succionando y chupando mientras yo arqueo el cuerpo, suplicándole en silencio que me dé más, aunque no quiera pedírselo de palabra.

No tengo que hacerlo, porque él me conoce mejor que yo a mí misma.

Se agacha y me quita las bragas, me mete un dedo entre las piernas y luego lo desliza en mi interior. Exhala a intervalos irregulares al sentirme húmeda y apretada contra él.

Le bajo los calzoncillos lo suficiente para liberar su miembro, y entonces está encima de mí, frotándose contra mi calor húmedo. No digo nada, solo lo miro, y con eso es bastante. Sabía que la respuesta sería sí. Fue sí desde el momento en que entró en la cafetería hace diez años, mucho antes de que yo me diera cuenta siquiera, y no ha cambiado nada.

Me penetra y gime.

—Jules.

Cuánto tiempo hacía que no me llamaba así.

Sale y vuelve a entrar en mí, cada embestida más fuerte y rápida que la anterior. Me sujeta el culo con las manos, abriéndome para entrar más aún.

Dios, cómo he echado esto de menos. Su peso, su olor, su plenitud dentro de mí, el modo en que todo es casi «demasiado». Le recorro el pelo con las manos, le clavo las uñas en la espalda. Lo araño, me arqueo para acercarme, le insto a moverse más deprisa. No hay nadie que nos pare, pero podríamos detenernos nosotros. Deberíamos detenernos nosotros.

Él me responde, me lo da todo, ahogando sus gruñidos contra mi cuello, los cuerpos resbaladizos del sudor. Jadeo con fuerza cuando toca un punto en mi interior, tenso los músculos para atraparlo, y el calor recorre todo mi cuerpo.

—Me voy a... —Es todo lo que logro decir antes de correrme con tanta fuerza, de forma tan inesperada, que el resto del mundo desaparece. Me he quedado ciega, sorda, muda; solo soy vagamente consciente de las pocas embestidas que da cuando se corre él a continuación, clavándome los dientes en el hombro.

Se desploma encima de mí y me aplasta con su peso. Lo disfruto. Quiero esto. Quiero su asfixiante plenitud. Quiero quedarme así para siempre.

Luke se echa a un lado y me atrae hacia él, apretándome la cara contra su pecho y rodeándome con los brazos. Esto es lo único que he querido durante años y años, y podría haber sido así, para los dos, si yo no lo hubiese jodido todo. Pero lo hice, y ahora ya no puedo arreglarlo. Tendré que volver a decirle adiós dentro de unas semanas.

Antes pensaba que la despedida podría matarme. Ahora, lo que me sorprendería es que no me matase.

Me resbalan las lágrimas por la cara y me tiemblan los hombros.

—Creo que deberías irte —susurro.

Se queda inmóvil, y observo en su rostro un atisbo de dolor, un dolor que ya vi en el pasado, antes de volverse totalmente inexpresivo.

Se levanta de la cama y se va sin decir palabra.

Le he hecho daño. Probablemente sea lo mejor.

16

ENTONCES
MAYO DE 2014

Los últimos meses de instituto son particularmente decepcionantes. Hailey tampoco va a ir a la universidad. Solo envió la solicitud a una de Los Ángeles, para estar cerca de su novio, y no la admitieron. Pero todos los demás sí que irán. Vienen a clase con sudaderas con el logotipo de la universidad en la que han entrado. Las chicas hablan de las colchas que han elegido para la habitación de la residencia y cotillean sobre lo que está por venir; es como si todo el mundo a mi alrededor tuviese un motor que acaba de arrancar, pero, cuando yo giro la llave del mío, se enciende brevemente y luego se apaga.

He fracasado. Dieciocho años son muy pocos como para ser así de tajante, pero tampoco nadie me pregunta siquiera qué planes tenía. No esperaban gran cosa de mí; o nada directamente.

He hecho test de esos en internet para ver cuál es mi vocación, y cada una de las opciones profesionales que me salen me parece más funesta que la anterior. Me gusta la música, pero no quiero ser profesora de música. Me salió «recaudadora de fondos para la sinfónica», pero no me veo disfrutando ni de la recaudación ni de la sinfónica. Hasta los propios test acaban por recomendarme cualquier cosa con tal de librarse de mí, como diciendo: «Esta chica no vale para nada, así que invéntate cualquier mierda». A ver si en agosto consigo tener ahorrado lo suficiente como para poder alquilarme una habitación en algún sitio, pero hasta ahí llegan mis planes.

—No todo el mundo va a la universidad —trata de suavizarlo Danny cuando hablamos—. Puede que solo estés destinada a ser esposa y madre.

Pero oigo la voz grave de Luke por detrás, y es como un regalo.

—No, no lo está.

—No hay nada malo en ser esposa y madre —argumenta Danny.

—No, pero eso no es lo que ella quiere en la vida. Eso es lo que tú quieres para ella.

—Eso no es cierto —responde Danny antes de cerrar la puerta tras de sí.

Me pregunto si será la última vez que oigo la voz de Luke hasta el otoño que viene, pero, solo unos días más tarde, Donna me sonríe de oreja a oreja cuando llego a casa.

—Tengo buenas noticias —dice—. Luke viene a pasar el verano.

El pastor frunce el ceño, al tiempo que empuja con la lengua el interior de la mejilla.

«Va a ser que las noticias solo son buenas para uno de los dos».

—Qué bien —respondo.

Sueno apagada y me obligo a sonreír, pero no porque comparta la falta de entusiasmo del pastor, sino porque en mi interior la chispa que crepitaba se ha convertido en un incendio. Estoy extasiada, eufórica, alegre; se me acelera el corazón. Y no puedo dejar que vean ni una pizca si no quiero revelarlo todo.

Me pregunto qué le ha hecho a Luke cambiar de opinión.

Me salto mi graduación. En mi caso, tampoco es que fuese algo que celebrar, pero no voy, sobre todo, porque me preocupa que aparezcan mis hermanastros y causen problemas.

La noche en que se supone que llegan los chicos, vuelvo a casa en bici desde la cafetería. Por el camino se han parado a surfear en algún sitio, así que cuando llego pedaleando, calada hasta los huesos por la lluvia que ha empezado a caer a mitad de trayecto, todavía están en el garaje sacando las cosas del jeep de Luke. Apoyo la bici contra la pared del garaje, con el mismo aspecto que una rata ahogada, y no me detengo apenas en mirar a Danny, porque los ojos se me van directamente hacia Luke. Tengo que hacer un esfuerzo para no recorrerlo de arriba abajo con la mirada: el pelo oscuro, mojado, despejado de la cara salvo por un mechón suelto, y los ojos brillantes a la luz del atardecer.

Danny me abraza con cuidado porque estoy mojada.

—Si me hubieses mandado un mensaje, te habría pasado a recoger.

—No importa —le digo secándome los brazos con papel de cocina—. Tenía que traer la bici a casa igualmente.

Luke frunce el ceño. Hace un año, habría supuesto que le molestaba que Danny me mimara tanto o la mera idea de verse obligado a venir a buscarme. Ahora, no estoy segura de lo que pienso.

Durante la cena los chicos hablan de la universidad, aunque Danny tiene más que decir que Luke. El único momento en que Luke se anima es cuando hablan de surf. En las vacaciones de Pascua se fue a algún sitio cerca de Cabo en busca de buenas olas. También ha competido en varios campeonatos esta primavera y los ha ganado todos. Está claro que en este momento la universidad para él ha pasado a un segundo plano.

—Tienes que competir en Santa Cruz este verano —dice Danny.

—Es imposible —responde Luke dejando caer los hombros mientras clava el tenedor en la chuleta de cerdo—. Mi tabla es una basura, y Santa Cruz ya son palabras mayores.

—Luke, espero que le estés prestando una mínima atención al motivo real por el que estás en San Diego —entona el pastor—. No puedes ganarte la vida jugueteando en el agua.

—Kelly Slater gana tres millones al año —digo antes de poder contenerme.

Todos me miran pasmados. Incluso yo me sorprendo. En esta casa nunca discuto nada de lo que dicen.

El pastor aprieta los labios.

—Entiendo que ese tal Slater es un surfista, Juliet, pero entonces queda todavía más patente lo que quería decir: que eso es la excepción y no la regla. Y tampoco he oído hablar de él en mi vida.

Durante una fracción de segundo, la mirada de Luke se cruza con la mía. Se produce entre nosotros una conversación no verbal, en la que Luke me dice que no me moleste en defenderlo, y yo le digo que me niego a dejar que el pastor eche por tierra sus sueños. Volvemos a discutir en silencio, como el verano pasado, solo que ahora cuidamos el uno del otro. Nos defendemos mutuamente de ellos.

Lo mejor sería que las cosas volvieran a ser como antes.

Esa noche vamos a la playa y nos juntamos con el mismo grupo del año pasado: Harrison, Caleb, Beck, sus novias y otros dos chicos, Liam y Ryan.

Libby y Grady también vienen. Me alegro de que Libby haya vuelto a pasar el verano, pero no puedo decir lo mismo de Grady: ahora que se ha graduado y está a punto de empezar las prácticas con el pastor, es aún más estirado y criticón de lo que era. Sigo sin entender por qué quiere estar aquí, escuchando a todos hablar de surf.

Danny le cuenta al grupo que está seguro de que el curso que viene va a jugar porque el *quarterback* titular se acaba de graduar. Todos le responden con educación y entusiasmo, pero ellos quieren hablar de Luke.

—Pasa del fútbol —dice Harrison—. Olvídate también de la universidad. Tienes que empezar a competir en campeonatos importantes. Como los de la WSL. Así es como se consiguen patrocinadores.

Luke se encoge de hombros.

—Es demasiado caro. Todos los que compiten en los mejores campeonatos de la WSL tienen cuatro tablas buenas de media y se gastan unos cincuenta mil dólares al año en viajes. Yo no tengo cincuenta de los grandes para gastármelos en algo que me gustaría que saliera bien. No los tengo ni para algo que sé que saldrá bien sí o sí.

Solo que… nada le gustaría más que surfear a nivel profesional. Y ¿hay algo mejor que dedicarte a una cosa que te apasiona tanto que hasta la harías gratis?

—Crea un GoFundMe —sugiero en voz baja.

—No creo que los deseos de Luke por hacer surf cuenten como donación benéfica, Juliet —dice Grady con una risa burlona. Pero nadie lo imita.

—GoFundMe está lleno de proyectos que nada tienen que ver con la beneficencia —argumenta Caleb.

Grady pone los ojos en blanco.

—No va a ganar cincuenta mil dólares así.

Lo fulmino con la mirada.

—Al menos podría conseguir la pasta suficiente para comprar las tablas de surf y pagar algunas inscripciones. Por algo se empieza. Aunque supongo que tú preferirías que se pusiese a rezar a ver si el dinero le cae del cielo.

—¡Juliet! —me regaña Danny suavemente.

Luke me mira, y el fuego se refleja en sus ojos. Levanta una ceja.

«Tú no te defiendes a ti misma, pero a mí sí», dice esa mirada.

«Sí —respondo en silencio—. Así que vete acostumbrando».

Canto el domingo por la mañana, pero, en cuanto termina la misa, Donna y yo volvemos corriendo a casa a prepararlo todo para la visita de Aaron Tomlinson, el jefe del consejo eclesiástico estatal. Donna les dice a los chicos que se vayan a hacer surf para que no nos molesten, y yo me esfuerzo en no cabrearme por ser la única que tiene que quedarse a ayudar.

El señor Tomlinson llega a primera hora de la tarde, justo después de que los chicos vuelvan: es un hombre pálido, de manos regordetas y sonrisa falsa, y conduce un Ford Taurus que ha visto días mejores. Sin embargo, parece estar tan orgulloso de sí mismo como Donna y el pastor lo están de él.

Durante la cena interroga al pastor sobre los planes que este tiene para la parroquia y los servicios que ofrece a la comunidad. También fríe a Donna a preguntas sobre cómo pasa el día y tantea a ver si ella podría dedicar menos tiempo al jardín y más a gestionar el club femenino de la iglesia.

Yo personalmente quiero estrangular a este tipo con mis propias manos mucho antes de que se vuelva hacia mí:

—¿Y tú qué, Juliet? Los Allen te dieron una oportunidad increíble cuando te sacaron de tu casa de la forma en que lo hicieron. Seguro que no piensas desaprovecharla.

Me arden las mejillas. Hasta este momento no tenía ni idea de que el señor Tomlinson conociera mi pasado. Pensé que yo estaba aquí como la novia de Danny, no como la chica descarriada que ha vuelto al redil. Donna hace una mueca, y se centra en su plato muerta de vergüenza. Pero quien más me llama la atención es Luke. Tiene los ojos entrecerrados y agarra el tenedor con tanta fuerza que la cubertería de Donna podría estar en peligro.

—En otoño empiezo en el colegio universitario —respondo al fin.

—Sí, querida —dice—, pero ¿qué planes tienes? Seguro que no pensarás seguir viviendo de la caridad del pastor el resto de tu vida.

Luke deja caer la mano sobre la mesa con tanta fuerza que nos sobresaltamos todos. Los demás lo ignoran, como si hubiese sido un accidente, pero, por la forma en que aprieta la mandíbula, sospecho que no lo ha sido.

—Estamos encantados de tener a Juliet—dice Donna con la voz llena de sinceridad—. Si por mí fuera, se quedaría aquí para siempre.

—¿Y qué pasa con la misión que planeabais abrir en Centroamérica? —pregunta—. Lleváis unos diez años hablando de eso.

Levanto la vista del plato. Sabía que Donna había sopesado vagamente la posibilidad de abrir algún día una misión en cualquier sitio. Lo que no sabía es que fuera una certeza.

Donna le dedica una sonrisa diplomática al tiempo que se encoge ligeramente de hombros.

—Aún somos jóvenes. Ya habrá tiempo para eso más adelante. Además, no nos gustaría irnos hasta que Danny acabe los estudios. Para que esto funcione, vamos a tener que ir todos.

Me quedo con la boca abierta, mientras desvío la mirada de Donna a Danny. ¿Donna cree que Danny se iría con ellos? ¿Es que Danny también le está dando vueltas a esa idea?

Es algo muy raro, pero la idea de que se vayan no me inunda de miedo, sino de luz. Si los Allen se van y me dejan aquí, entonces yo podría irme... y dejarlos a ellos. Ese plan, al que he estado dando vueltas en un lugar recóndito de mi mente durante meses, de repente se ha convertido en una posibilidad. Ni siquiera estoy segura de si yo era consciente de que se estaba fraguando la idea en mi cabeza hasta este momento.

A todo el que me ha querido escuchar le he soltado la perorata de que no tenía ni idea de lo que iba a hacer con mi vida. Y ahora resulta que tal vez sí tenía una idea, pero no sabía cómo darle cabida.

El señor Tomlinson vuelve a dirigirse a mí. Puede que no se haya dado cuenta de lo que acaba de poner encima de la mesa, o igual le da exactamente lo mismo el caos que ha sembrado, pero me dice:

—¿Ves? Por eso necesitas un plan a largo plazo. Has de crearte una meta además del colegio universitario.

Me es imposible pasar por alto el ligero desdén en su voz, como si ya supiera que no voy a hacer nada por mí misma, como si tuviese claro que nunca conseguiré ningún título; título que él, de todos modos, considera que no me serviría absolutamente para nada.

—He estado pensando en mudarme a Los Ángeles —respondo. Cuando lo digo en alto, casi suena a mentira, como si fuera algo a lo que no le he dado muchas vueltas. Era un sueño, no muy distinto a mis sueños de estudiar en Hogwarts cuando era pequeña. Pero quizá la única diferencia entre un sueño y un plan es lo dispuesta que estés a convertirlo en realidad—. En cuanto ahorre lo suficiente, claro. Lo que realmente me gustaría hacer es cantar.

La mirada de Luke se cruza con la mía. En sus ojos veo un destello de… ¿esperanza?

—Pero, Juliet, para hacer eso no hace falta que te vayas a Los Ángeles —dice Donna, con cierta desesperación en la voz—. Puedes quedarte aquí. Sácate un título en música y da clases en el instituto.

Ya me veo: yo, con una falda beis y zapatillas baratas, dirigiendo a un grupo de adolescentes a los que todo les da igual, entonando escalas e insulsas versiones a capela de canciones pop.

—Es una idea excelente —dice el señor Tomlinson.

Se piensan que lo de irme a Los Ángeles es una fantasía de niña pequeña, y que acabaré sin hogar, tocando la guitarra en una esquina y pidiendo limosna con un letrerito.

—Ella no quiere dar clases. Quiere cantar —dice Luke entre dientes. Y mira fijamente al plato mientras habla, pero parece que esté dirigiendo su ira a Donna, que es la última persona que se lo merece.

—Tienen razón —digo en voz baja, porque no soporto que se metan con ella, aunque sea sutilmente—. Los Ángeles probablemente sea una quimera. Necesito un plan alternativo.

Donna sonríe y apoya una mano en la mía, recompensándome por haber dicho lo correcto. Es una palmadita en la espalda y, como la niñata que soy, me contento.

Pero Luke tenía razón. Y si yo fuera más valiente, igual de valiente que él, les habría contado toda la verdad.

Esa noche, más tarde, después de que Tomlinson se haya ido y la cocina esté limpia, Danny y yo nos sentamos en el porche delantero, los dos solos por primera vez en todo el día.

—¿Eres consciente de que tu madre se cree que te irás a Centroamérica con ellos? —le pregunto.

Se encoge de hombros. Supongo que eso es un sí. Pero añade:

—A ver, no creo que acabe jugando en la liga profesional. Podría estar bien, ¿sabes? Mi madre también quiere abrir allí una escuela. No va a ser de la noche a la mañana. Y yo podría dar clases de empresariales y tú de música. No ganaríamos mucho dinero, pero tampoco nos haría demasiada falta. Allí todo es barato y, seguramente, podríamos cultivar nuestras propias verduras.

Lo miro fijamente. La vida de la que me está hablando parece sacada directamente de una serie de dibujos animados, de esas en los que los cocos caen del cielo cuando tienes hambre y hay una lluvia de plátanos. ¿Pero para qué coño van a querer los niños de una aldea del tercer mundo ir a clases de empresariales o aprender a tocar «Jingle Bells» con la guitarra?

—Danny…, yo no sé si quiero dedicarme a la enseñanza. Creo que quiero actuar. O sea, escribir mis propias canciones.

—Pero ¿tú sabes cuánta gente quiere eso y fracasa? —me pregunta—. Hay muchas formas de ser cantante profesional sin tener que mudarte a Los Ángeles. Y, sin embargo, hay menos posibilidades de irte allí y que te salga todo de lujo que de que te toque la lotería.

No se lo discuto porque tiene razón. Pero también sé que Luke me diría que, si quiero jugar a la lotería, que juegue a la puta lotería, porque es mi vida y no la de Danny.

—Te acabo de sentar a uno —me dice Stacy—. Me ha pedido que lo pusiera en tu zona.

Vuelvo la cabeza hacia las mesas del rincón, y allí está Luke, solo y con el pelo aún húmedo después de pasarse la mañana en el mar.

Está leyendo la carta, y cuando lo veo, tan grandote y solo, me produce un extraño efecto en el corazón. Es una pizquita de vacío, pero más allá, en algún lugar al que no quiero mirar, sé que hay un abismo.

Si no me acabaran de decir lo contrario, asumiría que estaba en mi zona por error.

Me mira según me acerco, y, como siempre, lo hace como si yo fuese un depredador mortal a quien no puede perder de vista. No se le mueve ni un solo músculo de la cara. Ni una sonrisa, ni un atisbo de nada. Solo sus ojos, observando, impertérritos.

—Hola —digo tragándome los nervios. Apoyo la cadera en la mesa como único indicio de que no es un cliente habitual. Quiero darle las gracias por defenderme la otra noche y disculparme por mi forma de responder. Pero se me queda todo en la garganta.

Vuelve a estudiar la carta.

—¿Hay algo que esté rico?

Esto es rarísimo. «¿Por qué estás aquí, Luke? ¿Por qué estás en mi zona, cuando casi siempre parece que lo que te gustaría es que yo estuviese en cualquier otro sitio?». No manifiesto en voz alta lo que pienso, sobre todo porque hay una parte extraña en mí que no quiere que se vaya. Una parte que quiere estar los próximos veinte o treinta minutos mirándolo cómo engulle, en solitario, encorvado sobre el plato.

—Si te gustan la carne y las patatas, cualquier cosa —respondo. Le dedico una sonrisa nerviosa—. Y nada si esperas vivir más de cincuenta años.

Él no me devuelve la sonrisa y se limita a seguir mirando la carta.

—El número cuatro, por favor.

—¿Café?

Niega con la cabeza.

—Agua está bien.

Sospecho que sí que le gustaría tomar café, pero que está intentando ahorrar dinero. Me da que no le importaría comer más de lo que ha pedido. Lleva toda la mañana en el agua. Si fuera amigo mío, podría comentárselo. Pero no lo es. Y eso me lo ha dejado cristalino.

Le recojo la carta y hago la comanda en cocina. Cada vez que le echo un vistazo, él me está mirando, y tiene pinta de tener tanta hambre y está tan solo que al final no puedo soportarlo. Le pongo un bollo y se lo llevo a la mesa con café y zumo.

—Yo no he pedido esto —dice.

—Tienes pinta de tener hambre —respondo escaqueándome a la vez—. Invita la casa.

No dice nada cuando le relleno el café y el zumo y le llevo la comida. Solo me mira. Tampoco habla hasta que le dejo la cuenta en la mesa. Al sacar la cartera me dice:

—No escuches a Donna. Tú no quieres dar clases, joder.

Se levanta de la mesa corrida sin decir nada más y se aleja para pagar en la caja antes de que su corpulento cuerpo atraviese la puerta como un GI Joe en una casa de muñecas.

El restaurante parece más vacío sin él. Me agacho para coger su plato. Debajo ha dejado una propina igual a lo que ha pagado por la cuenta. Me la guardo en el otro bolsillo, lejos del resto del dinero, como si fuera especial.

Hubiese sido bastante fácil dejarle caer a Danny que Luke ha venido a verme: «Luke se ha sentado en mi sección esta mañana». También hubiese sido bastante fácil que se lo mencionara Luke: «Esta mañana me he pasado por el trabajo de tu novia. La comida es una mierda».

Sin embargo, no lo hace ninguno de los dos.

Al acabar la semana, me pregunto si no le habré dado demasiada importancia. Saco de mi ejemplar raído de *Cumbres borrascosas* el billete de veinte que me dejó de propina y me quedo mirándolo como si pudiera encontrar un mensaje oculto entre sus pliegues.

Quizá la pregunta que debería hacerme no es si le di demasiada importancia. Sino por qué le di demasiada importancia, y qué esperaba que significara. Mejor aún, debería estar pensando en lo que sí dijo: «Ignora a Donna». Solo que ella me lo pone muy difícil: su amor, y su forma de creer en mí, es como un abrigo calentito que no te quitas cuando llegas a casa un día de invierno. No puedo hacer como si eso no valiera nada, aunque sepa que a la larga tendré más frío. Y, cada vez que pienso en quitármelo, ella se inclina y me sube la cremallera con la sonrisa más cariñosa.

—Tengo buenas noticias para ti, Juliet —dice Donna durante la cena—. He hablado con la señorita Engelman. Enseña en una escuela primaria de Santa Cruz. Dice que puede meterte para hacer unas prácticas allí el año que viene, como ayudante del profesor de música.

Me sonríe como si me hubiera hecho un regalo, y yo me siento como si me hubiese perdido algo importante.

—¿Unas prácticas? ¿Pagadas?

Ella frunce el ceño.

—Bueno, no, no las pagan. Pero, como vives aquí, en realidad no necesitas trabajar, ¿no? Y la señorita Engelman me dijo que a los trabajadores del colegio les dan becas. Cuando lleves allí un tiempo, a lo mejor te pagan algunas clases.

Sé que debo estar agradecida, pero lo único que soy capaz de oír es «te he conseguido un trabajo a tiempo completo, pero gratis. No necesitas nada porque con nosotros estás cubierta». Me dan ganas de hundir la cara en el plato y ponerme a llorar.

Al otro lado de la mesa, la mirada de Luke se cruza con la mía y se me hace un nudo en lo más profundo del estómago. Es la única persona de esta casa que pensaría que tengo toda la razón si me ha sentado mal. Puede que sea la única persona de esta casa, y quizá de este estado, que me comprenda de verdad. Y eso debería asustarme, pero no es así. Qué puto alivio que alguien me entienda.

17

AHORA

Me despierto sola. El sol se cuela por las ventanas y me llega el olor a café. Por un momento me pregunto si lo de anoche fue un sueño. Pero siento un dolor inconfundible entre las piernas.

Dios. ¿Cómo ha ocurrido? ¿En qué estaba pensando?

Pues en nada, y ese es el problema. Me limité a abrirme de piernas ante él como un putón de mierda. Ni siquiera tuvo que preguntar.

Donna está sentada sola a la mesa, leyendo el periódico.

—Buenos días, dormilona —dice—. Luke está pintando fuera. Hace un buen día. No mucho calor.

Me pongo un café y soy prácticamente incapaz de mirarla a los ojos. ¿Cómo pude hacer eso, anoche, en su casa? ¿En casa de Danny?

—Tengo una entrevista —respondo—. Tengo que arreglarme.

«Arréglate de una vez y evita a Luke». No tengo ni idea de cómo voy a enfrentarme a él a partir de hoy.

—¿Para el *New York Times* o para otros? —pregunta.

Niego con la cabeza levemente.

—Un estúpido periódico del que nunca he oído hablar.

No añado: «Uno con el que contactó Hilary». No me gusta Hilary, no me fío de ella ni confío en que dirija el Hogar de Danny en condiciones cuando Donna ya no esté…, pero ¿quién demonios soy yo para juzgar las motivaciones de nadie? No importa lo mala que sea Hilary, porque nunca será tan mala como yo.

—Si necesitas algo del pueblo, dame una lista —le digo. Con suerte, esto pospondrá uno o dos días otro de los obligados trayectos con Luke.

Me sonríe por encima del café.

—Estupendo. ¿Puedes ir ver a Luke antes de irte y preguntarle si él también necesita algo?

«Maldita sea». Esperaba evitarlo. Teniendo en cuenta las formas en que le dije anoche que se fuera, quizá no haga falta que le diga que lo que hicimos no volverá a ocurrir. Pero, si me equivoco, ahora no estoy preparada para lidiar con eso.

Salgo por la puerta trasera y atravieso el jardín. Luke está pintando la pared izquierda del garaje. Por un momento, al observar cómo flexiona los músculos de la espalda mientras se inclina sobre la escalera, al fijarme en sus brazos bronceados y fuertes, pierdo la noción de por qué estoy aquí. Pienso en su peso sobre mi cuerpo la noche anterior, en su aliento contra mi cuello mientras me embestía una y otra vez, en el modo en que me aferraba las caderas con las manos. No me quiero olvidar nunca.

Cuando vuelvo al presente, sé que llevo demasiado tiempo de pie, observándolo. Tampoco importa, porque me ignora: su especialidad. Quizá no haya nada que decir. Tal vez él solo quería ver si todavía podía conseguir algo y no tenía intención de volverlo a probar.

Me aclaro la voz:

—Donna quiere saber si necesitas algo del pueblo.

Deja la brocha en la bandeja de pintura y se gira. Sus ojos no muestran ningún signo de vida, como si yo fuese un ser inanimado, un objeto que simplemente pasa por su campo de visión, algo que ni siquiera recordará haber visto.

—Nah. —Se da la vuelta y empieza a pintar de nuevo.

Nos odiamos otra vez. Bien. Vale. Así es como debe ser.

Estoy un poco nerviosa mientras me dirijo a la entrevista de hoy. He cambiado el lugar de la entrevista a una cabaña tiki de la playa, dieciséis kilómetros al sur. No se trata de evitar que la gente del pueblo piense mal de mí, sino de que no se acuerden ni de que existo.

Si pudiera borrar por arte de magia los recuerdos que tienen de mí, lo haría.

Aquí hay kilómetros y kilómetros de costa virgen, playas larguísimas y olas que rompen a lo lejos. El agua está llena de surfistas, como motitas negras vestidas de neopreno, a lo largo de todo el camino. Claro que hace que me acuerde de Luke, pero es que me pasa con todo. ¿Cómo pude permitir lo de anoche? ¿Nos ha venido acaso bien a alguno de los dos? ¿Y por qué demonios Luke iba a desearme después de todo lo que ha pasado?

Aparco y camino por la arena hasta el bar, que está casi vacío. El periodista es un chico de mi edad o más joven, con pantalones caquis y un polo, y la única persona que no va descalza. Cuando me da la mano, sudada, apenas me mira a los ojos. Una entrevista de este calibre es inaudita para un periódico de tan poco alcance, así que sospecho que está hecho un manojo de nervios, y por eso le perdono que me haga las mismas preguntas de siempre: «¿Cómo es este mundo? ¿Y ahora qué? ¿Qué te ha hecho convertirte en lo que eres?».

Le contesto con mi habitual cóctel de medias verdades y mentiras descaradas. Pero hoy las mentiras me cuestan más. Luke ha removido algo dentro de mí. Ha abierto la caja fuerte donde guardo los recuerdos de las cosas que importan, y todos le pertenecen a él: su olor a arena, sal y jabón, su peso sobre mí y esa mirada en sus ojos que siempre pide paso a mi interior y que asume que hay algo ahí que merece la pena cuidar.

El chico revuelve sus notas.

—He leído que empezaste a cantar en el coro de la iglesia. Es un lugar bastante inusual para comenzar, teniendo en cuenta el tipo de canciones que cantas ahora.

El toque de sarcasmo que desprende su voz me pone de los nervios. Levanto una ceja:

—Yo en todo eso que has dicho no he oído ninguna pregunta.

Mi publicista me echaría la bronca, pero para empezar yo no quería hacer esta entrevista, así que que le den. De todas formas, ¿a quién coño le importa si *The Sunny Day Times* afirma que estuve a la defensiva con ellos? Estoy hasta las narices de que insinúen que antes hacía algo bien y ahora ya no.

—Lo siento —me dice echando otro vistazo a sus notas—. Esperaba que me dieses alguna pista de cómo pasaste de cantar en el coro de una iglesia a cantar temas que hablan de cosas como la cocaína y sexo oral.

—Bueno, tampoco me habría importado cantar sobre cocaína y sexo oral en aquel entonces, pero a la parroquia no le terminaba de gustar —contesto con una sonrisita.

Se ríe. Espero que así me pregunte por otras cosas, pero no lo hace.

—Entonces ¿qué te hizo dar el salto a cantar fuera de la iglesia?

Si se ha documentado bien, probablemente ya sepa la respuesta, o al menos la que he dado muchas veces: que envié algunas maquetas caseras y que, más o menos un año después, un productor se puso en contacto conmigo.

Pero Luke no solo ha abierto la caja fuerte, sino con ella la verdad. La hermosa y dolorosa verdad, que se derrama como una mancha dentro de mí.

Porque no me limité a enviar algunas grabaciones. Todo esto empezó porque, érase una vez, en un tiempo muy lejano…, alguien quiso ponerme a mí por delante. No me importa que eso se sepa, aunque nunca diga su nombre.

—Un chico me regaló un micrófono —respondo.

18

ENTONCES

JUNIO DE 2014

Dos días después de que Donna me hable de las prácticas que me ha conseguido, las que harán que me quede un año más con ellos, Luke aparece de nuevo en mi zona de la cafetería. Él no debería estar aquí, ni yo debería querer quedarme a su lado mientras está.

Llego a su mesa con un café, un zumo y un *bagel* antes de que diga una sola palabra. Es todo lo que puedo ofrecerle gratis, y por el *bagel* podría tener problemas. Pero, si Charlie se da cuenta, lo pagaré.

Huele a crema solar, y el agua salada que se le está secando en la cabeza hace que se le formen rizos en el pelo. Hay algo en su interior que parece brillar después de haber pasado la mañana surfeando; algo que me hace desear estar cerca de él todavía más de lo que ya estoy.

—¿Qué tal las olas?

—A la altura de las rodillas y *glassy* —dice con una pizca de humor en la mirada.

Cuando Danny no va con él, Luke se marcha a surfear a Long Point por las mañanas; y en Long Point no ha habido olas «a la altura de las rodillas y *glassy*» en la vida. Los días que peor están, pueden llegar a los tres metros, de hecho, y el agua está agitada e impredecible por culpa de las brisas cruzadas.

Sonrío.

—Seguro que sí. Entonces supongo que no tienes hambre.

Desvía rápidamente la mirada de la carta a mi cara, torciendo un poco la boca.

—Mujer, yo creo que podría comer algo.

Me río. Luke «podría comer algo» aunque se acabara de terminar un bufet entero. Luke «podría comer algo» aunque se acabara de comer todas las sobras de un festín de Acción de Gracias.

—¿Lo mismo de la última vez? —le pregunto.

Nuestras miradas se cruzan una milésima de segundo. Al mencionar que ha venido en otra ocasión, he dejado caer que hemos mantenido el hecho en secreto. Le estoy diciendo que me acuerdo de lo que pidió, y que probablemente no debería recordarlo.

Algo se suaviza en su rostro.

—Sí. Lo mismo de la última vez.

No hemos hecho nada malo, pero mientras voy a por su comanda —dos huevos estrellados, beicon y pan de masa madre— sé que debo poner fin a esto. Sé que debería llevarle un montón de tortitas y hacer como si su última visita no hubiese significado nada para mí, como si no me hubiese dejado una huella profunda y como si la propina que me dio no siguiera aún escondida entre las páginas de *Cumbres borrascosas*. Pero, aunque quisiera, yo nunca le haría eso. Porque Luke es como yo: se encuentra solo en circunstancias de la vida en las que la gente que nos rodea no lo está. Los Allen podrán decir que nos adoran, que nos quieren mucho…, pero no son nuestra familia. Si les dejamos de gustar, pueden volverse en nuestra contra sin pestañear. Quiero que Luke sepa que yo a él sí lo veo, que estoy de su lado y que, pase lo que pase, no me volveré en su contra.

Cuando está lista su comida, se la pongo en la mesa como si fuese un regalo. «Me acuerdo de que has estado aquí. Recuerdo cada palabra que me has dicho. Y te veo».

—¿Te dan tiempo para comer? —Su tono está desprovisto de inflexión, como si estuviera haciendo una pregunta que no le importa en absoluto; que le da tan igual que ni siquiera merece ser enunciada.

¿Me pregunta si estoy libre? ¿Si puedo sentarme con él? Ni idea.

Suspiro.

—Sí, pero después, cuando baje un poco el ritmo.

—No cojas esas prácticas.

Algo se hunde en mi interior.

—Donna se ha tomado muchas molestias para conseguírmelas. Me da la sensación de que tengo que hacerlo.

Me mira con desprecio.

—¿Me puedes decir la cantidad exacta de molestias que se ha tomado por unas prácticas que tú nunca has dicho que desearas hacer? Es Donna la que quiere que des clases, no tú. Es más, quiere asegurarse de que te quedes en su casa, sana y salva, hasta que su hijo regrese y te lleve con él.

—Lo dices como si ella fuese la mala de la película, y no lo es.

Se pasa una mano por la cara.

—No me cabe la más mínima duda de que Donna cree, de corazón, que está haciendo lo mejor posible por ti. Pero le da igual lo que pretendas hacer tú con tu vida. Esa decisión ya la ha tomado ella por ti y te ha obligado a aceptarla. Te acaba de decir que dejes tu puto trabajo, lo único con lo que podrías conseguir algo de independencia, y que te vayas a trabajar por la cara a tiempo completo, Juliet. ¿En serio crees que eso es totalmente altruista, o no te has parado a pensar en la posibilidad de que una parte de ella tenga miedo de lo que pase cuando ya no los necesites? Porque yo tengo la hostia de claro que algo de eso hay, y no importa lo que te ha haya dicho a ti o a ella misma.

Trago saliva.

—Donna no es así. Y probablemente tenga razón con lo de cantar. A la mayoría de la gente le sale mal.

—Si todo el mundo dejara de intentar hacer las cosas en las que otros la han cagado, seguiríamos cocinando con un palo sobre una hoguera y deseando que alguien inventara la rueda. Bueno, que da igual. Tengo una cosa para ti. —Se estira hacia la derecha y me da un paquetito—. Es un micrófono. Se conecta al teléfono.

No tengo ni idea de por qué me ha dado esto o para qué lo puedo usar yo.

—Oh, eh… Gracias —digo más confundida que agradecida.

—Pensé que podrías usarlo para grabarte cuando cantes. Lo he buscado. A mucha gente la descubrieron porque en su momento mandó grabaciones caseras, y se supone que este en concreto tiene mejor calidad de sonido que el resto.

Hace cinco segundos escasos, el paquete que tenía en las manos me parecía raro y prácticamente inútil. Pero ahora me siento como si me hubiese dado algo que no tiene precio. No solo porque crea en mí, o en mi capacidad de llegar a ser algo cuando nadie opina igual, sino porque se preocupa lo suficiente por mí como para aparecer aquí e insistir en ello.

Parpadeo para contener las lágrimas.

—Me encanta. —Carraspeo—. Gracias.

—No me des las gracias. —Coge el tenedor y lo clava en una yema de huevo—. Úsalo.

Soy yo la que crea el GoFundMe para Luke. Me dice que no va a donar nadie, pero espero que se equivoque. Si podemos conseguirle unas cuantas tablas decentes —al menos dos tablas cortas buenas y una tabla para olas grandes—, quizá sea suficiente. Este verano hay un campeonato bastante importante en Santa Cruz, y todo el mundo cree que Luke tiene muchas posibilidades. Puede que llame la atención, que consiga un patrocinador o dos y que empiece a ir a más a partir de ahí.

Durante la cena, el pastor no para de hablar de lo que Luke podría hacer con un título en empresariales, como dedicarse al marketing o a la venta de coches. Y piensa que más adelante yo podría trabajar en un centro de preescolar, en cuanto haya terminado este año de prácticas.

No hay nada malo en lo que sugiere. Solo que no es lo que ninguno de los dos quiere. Mi mirada se encuentra con la de Luke.

«Solo porque lo digan —me dicen sus ojos— no significa que tengamos que hacerles caso».

Sonrío a modo de respuesta. Tiene razón.

19

AHORA

Me tumbo en la cama con la esperanza de oír sus pisadas sobre el parqué, el silbido del colchón cuando hunda en él la rodilla. Cuando venga, le diré que se vaya. Lo haré. Aunque sea lo último que yo quiera hacer.

Pero me quedo dormida esperando y, cuando la cama silba y su peso está sobre mí, soy incapaz de pronunciar las palabras que necesito formar. Quiero que pare; y a la vez no. Solo al abrir los ojos me doy cuenta de que no hay nadie aquí conmigo.

Me siento aliviada y vacía a la vez.

Luke y yo nos evitamos durante dos días y dos noches, y a la tercera noche rezo ya por escuchar sus pies. Sueño toda la noche con el crujido de las tablas del suelo cuando se acerca a mí, con su voz ronca al correrse. Me despierto cada día con el cuerpo en llamas, con las sábanas retorcidas entre las piernas, destrozada ante la idea de que no vuelva nunca junto a mí.

Estoy enfadada con él por hacerme desearlo de esta manera, y aun así desesperada por verlo.

Donna sonríe cuando entro en la cocina.

—Está haciendo surf. —Supongo que es obvio que le estoy buscando—. Ya lo conoces. No puede estar lejos del agua mucho tiempo.

Se me saltan las lágrimas y me alejo de ella. No sé cómo puede hablar así después de lo que le pasó a Danny. Si yo fuese ella, me habría mudado lo más lejos posible del océano, intentando olvidar, haciendo como si toda esa cantidad de agua no existiera. ¿Cómo puede conducir por la carretera de la costa sin recordar? Porque yo soy incapaz.

—Creo que me voy a encargar yo de pintar el garaje —le digo.

—¿Estás segura, cariño? No me gusta que te subas a una escalera tan alta.

Me río.

—Pero a Luke no le pusiste pegas para que se subiese, ¿verdad?

Me hace un gesto con la mano.

—Bueno, es que él... Él es Luke.

Y siendo Luke, si esa escalera se cayera, él se agarraría a una canaleta y se balancearía cual Tarzán para no partirse la crisma, o se agarraría a la escalera Dios sabe cómo mientras cae y rodaría en el último momento. Hace cosas que nadie cree que sean posibles hasta que las ven por sí mismos.

—No me va a pasar nada —le digo—. Si fuese necesario ser un deportista de élite para subirse a una escalera, anda que no habría casas sin pintar.

Me voy a recoger el material al garaje. Me golpeo la espinilla solo con cargar la escalera, y la pintura pesa tanto que, cuando consigo llevarla al otro lado del jardín, tengo una raya roja marcada en la palma de la mano.

A continuación me subo a la escalera, y la chulería que acabo de tener con Donna se va a la porra en un periquete.

Porque subirse a este cacharro llevando un pesadísimo bote de pintura en una mano y una brocha y una cubeta en la otra requiere un grado de coordinación sorprendente. Cuando por fin lo consigo, vierto la pintura en la cubeta a lo loco, casi tiro todo el bote al suelo y lo atrapo por los pelos. Pongo demasiada pintura en la brocha y, mientras gotea por la pared, suspiro apesadumbrada. «Maldito seas, Luke. ¿Por qué haces que todo parezca tan fácil?».

Tardo unos veinte minutos en relajarme y hallar el ritmo, y acabo dándome cuenta de que me gusta pintar con la mente en blanco. La temperatura exterior es perfecta: el sol me calienta los brazos y corre una brisa fresca. Me imagino a Luke ahora mismo en el agua, haciendo que su tabla vaya más rápido mientras atraviesa las olas, que cada pirueta les parezca chupada a los chicos que lo observan fascinados.

Pensar en él me suele resultar doloroso, pero por alguna razón hoy no. Me lo imagino feliz, y dejo que mi mente se vacíe. Empiezo a tararear lo que sé que al final será una canción sobre él —la mayoría de las que escribo lo son—, pero hacía tiempo que no me sentía tan viva durante el proceso de creación. Por una vez, no me es ajeno.

El golpe de la puerta mosquitera al cerrarse me saca de mi ensueño. Me asusto y se me cae la brocha. Intento cogerla, pero la escalera se balancea, el bote de pintura que tengo encima se tambalea y, de repente, ya no estoy en la escalera, sino cayéndome hacia atrás, volando al suelo directa.

No sé cómo, pero aterrizo sana y salva en los brazos de Luke. Su cuerpo fuerte amortigua el golpe y yo parpadeo como una idiota en estado de shock.

Noto su aliento en el cuello, y el corazón se me pone a latir al doble del ritmo habitual. Sé que ha sido un accidente, pero aun así es como si yo quisiera que pasara. Como si mi subconsciente lo hubiese hecho a propósito.

Me pasa una mano por la espalda.

—¿Estás bien?

—Sí. —La respiración me sale entrecortadamente—. Gracias.

Me suelta, y me enderezo con torpeza al bajarme de él. Se pellizca el puente de la nariz.

—Por el amor de Dios, Juliet. Te podrías haber roto la espalda. Deja que sea yo el que se suba a la escalera de ahora en adelante.

Y, al decirlo, le sube y baja rápidamente el pecho, como si acabara de terminar una maratón.

Luke, que nunca tiene miedo, ha temido por mí.

Me niego a que me afecte, pero acaba de remover un poco más el pasado. Lo suficiente como para que empiece a ser peligroso.

Esa noche sus pasos resuenan por el pasillo y vacilan ante mi puerta. Le pido en silencio que entre, que sea él el culpable para no tener que serlo yo. Pero sus pasos continúan y, un momento después, la puerta se cierra tras él.

Me quedo donde estoy cinco minutos más. Pero, una vez tomada la decisión, dejo de pensar. Trato de llegar a él muy muy rápido, para huir de todas las dudas que surgirán como les dé la más mínima oportunidad.

Compruebo el picaporte de su puerta, esperando a que esté cerrado con llave, pero gira fácilmente cuando lo acciono.

Está tendido de espaldas, con los brazos cruzados bajo la cabeza, y le pesan los ojos, pero no de sueño, sino como si estuviese esperando este momento.

Me observa mientras me acerco y, cuando estoy lo bastante cerca, se mueve con rapidez. Saca la mano de detrás de la cabeza y me rodea la cintura para tirar de mí y ponerme encima de él. Siento cómo gime con la misma intensidad con que lo oigo.

Me enreda los dedos en el pelo y busca mi boca.

Huele a jabón y sal y tiene el pecho empapado en sudor, aunque la noche sea fresca. Su polla es como una gruesa barra de acero entre los dos, dispuesta desde antes de que yo apareciese. ¿Sabía que iba a venir o me ha estado esperando así, noche tras noche, igual que yo le he esperado a él?

Le paso la lengua por el cuello y le bajo los calzoncillos.

Si esto fuese otra cosa, si nosotros fuésemos distintos, me deslizaría por la cama y me llevaría su miembro a la boca. Me burlaría de él y lo torturaría hasta que jadeara, suplicando por correrse. Pero no puedo. No hay tiempo.

Aparto las bragas a un lado y lo introduzco en mí, mordiéndome el labio, conteniendo un gemido. Por un instante, estoy tan llena que me duele moverme. Pero no hacerlo también me duele.

Me coge de las caderas con las manos, que me levantan y me empujan hacia atrás. Subo cinco centímetros. Suelta un pequeño gemido desesperado. Quiere más.

—Jules. Joder.

Apoyo las manos en su pecho y empiezo a moverme, mientras él me sujeta aún las caderas, que golpean contra su cuerpo cada vez más fuerte, cada vez más rápido.

No decimos nada. Me gustaría decirle que esto es maravilloso, que nunca ha sido así con nadie. Pero no lo hago.

Le clavo las uñas en la piel mientras me corro, con la esperanza de que esto sea suficiente para sacarlo de mi ser y poder pasar página al fin.

20

ENTONCES

JULIO DE 2014

Ahora Luke viene a la cafetería casi todas las mañanas. Y yo le espero.

Le espero como una niña pequeña espera a Papá Noel. Como si hubiese dejado a mi familia para irme a buscar oro en 1860 y él fuese la carta que me llega cada mes desde el hogar.

Le espero como si él lo fuese todo para mí.

No tengo ni idea de lo que estamos haciendo, pero lo único que me importa es verlo; observar cómo se agacha cuando cruza la puerta y cómo clava sus ojos en los míos. Sé que hay algo de mí que solo sabe él. Y me sienta bien que me conozcan, que me vean y que crean en mí.

Tenemos nuestra rutina secreta. Yo le llevo todo lo que puedo gratis, además de un bollo que pago yo porque Charlie me pilló. Le tomo nota y le pregunto qué tal las olas, y él miente y me dice que nada del otro mundo.

Esta mañana también viene, buscándome.

Cojo una carta, como si lo fuese a necesitar, y empiezo a caminar hacia una mesa libre en mi zona. Él me sigue.

Le sirvo el café, y, cuando agarra la taza, las yemas de sus dedos rozan los míos.

—Has cambiado la canción que tocaste anoche. Me gusta el nuevo puente.

Sonrío con súbita timidez.

—Gracias.

Ahora no me espero a que esté la casa vacía para tocar la guitarra. Ya tengo cuatro canciones. Y prácticamente todas solo las tenía escritas en la cabeza antes de intentar tocarlas fuera. También las he grabado con el micro, aunque aún no me he atrevido a enviarlas.

A Danny parece molestarle un poco que yo toque la guitarra, como si fuese una afición vergonzosa que desearía que dejara. Cuando sale al jardín, lo hace sobre todo para ver si ya estoy lista para irnos. Pero Luke sí que se queda fuera a menudo, escuchándome, y yo solo me doy cuenta cuando lo oigo arrastrar los pies al volver a entrar.

Él no es Donna cuando dice: «¿Verdad que canta como un ángel?», como si yo fuese una niña que necesita que la apoyen porque la pobre es lo único que tiene. Lo que ha dicho Luke en voz baja en la cafetería significa más que todos los elogios sobre mi voz que yo pueda recibir en la parroquia. Él entiende cuánto valen para mí esas canciones que Danny se niega a oír, y las escucha con más atención que nadie. Si yo me convierto en alguien importante, a Luke nadie le dará nunca una palmadita en la espalda. Él solo quiere que yo sepa que me ven y que merece la pena verme.

Y yo también quiero que sepa que merece la pena que lo observen a él, pero probablemente ya se haya dado cuenta. Porque da igual donde entre, que yo apenas puedo apartar la mirada de él cuando lo hace.

Cuando acabo el turno, se ha puesto a llover. Salgo y me encuentro a Luke esperándome en el jeep. Me dice que estaba aquí por casualidad.

—No tenías que hacer esto —le digo—. Estoy acostumbrada a ir en bici bajo la lluvia.

Me pasa una toalla del asiento trasero para que me seque el pelo.

—No tendrías que estar acostumbrada a las cosas difíciles, Jules.

Pero él no siempre estará aquí. Tanto si sigo en Rhodes como si me voy a cualquier otro sitio, al final tendré que valerme por mí misma.

Se queda en silencio mientras emprendemos el camino y luego me mira.

—Mi madre es así —dice con la voz más baja de lo habitual—. Estaba acostumbrada a que mi padre fuese un borracho, y, cuando por fin lo dejó, se casó con un tío todavía peor. Creo que lo hizo porque le parecía lo normal. Otro borracho inútil.

—Hay una gran diferencia entre ser alguien que se casa con un alcohólico detrás de otro y alguien a quien no le importa volver a casa en bici bajo la lluvia.

Tuerce la boca.

—Me refería a que estaba acostumbrada a las cosas difíciles. No quiero que asumas que las cosas tienen que ser así para ti también.

—¿Todavía… te hablas con ellos? —le pregunto y a continuación me muerdo el labio—. Lo siento. No tienes que hablar de ello si no quieres.

—Soy un libro abierto.

Me río.

—No hay nadie que sea menos un libro abierto que tú, Luke.

Se le dibuja una sonrisa en el rostro.

—Para ti, soy un libro abierto. Y no, ya no me hablo con ellos. Pero tengo una hermana mayor con la que sí lo hago de vez en cuando.

—No te imagino siendo el hermano pequeño de nadie.

—Ah, pues créeme que lo era y mucho. Se sigue cachondeando de mí por el señor Arce, un peluche que llevaba conmigo a todas partes.

Ha encendido la calefacción por mí, y ahora el interior del coche es acogedor, y el rítmico ir y venir de los limpiaparabrisas resulta sorprendentemente relajante.

—¿Le pusiste «señor Arce» a un peluche?

Tuerce de nuevo la boca.

—Le había echado jarabe de arce encima sin querer.

Me imagino al pequeño Luke en pijama, llevando al peluche cogido de la oreja. Odio que la diminuta versión de él haya tenido que sufrir.

—¿Los echas de menos?

Se encoge de hombros.

—A mi madre, sí, aunque no sé por qué. ¿Sabes cuál es el último recuerdo que tengo suyo? Ella, buscando bajó el sofá un diente que le hizo saltar mi padrastro. Y cómo después se puso de su puto lado cuando lo molí a palos.

Me duele el alma. Sé lo solo que debió sentirse porque yo he vivido exactamente lo mismo.

—Lo siento —susurro mientras apoyo una mano en la suya un momento antes de retirarla—. Créeme, sé lo que es que tu madre se ponga del lado de la persona equivocada.

Suspira.

—Sí, me lo imaginaba. Por eso te permitiste acabar con los Allen.

Entramos en el barrio: nuestro viaje está a punto de terminar. Yo no quiero que acabe.

—¿Cómo va el GoFundMe? —pregunto, aunque lo sé perfectamente, porque lo compruebo cada mañana.

Disminuye la velocidad al girar en la calle de los Allen.

—Cuarenta dólares. Y la mayor parte son tuyos.

—¿Y con eso no vale para comprar cuatro tablas de surf profesionales?

—Cuestan algo así como mil dólares cada una. Casi casi, pero todavía no —me contesta con una sonrisa.

Paramos en la entrada. Señala hacia la casa con la barbilla.

—Entra para que no te empapes. Ya me voy yo a por tu bici.

—Entonces, el que se va a empapar eres tú.

—Mejor. —Frunce el ceño—. Yo no me voy a pasar las próximas dos horas cocinando.

Dudo y a continuación sonrío, con la esperanza de que mi sonrisa le transmita todo lo que no puedo decir: «Gracias por ponerte de mi lado, Luke. Gracias por anteponerme a mí. Ojalá pudiese hacer yo lo mismo por ti».

Y en ese momento se me ocurre que a lo mejor puedo.

Los tíos con los que salimos casi todas las noches están en una situación similar a la de Luke y Danny: universitarios que se buscan la vida. Liam trabaja en la construcción, como Luke. Ryan, en un bar. Pero me da que Caleb, Harrison y Beck, los que fueron al colegio privado con Danny, están forrados. Porque hablan como tíos que están forrados: juegan al golf, comparan Park City con Telluride a la hora de esquiar, debaten sobre cuál es la mejor isla hawaiana, si Kauai o Maui, y Harrison tiene un BMW nuevo. Me sorprende que me sigan pareciendo majos, pero así es. Son amables con todo el mundo, hasta con Grady —al que se limitan a ignorar cuando actúa como el imbécil que es—, y apoyan a Luke como si fuese su hermano.

No cabe la menor duda de que pueden permitirse ayudar económicamente a Luke, así que, en una ocasión en la que están todos juntos, me aclaro la garganta nerviosa para hacerme notar. Qué bien que Grady no esté en ese momento para oírme suplicar y admitir mi derrota.

—Luke necesita tablas nuevas —anuncio—. Para el próximo campeonato.

Todos me miran alucinados. No suelo hablar demasiado.

—Pero ¿no te habías hecho un GoFundMe? —le pregunta Caleb a Luke.

—No ha tenido mucho éxito —responde avergonzado Luke—. Pero da igual. Olvidaos.

—Con la construcción estás ganando una buena pasta, ¿no? —pregunta Beck—. ¿No te da con eso para poderte comprar una tabla corta decente?

Luke asiente con la cabeza.

—Sí, pero con ese dinero me pago los gastos de manutención durante el curso académico. En serio, no os preocupéis. No pasa nada.

—Sí que pasa —respondo antes de poder contenerme—. Ahora mismo estás en desventaja en cualquier campeonato. —Sé que estoy tirando de la cuerda, pero me importa una mierda porque necesita las malditas tablas.

Me observa con una mirada que me pide que lo deje estar, y los demás se nos quedan mirando, lo más seguro que sorprendidos de que les dé la brasa por Luke cuando casi siempre actúo como si no existiera.

Me siento como una idiota absoluta, pero a la mañana siguiente en el GoFundMe de Luke aparecen tres mil dólares de un donante anónimo. Y no me cabe duda de que estaría dispuesta a volver a sentirme así de idiota con tal de ver la cara de orgullo de Luke una semana más tarde, cuando saca del jeep la Ghost de mil dólares que se acaba de comprar.

Pasa una mano cariñosa por la superficie de epoxi.

—¿No es preciosa?

—Así que es ella, ¿eh? —me burlo.

—Las cosas bonitas siempre lo son —me dice sonriendo.

Nos vamos todos a verlo surfear el sábado, y nos quedamos alucinados. Es muchísimo mejor respecto al año pasado, y con la nueva tabla todavía más. Sale del agua con una sonrisa de oreja a oreja, como un niño al que, la mañana de Navidad, le han regalado un juguete que ha resultado ser mil veces superior a lo que jamás imaginó.

Es a mí a quien sonríe primero al salir del agua.

«Ahora te toca a ti —dice esa sonrisa—. Manda ya tus grabaciones».

Tal vez tenga razón. Tal vez ambos podamos salir de aquí.

Estoy sola en el jardín de atrás, intentando grabar mi nueva canción en condiciones, cuando sale Danny. Ha tenido más tiempo libre este verano porque, en vez de hacer surf por las tardes, está poniéndose en forma para jugar al fútbol. Trato de no enfadarme cuando tengo la impresión de que él quiere que yo también tenga más tiempo libre.

Se sienta en la hierba, a escucharme, y, aunque no aparenta estar impaciente, yo lo percibo de todos modos. Teniendo en cuenta que nunca me ha animado con el tema de la música, me parece una suposición justa. No me ha preguntado ni una sola vez por el micrófono ni por qué estoy grabando.

Se levanta cuando la canción acaba.

—¿Es nueva?

—Sí. —Me pregunto si ha oído, como yo, el tono de desafío con el que le he contestado.

—Es bonita —dice suavemente—. Lo único que se me escapa es por qué todas tus letras son tan deprimentes. Tienes una buena vida.

Pienso en Luke en la cafetería esta mañana, bronceado y radiante, con el rabillo de los ojos arrugado al acercarme a su mesa, feliz de verme. Me ha comentado que había estado cantando parte de mi nueva canción en el *line-up*.

«Todos me han oído cantar la frase de la nieve —me ha dicho—, y han empezado a llamarme Papá Noel. No voy a oír el final en mi vida».

«No tenía ni idea de que supieses cantar», le he dicho.

«Porque no sé —me ha respondido—. Ese es en gran parte el motivo porque el que no pienso escuchar el final».

Dios mío, cómo se me ha llenado el corazón en ese momento. Tanto que no sabía si se desbordaría en forma de risas o de lágrimas.

Las palabras de Danny consiguen todo lo contrario. Me dejan vacía. Y la sensación que me produce también quiere desbordarse en forma de lágrimas.

Me siento un poco más erguida.

—Toda vida tiene cosas buenas y malas. Esto es solo el tipo de música que me gusta.

Se encoge de hombros con amabilidad, pero así me deja claro que mi explicación le da igual. A Danny no le gusta discutir, pero, por primera vez, me ofende la forma en que ha decidido evitar la discusión, como si él tuviera razón y yo no, y se estuviera haciendo el importante.

—Bueno, he llegado pronto a casa. Hay algunas series grabadas. Podríamos aprovechar para verlas.

Me gustaría negarme, pero no puedo, porque esta es su casa y tengo mucha suerte de estar aquí. Porque simplemente estaba implícito en lo que me ha dicho, ¿no? Si quiere pasar tiempo conmigo, soy yo la que tiene que dejar lo que esté haciendo en cuanto él aparece por la puerta.

¿Habrá un momento en que se me permita tener mis propias preferencias? ¿Cuando no sea yo la «afortunada»? ¿Cuando pueda elegir la serie, o elegir no ver ninguna serie en absoluto?

—Déjame que toque una canción más —le digo. Es una manera ridícula de rebelarse, pero veo un destello de indignación en sus ojos antes de que me dé un beso en la cabeza y me diga que me espera dentro.

Trago saliva cuando la puerta se cierra tras él. En realidad, no tenía en mente ninguna canción más para tocar, y todo lo que se me ocurre ahora son canciones de rabia escritas por otros. Me pongo a tocar una antigua canción llena de ira de los Smashing Pumpkins y, cuando termino, estoy a punto de llorar. ¿Qué coño hago? ¿Cómo puedo enfadarme con Danny cuando me ha dado todo lo que tengo?

Suelto la guitarra sobre la hierba y escondo la cabeza entre las manos, pero vuelvo a levantarla al oír el ruido de unos pasos que se aproximan. Es Luke, recién duchado y resplandeciente tras un día al aire libre.

—¿Qué pasa? —me pregunta. Por su tono, me deja claro que no va a tragarse la vaga negación con la que probablemente le habría respondido.

—Danny me ha dicho que mis canciones son deprimentes y que no lo entiende porque tengo una vida muy buena.

Ha pasado mucho más, pero soy incapaz de explicar el resto con palabras. O tal vez sí, pero sería demasiado desleal con los Allen si dijese: «Estoy cansada de sentir que estoy en deuda. Cansada de sentir que no tengo ni voz ni voto en nada».

Luke se acerca.

—Él no te entiende. No es nada contra Danny. Pero su mente no funciona igual que la tuya.

Me levanto con la guitarra en la mano.

—¿Qué quieres decir?

Posa los ojos en mis labios, lentos como una caricia.

—Él no quiere nada profundo, Juliet, y no lo necesita. No todo el mundo lo necesita. Hay personas que se pasan toda su vida rozando la superficie. Pero tú no eres una de ellas. Por eso escribes canciones agridulces, con la hostia de dobles lecturas, y él lo resume todo en una palabra: «triste». Donna usaría la misma palabra. Sin embargo, no significa que tengan razón, y por eso tienes que dejar de escucharlos.

—Pero les debo muchísimo. No puedo limitarme a no... escucharlos.

—Que algo sea bueno una vez para ti no significa que siempre lo sea. No puedes dejar que te tomen de rehén.

—¿Rehén? —repito, avergonzada e indignada a la vez—. ¿A ti te parezco una rehén?

Se acerca tanto que puedo sentir el calor de su piel, oler su champú y el sempiterno aroma a protector solar que lleva.

—A mí me pareces algo raro y salvaje —susurra al tiempo que me aparta el pelo de la mejilla. Se me corta la respiración cuando siento sus dedos en la piel—. Algo que han encerrado en una jaula. Y creo que sentiste tanto alivio cuando hallaste un lugar seguro al que volver cada día que ni siquiera te diste cuenta de lo que había pasado. Creí que podría salvarte si venía aquí este verano, pero, aunque alguien te abra la jaula, tú también tienes que estar dispuesta a volar, Jules.

Traga saliva y se aleja de mí, bajando la mirada como si hubiese dicho más de la cuenta.

Y estoy segurísima de que lo ha hecho.

21

AHORA

Me despierto en mi propia cama. Anoche no me quedé mucho tiempo después de hacerlo, y él no me dijo absolutamente nada mientras me alejaba sigilosamente. Lo más seguro es que Luke sepa que no debe esperar nada de mí, pero, cuando entro en la cocina, hay algo en su mirada que no estaba ahí antes.

También hay algo diferente en mi interior. Sé que no va a cambiar nada, sobre todo porque no puedo permitir que sea así, pero me siento de nuevo viva, como si me hubiesen sumergido en agua helada y me hubiesen sacado al sol inmediatamente después. La sangre que hace unas semanas me corría lentamente por las venas parece ir ahora a toda velocidad; ha rejuvenecido y está alegre y esperanzada de un modo absurdo.

Donna me sonríe desde la mesa y me hace señas para que me siente a comer tortitas con ellos.

—Ya empiezas a tener buen aspecto —dice—. Cómo me gusta ver ese rosa al fin en tus mejillas. —Noto cómo se me suben los colores y me obligo a no mirar a Luke—. Estaba comentándole a Luke lo de los gemelos que llegan justo después de la ceremonia de inauguración —continúa mientras me planta tres tortitas en el plato y me acerca una carpeta—. Tienen la misma edad que tú cuando viniste.

Abro la carpeta y miro las fotos con el ceño fruncido.

—Parecen muy pequeños. ¿Seguro que tienen quince años?

—Cariño, quince años es muy «pequeño». Tú eras exactamente igual cuando apareciste en mi puerta, te lo aseguro —sonríe con algo de tristeza.

Levanto una ceja en señal de silencioso desacuerdo. Mentalmente, a los quince años me veía a mí misma como una adulta, quizá porque había vivido cosas muy duras. Es imposible que fuese tan pequeña e insegura como los chiquillos de estas fotos.

—No me crees —dice Donna.

Sale de la cocina, y Luke y yo nos miramos.

Me preocupa haberla ofendido. Me preocupa que lo que Luke y yo hicimos anoche haya alterado el equilibrio de esta casa y que de nuevo estemos en la posición equivocada, dispuestos a estampar contra el suelo lo que queda de los Allen.

Pero Donna vuelve con una foto.

—Danny te hizo esa foto la noche que os conocisteis. —Se le ilumina la cara con una sonrisa, pero habla con la voz entrecortada. Nunca dejará de estar triste por él. Morirá triste por él. Y todo por culpa mía.

Es una foto mía en el escenario del festival del condado donde Danny me vio por primera vez. Estoy con otras dos chicas después de interpretar una versión a capela de una canción de Taylor Swift. Soy la más pequeña de las tres: una niña sonriente, con las mejillas coloradas y los ojos muy abiertos. No tenía una puta gota de adulta, ni por asomo.

Justin me echó a mí la culpa por lo que pasó. Me decía que era yo la que lo había seducido a él. Me repetía que, si no lo hubiese deseado, no habría andado por la casa en pijama, que no habría salido del baño después de ducharme envuelta en una toalla. Que no me habría vestido así o asá para ir de fiesta ni me habría maquillado tanto. Y daba igual lo que yo dijera, porque en el fondo me lo creía. Todo este tiempo, una parte de mí ha pensado que yo debía de ser una guarra y una libertina de un modo en que a las chicas de mi edad ni se les pasaba por la cabeza.

Pero yo era una niña pequeña. Ingenua. No tenía a nadie a quien pedirle consejo acerca de nada. Me he pasado la última década culpando a esta niña de la foto por acceder a lo que él me hacía algunas veces, por no denunciarlo, aunque me habría quedado absolutamente indefensa si lo hubiese hecho. Me he culpado por no contárselo a más personas, aunque la gente a la que se lo conté me acusara de mentir. Incluso después de que él fuese a la cárcel por homicidio involuntario, después de que lo detuviesen decenas de veces por todo tipo de mierdas que no tenían nada que ver conmigo, me echaba la culpa a mí misma.

Y, en realidad, jamás tuve la culpa de nada. Ahora sí lo veo. Pero perdonarse a una misma por el pasado es muy muy peliagudo. Porque, si me perdono por cómo gestioné lo que me sucedió en el instituto, me será más fácil perdonarme por todo lo demás. Y un día, cuando vea una foto mía con veinte años, también pensaré que era una niña. Puede que me convenza de que toda la mierda que monté con Danny y con Luke no fue culpa mía y que no supe gestionar bien las cosas porque era muy joven.

Y podría empezar a pensar que es seguro confesar lo que pasó realmente. Entonces, miro a Luke al otro lado de la mesa, con los ojos clavados en mi foto y la mandíbula tensa. Y, por su bien, tengo que seguir aferrándome a mi culpa. Porque es la única manera de asegurarme de que él siga a salvo.

22

ENTONCES
JULIO DE 2014

La noche anterior a la salida de Luke y Danny para la concentración previa a la temporada, vamos a la playa para celebrar que Luke ha ganado un campeonato de *shortboard* en Steamer Lane con el que, al fin, ha conseguido llamar la atención que se merece por parte de posibles patrocinadores. Cuando llegamos, Luke acaba de salir del agua y solo lleva puesto un neopreno, descosido y colgando de la cintura. Su cuerpo es una sinfonía, en la que cada músculo es un instrumento independiente que se une para crear algo tan hermoso que apenas parece real. Cuando se sienta, tengo que apartar la mirada.

—Alguien debería llamar a la policía —dice Grady en otra de sus habituales diatribas—, porque es repugnante.

Se está quejando otra vez de «los gais», unos chicos que se divierten en una playa cercana, y que van a su bola y no se meten con nadie. Nunca los he visto hacer otra cosa que mirar a los surfistas y escuchar música, pero Grady insiste en que no deja de ser un hervidero de depravación sexual. Ojalá Libby le dijese que se callara de una vez, pero ella no hace nada.

Empieza a rular un porro. Danny dice que no y yo también; desde el otro lado del fuego, Luke se lleva una botella de cerveza a los labios sin dejar de mirarme: «Rehén —dice esa mirada—. Pregúntate si esto es lo que quieres de verdad».

A estas alturas, la respuesta a esa pregunta ya me la sé. No, no es lo que quiero. Es cierto que todavía no tengo el dinero para largarme en estos momentos, pero el mayor problema es que he asumido durante tanto tiempo que estaría con Danny para siempre que me es muy difícil considerar seriamente cualquier otra opción. Llevamos juntos casi tres años, una sexta parte de mi vida, y es la única relación que he tenido. No sé por qué, pero no estar con él es algo que nunca se me ha pasado por la cabeza.

A su vez, terminar con esto me parece tremendamente... ingrato, después de todo lo que han hecho por mí. «Gracias por acogerme durante mis años de instituto. Ya no os necesito, así que sigo adelante con mi vida». Pero ¿he de pagar mi deuda aguantando algo que no nos sirve a ninguno, o la pago dejando que me odien por largarme?

Y, para bien o para mal, los Allen son mi familia. La única que tengo. No habrá nadie con quien pasar las vacaciones si me voy. Nadie a quien le preocupe si llego tarde a casa o no. Y nadie en todo el planeta a quien todavía le importe yo.

«A Luke sí», resuena una voz en mi cabeza. Pero la ignoro. Luke no entra en juego, porque no puedo hacerle eso a Danny, y Luke nunca va a venir a Los Ángeles a buscarme.

Danny le está contando a todo el que quiere escuchar que va a ser *quarterback* titular este año y describe sus entrenamientos con todo lujo de detalles. Libby todavía insiste en hablarme de un grupo para adolescentes que le gustaría crear en la parroquia, dando a entender que, como me quedo con los Allen, podría hacerlo con ella el próximo curso.

Me aprieto las sienes con los dedos. No quiero estar aquí esta noche. No sé cómo voy a sobrevivir en Rhodes sin Luke. Me encantaría decirle a Donna que no deseo hacer las prácticas, pero ella está asustada porque al pastor le van a operar en breve por una obstrucción en una arteria, así que no parece el momento adecuado.

Empiezo a preguntarme si lo será algún día.

Grady retoma su filípica donde la ha dejado.

—Estoy seguro de que es ilegal —dice—. Conducta obscena, por lo menos. A saber qué estarán haciendo en estos momentos.

—Colega —suspira finalmente Caleb—, ya basta.

—Lo pone en la Biblia —responde Grady—. El Levítico afirma rotundamente que es una «abominación».

—Quizá el que escribió el Levítico luchaba contra sus propios impulsos —dice Ryan—. Si no, es que no tenía ni idea de lo que se estaba perdiendo.

Abro los ojos como platos. No he visto a Ryan jamás sin una chica.

—Así que ¿me estás diciendo que… tú harías «eso» con uno de ellos? —balbucea Grady incrédulo.

Ryan sonríe y extiende los brazos.

—Ya lo he hecho y lo seguiré haciendo. Amo a todos los hijos de Dios, sin importar su sexo, raza, religión o credo. Dejaría que cualquiera de vosotros me la chupara.

Se ríen todos menos Grady, que añade:

—Pues lo siento mucho por ti, porque pasarás la eternidad en el infierno.

Ryan se encoge de hombros.

—Al menos habré aprovechado el viaje. No puedo decir lo mismo de ti. Y, ya que estamos con el tema, Danny, es tu última noche aquí. ¿Quieres que nos piremos para que Juliet y tú podáis estar solos?

Todos se carcajean, y Danny el que más. Y entonces vuelve a cambiar de tema para hablar del puto fútbol y de la rutina de entrenamientos.

Luke traga saliva. El modo en que se le mueve la nuez de su cuello me da sed.

—Voy a tomarme una cerveza —le digo a Danny, con un tono entre la disculpa y el desafío.

Él echa la cabeza hacia atrás.

—¿Cómo?

Suspiro.

—Es solo una cerveza, Danny. No he dicho que vaya a pincharme heroína en vena.

Se encoge de hombros.

—Es solo que me parece una mala idea.

—También lo es fingir que nos acostamos —murmuro—, pero eso no parece afectarte lo más mínimo.

Cojo una cerveza de la nevera y me alejo. No mucho, y no de forma dramática. Danny casi no se da cuenta.

Respiro hondo unas cuantas veces, miro las estrellas y me pregunto cómo coño voy a poder encarrilarme. Pienso en mi hermano. En cómo el mundo empezó a aplastarlo, y, cuando él intentó impedirlo, lo remató del todo.

—Hola —dice una voz en la oscuridad, y Luke se pone junto a mí.

Me obligo a sonreír.

—Es tu fiesta. ¿Qué haces aquí?

Se mete las manos en los bolsillos.

—¿Qué haces tú aquí?

Levanto la vista hacia él. Este es el momento en el que normalmente mentiría. Si Danny me hubiese hecho la misma pregunta, le diría que estaba mirando las estrellas. Él no querría saber la verdad.

—Pensando en mi hermano.

Se acerca.

—Nunca hablas de él.

Miro fijamente la arena que hay entre nosotros. Con cualquier otra persona, también mentiría sobre esto. Pero con él sé que todo está bien.

—Había unos traficantes que lo estaban acosando. Yo lo convencí para que fuera a la policía y les contara la verdad. —Me río—. Lo más seguro es que tú pienses en mí como la última persona que le sugeriría contarle la verdad a la poli.

—¿No salió bien?

—Le metieron un tiro en la cabeza al salir de la comisaría. Uno de los policías les dio el soplo. Y ni se molestaron en buscar a los tíos que lo hicieron. A plena luz del puto día, tuvieron los huevos de decir que no había cámaras ni testigos.

—Tener una vida de mierda no hace que todo lo malo que pase en ella sea culpa tuya, Jules —dice y yo me encojo de hombros. Puede que sea cierto, pero a mí no me lo parece. Me aprieta la mano y apunta al cielo con la cabeza—: Mira.

Una estrella surca el cielo. Cierro los ojos, pero son tantas las cosas que quiero en mi vida que no me da tiempo a elegir solo una.

—¿Qué deseo has pedido? —le pregunto—. Ya has ganado en Steamer Lane.

Me mira durante un instante que parece eterno. Creo que yo podría saber lo que desea, y también sé que nunca me lo dirá en voz alta. Posa los ojos en mi boca y contengo la respiración, preguntándome si va a besarme.

Quiere hacerlo. Sé que quiere.

—Te diré lo que debería haber deseado. —Su voz suena más tranquila—. Tendría que haber pedido que salgas de aquí. Que termines haciendo lo que amas.

Se me apaga la sonrisa. No le digo por qué eso que dice no va a pasar en breve. Tampoco le digo que lo que a mí más me importaba era que él sí que acabara haciendo lo que le gusta.

—Probablemente, después de este fin de semana, nunca vuelvas aquí —susurro con la voz quebrada.

—Jules. —Me acaricia la cara, obligándome a mirarlo a los ojos—. Volveré.

Niego con la cabeza.

—El año que viene por estas fechas, más te vale que ya seas un profesional, Luke Taylor. No vuelvas a Rhodes.

Me doy media vuelta en dirección a la hoguera, ahogando un sollozo.

Algunas personas demuestran su amor como lo hace Donna: preocupándose por ti, pasándote la mano por el pelo y consiguiéndote unas prácticas que ni siquiera querías. ¿Pero yo? Yo demuestro el mío de un modo tan silencioso que el receptor jamás se dará cuenta. Es mejor así. Nunca habría aceptado mi amor si supiera lo que me ha costado.

Volvemos a casa muy tarde. Los chicos hacen las maletas y al final, incapaz de soportar la tensión, me voy a mi habitación a llorar.

Ojalá no tuviera los ojos rojos de tanto llorar toda la noche cuando nos levantamos para despedirlos. Cuando Danny me da un beso de despedida, Luke aparta la mirada con la mandíbula desencajada. Le estrecha la mano al pastor y abraza a Donna. Lo más seguro es que me ignore, como hizo el verano pasado. Pero, en lugar de eso, vacila y luego me atrae hacia él para abrazarme. Dura un segundo como mucho, pero es suficiente.

El resto del día me lo paso llorando. Y, cuando me despierto después de veinticuatro horas sin Luke, sé que no puedo vivir así, que ya no puedo fingir más. Sé que, incluso cuando me decía a mí misma que yo le pertenecía a Danny, Luke era el que hacía que mi corazón siguiese latiendo y que mi sangre corriera caliente por las venas. Sin él, no importa nada. Tengo que encontrar la manera de salir de aquí.

23

AHORA

Cuando el nombre de Cash aparece en la pantalla del teléfono, me doy un susto de muerte. Cash odia el teléfono. Ni siquiera le coge las llamadas a su madre, y creo que nunca lo he visto marcar un solo número. Hace unos meses, este giro de los acontecimientos me habría encantado. Pero, sorprendentemente, lo que tengo es un pequeño nudo en el estómago.

Dejo la taza de café en la encimera de la cocina y echo un vistazo detrás de mí antes de cogerlo.

—¿Cash? —pregunto con un hilo de voz al final.

Se ríe por lo bajo.

—¿Tanto te sorprende saber de mí?

—Nunca te he visto llamar a nadie. —Me doy la vuelta en dirección a la entrada de la cocina para ver si me están oyendo—. He supuesto que alguien te estaba gastando una broma haciéndose pasar por ti, o que me estabas llamando para decirme que Frank se ha muerto.

—Frank sigue vivito y coleando. Me pregunta por ti todos los días.

No dudo que sea verdad. Llegué a conocer a Frank bastante bien cuando era telonera de Cash. Había veces en las que parecía que él se preocupaba bastante más por mí que Cash.

Curvo la palma de la mano alrededor de la taza de café, disfrutando de su calor…, y vacilo un poco. Me está llamando por algún motivo, probablemente uno malo.

—Bueno, entonces ¿a qué debo este honor?

—No has respondido a mi mensaje —dice—. Tú siempre respondes.

Supongo que tiene razón: nuestra relación ha sido un ir y venir desde hace dos años, pero yo siempre andaba desesperada para tenerlo pendiente de mí.

¿Por qué era tan patética?

—Lo siento —le digo—. He estado muy ocupada aquí.

—Ah, sí. Es algo con la casa de tu tía, ¿verdad? Que estáis montando una movida allí, ¿no?

A estas alturas, ya ni debería sorprenderme que Cash todavía no sepa que no es mi puta tía. Para empezar, nunca he pensado que en realidad me haya escuchado en algún momento.

—Básicamente, fue ella la que me crio. Y ha hecho un anexo en la casa para poder acoger a más niños, pero aún falta un montón de trabajo antes de que lleguen los dos primeros, así que la estoy ayudando.

—Guay, guay, guay —dice. Ha dejado de escuchar—. Bueno, yo he vuelto a Los Ángeles. Estamos todos pasando el rato en el ático del Beverly Hills Hotel. Ven a vernos.

Me pregunto si ya se habrá olvidado de lo que le he dicho sobre tener lista la casa de acogida, o es que sencillamente no me ha escuchado en ningún momento. Quizá se crea que es tan especial que yo lo dejaría todo por él. Seguramente, hasta hace unas semanas, lo habría hecho. Pero ahora, si me planteo marcharme, se vuelve todo negro, y el futuro surge como un espacio tan oscuro que no puedo distinguir ni una sola forma en su interior. Aunque supongo que siempre fue negro. Y Cash era algo a lo que me aferraba, intentando hallar mi camino en medio de la oscuridad.

Tiro el café por el desagüe y meto la taza en el lavavajillas.

—Como te acabo de decir, hay bastante lío. No creo que pueda irme de aquí hasta después de la inauguración.

—Entonces, tendré que subir a verte.

Parpadeo una vez, luego dos, con la boca abierta. Ni se me había pasado por la cabeza que Cash se ofreciese a venir aquí. Es el tipo de cosa con la que habría fantaseado hace unos meses: que Cash apareciera y yo le dejara claro a todo el mundo que por fin he pasado página. Pero la realidad sería desastrosa.

Entraría con sus tatuajes y todos esos anillos en los dedos, esperando que todas las personas cayeran rendidas a sus pies. Donna sonreiría como lo hace cuando la gente le dice que echa de menos a Danny. Es una sonrisa con la que parece emplear cada gramo de fuerza que le queda. Y Luke se quedaría allí plantado, con los brazos cruzados sobre el pecho, sacándonos a todos una cabeza, maldiciendo en silencio a Cash, y maldiciéndome a mí por haberle elegido. O, peor aún, dándole un puñetazo.

Cuando oigo los pasos de Donna arrastrándose por el pasillo, me apresuro a terminar la llamada.

—No vengas —digo rápidamente—. Odiarías este sitio. Puedo ir yo una noche. Dame unos días para organizarlo.

Me pregunto cómo coño voy a explicarle esto a Luke. Ni siquiera puedo explicármelo a mí misma, porque lo único que hay en mi corazón es pavor.

Esa tarde voy al supermercado mientras Luke hace surf. Que la nevera esté tan vacía es una señal más de que las reservas de Donna van menguando por días. Para ella, venir aquí cada día era tan rutinario como hacer la cama o lavarse los dientes.

Hay cabezas que se giran, y la gente se me queda mirando. Reconozco a una mujer que iba a la iglesia cuando Danny estaba vivo. Tuerce la boca cuando la miro. Piensa lo mismo que el resto: da igual lo que dijeran, porque la muerte de Danny fue en realidad culpa mía.

Lleno el carrito con el tipo de comida que Donna solía cocinar. Me acabo de poner justo en la cola para pagar cuando se abren las puertas automáticas de la tienda y entra Grady.

Lleva unos pantalones caquis y una camisa Oxford blanca abotonada casi hasta arriba, tan insípido y metomentodo como siempre. Me esperaba que estos años como pastor lo hubiesen ablandado un poco, pero, cuando me mira, me deja claro que no ha sido así.

Levanta una ceja y se queda esperándome. Espera los seis minutos que tardo en pagar antes de bloquearme el paso cuando intento salir.

—Juliet —dice con esa voz plana e infeliz que tiene—. Cuánto tiempo sin verte.

Ay, por Dios, cómo me encantaría tirar de la alfombra que tiene bajo los pies. Su vida, construida con tanto esmero, es un castillo de naipes. Podría destruirla sin apenas pestañear, aunque no sin destruir la mía también.

Trago saliva.

—Solo he venido porque Donna me lo ha pedido. Para la inauguración.

Ladea la cabeza y aprieta los labios.

—Me imagino que podrías haberlo evitado.

El corazón me late con tanta fuerza que está a punto de salírseme por la boca, pero me obligo a mantener la calma.

—Tu mujer está en la junta. Pensaba que querrías ver cómo ha logrado sus metas la organización benéfica para la que participa.

—Como siempre, le das más valor a todo lo que aportas del que en realidad tiene. El Hogar de Danny tendrá éxito contigo o sin ti.

No sería un mal momento para comentarle que el *New York Times* y *Vanity Fair* no sabrían nada de este pueblo o de esta organización benéfica si no fuese por mí, pero Grady es el tipo de persona que prendería fuego a su propia casa solo para demostrar que es inflamable. Y sé que también sería capaz de quemarme a mí con todo lo que estuviese en su mano.

—Solo me quedaré hasta la gala —le digo, apartando el carro, haciendo como que me aburro, aunque el estómago me da vueltas—. Luego me marcharé.

Agarra el lateral del carro y me detiene.

—Asegúrate de que así sea. No tendría ningún problema en retractarme. Puedo hacer que esa farsa de vida que llevas salte por los aires.

Respiro profundamente.

—No sin que salte la tuya por el camino.

Su puta risa es aguda, forzada, igual de falsa que él.

—No tengo ni idea de a qué te refieres, pero eres una mentirosa reconocida con una reputación terrible. Cualquier cosa que digas la considerarán como lo que es: una historia sin pies ni cabeza con el único objetivo de desacreditarme.

«Vete a la mierda, Grady, pedazo de cabrón».

Él sabe mejor que nadie que no es una historia descabellada, pero eso no es lo preocupante. Lo preocupante es que Grady se cree que ahora está a salvo. Cree que puede destruirme sin destruirse a sí mismo.

Y cualquier indicio de que Luke y yo estamos juntos de nuevo podría ser suficiente para que suceda.

24

ENTONCES
AGOSTO DE 2014

Una semana después de que los chicos se vayan a la concentración, operan al pastor para ponerle un estent. Es una cirugía ambulatoria, y el resto de la semana está en casa, mientras nosotras lo tenemos en palmitas. Cuando esto acabe, y Donna ya no me necesite para desvivirnos por él en cuerpo y alma, me iré. No será fácil. Lo primero que haré será mudarme, y espero que con eso a Danny le quede claro que lo nuestro no funcionará. Él no va a venirse conmigo a Los Ángeles, y yo no me voy a ir a San Diego con él. Y, si no le queda claro, ya lidiaré con eso cuando suceda.

Llamo a Hailey desde la farmacia mientras espero a que me den los medicamentos del pastor.

—¿Todavía quieres ir a Los Ángeles?

—¿Me lo dices en serio? —me chilla.

Vuelvo a mirar a mi alrededor antes de responde.

—Sí. Hay que encontrar un sitio, y yo no tengo mucho ahorrado. ¿Y tú?

—Ni un centavo.

Doy un respingo. No sé por qué, ingenua de mí, esperaba que pusiera de su parte.

—¿Y tu trabajo de este verano? ¿Y el dinero que te dio tu abuela por la graduación?

—Me lo he gastado casi todo. Ya sabes cómo es eso. Pero encontraré trabajo en cuanto lleguemos a Los Ángeles. Y no tendrás que encargarte de mí mucho tiempo.

La situación no es precisamente muy propicia. Tengo suficiente para pagar tres meses de alquiler en algún sitio. Y ya.

—Vale —le digo—. Vamos a buscar algo barato.

Los días posteriores, Hailey y yo miramos en internet en nuestro tiempo libre y al final nos decidimos por una casa compartida en la que nos dejan quedarnos a las dos en la misma habitación por mil doscientos al mes.

El primer día de alta del pastor —nos habían dicho que estaría estupendamente, pero apenas se ha movido de su sillón favorito en toda la semana—, quedo con Hailey en una cafetería que está a medio camino de las nuestras para que los futuros compañeros de piso nos hagan la entrevista por Skype.

Son más mayores que nosotras. Y son tíos. Preferiría no vivir con hombres, pero parecen bastante majos, y, como Hailey no deja de darme la matraca con que estoy siendo paranoica, acepto a regañadientes.

Se pone a pegar alaridos mientras me acompaña hasta la bici:

—¡Nos piramos de verdad!

Pues sí. Nos piramos de verdad. Me da pena dejar a Danny, y estoy triste ante la posibilidad de que ni siquiera vayamos a ser amigos cuando esto acabe, pero, por primera vez en mucho tiempo, también tengo mil y una esperanzas.

Quiero beber. Quiero bailar. Quiero que me bese alguien que esté desesperado por hacerlo y no acojonado. Así que vuelvo a casa en bicicleta, soñando más con la libertad que con lo que voy a perder. Porque podré colgar pósters en la pared o estar de fiesta toda la noche. Podré desayunar patatas fritas y cenar un bol de cereales. Podré dormir hasta mediodía. Y tampoco es que me muera por hacer todo eso. Simplemente son cosas que, hasta ahora, no podía hacer.

Llego a casa y me sorprende ver que el pastor ya ha vuelto. Tendré que esperar a que Donna se quede sola para decirle que me voy, porque el pastor siempre parece tener que cuestionar mis motivaciones; hasta cuando le sugiero una nueva canción para la misa del domingo, me mira de reojo y me suelta un amabilísimo: «¿Hay algo malo con la canción que teníamos preparada, Juliet?».

Entro y me lo encuentro a él al teléfono y a Donna sentada a la mesa, con las manos entrelazadas.

—Cariño —dice mientras se levanta y me abraza—. Cómo me alegro de que ya estés aquí. Danny se ha lesionado la rodilla entrenando, y lleva un rato queriendo hablar contigo.

No le he quitado el modo silencio a mi teléfono después de la entrevista. Lo saco del bolsillo y veo que tengo siete llamadas perdidas.

—El pastor está hablando con el traumatólogo ahora mismo, pero creo que a lo mejor le tienen que operar.

Me hundo en una silla. Pobre Danny. Se ha machacado todo el verano, con la esperanza de que esta iba a ser su temporada. Y creo que se aferró a la idea aún más al ver cómo la estrella de Luke empezaba a brillar.

—Supongo que todavía queda el año que viene —le comento a Donna.

Deja caer los hombros.

—No lo sé. A Danny le preocupa que lo echen del equipo, porque como lo hagan perderá la beca. Y nosotros no tenemos lo suficiente ahorrado como para pagar la diferencia si eso ocurre.

—Pero ¿pueden hacer eso?

Danny lleva dos años entrenando sin parar y sentado en el banquillo, renunciando a semanas enteras de sus vacaciones de verano por ir a la concentración de pretemporada… ¿Y todo para ahora perder su beca? Sería una puta injusticia.

Donna asiente.

—Queda la posibilidad, claro, de que le den ayuda financiera, pero entonces tendría que devolver los préstamos antes de que pudiéramos montar la misión. Supongo que solo nos queda rezar para que salga lo mejor posible. —Pone una mano sobre la mía—. Qué contenta estoy de que estés aquí.

Por un momento me había olvidado por completo de mis planes. Planes que no voy a poder hacer.

Irse es una cosa. Pero largarme ahora sería demasiado egoísta, incluso para mí. Hace una hora escasa que he mandado dos mil cuatrocientos dólares por PayPal para la fianza y el primer mes de alquiler de una casa, y ni siquiera he puesto un pie fuera de los límites de este pueblo.

Le envío un mensaje a Hailey para decirle que, después de todo, no podré ir a Los Ángeles, y me pregunta si estoy de coña. Cuando le digo que no, me responde con un simple «que te follen, Juliet», y no vuelvo a saber de ella.

Me parece... lo suyo.

Acabo de perder a mi única amiga. Me quedo en Rhodes. Y voy a hacer las prácticas.

Hice bien en apostar por Luke y no por mí. Porque, desde que vine a este mundo, no han hecho más que decirme, de un modo u otro, que sería mejor que no lo hubiese hecho.

Y hoy, al fin, estoy de acuerdo. Nunca me iré a ninguna parte.

Donna vuela hasta San Diego, gastándose así un dinero que no tienen. Entre lo que no cubre el seguro médico por la operación de Danny y lo que ha costado el viaje, no dan abasto.

Yo me quedo en Rhodes para cuidar del pastor. No puedo trabajar mucho hasta que Donna vuelva, y como no tengo carnet de conducir, voy en bici al supermercado todos los días y vuelvo a casa haciendo equilibrios con las bolsas colgadas del manillar. Limpio y hago la cena, y el pastor ve en estas comidas que compartimos una oportunidad gloriosa para recordarme la importancia de la caridad y la gratitud, de dar y servir.

Pero ni me enfado por ello. No siento nada cuando habla. No siento nada cuando habla nadie. Como si estuviera encerrada en un cubo de hielo.

Danny está desolado, aunque la operación haya ido bien.

—No entiendo por qué ha ocurrido —se lamenta.

—¿Qué quieres decir?

El porqué a mí me parece que está clarísimo, joder: le dieron un mal golpe en un lado y le fallaron las rodillas. Nada raro en el fútbol.

—He hecho todo lo que debía —me dice con la voz más tranquila—. Sabes, llevo años viendo a mis amigos hacer lo que les da la gana, y pensé que ya llegaría mi momento. Que sería recompensado por tanto sacrificio. En que, igual, sería titular esta temporada por fin y jugaría realmente bien, y todo eso cambiaría.

Todo este razonamiento me parece tremendamente ingenuo, y sin embargo lo entiendo. La mitad de las películas tratan sobre alguien que hace lo correcto o se esfuerza más que los demás y al final gana. Pero en la vida real haces lo correcto y nadie se da cuenta absolutamente de nada.

—Tu padre diría que la bondad es en sí misma la recompensa. —Mi voz carece de convicción cuando lo digo.

—Supongo.

En su respuesta, llena de rencor, oigo lo que no ha dicho: que no es suficiente recompensa. Que hay recompensas mejores y que se las dan a los que no se han esforzado tanto como él.

—Podrías ser más comprensiva —añade.

—Danny, no pretendía…

—Me tengo que ir. Mi madre acaba de hacer la cena. Ah, y quiere que la llames y la pongas al día sobre mi padre.

Colgamos y me quedo mirando las paredes en blanco de mi habitación. Ahora estoy tan vacía que ni siquiera me acuerdo de lo que pensé que podría poner en esa pared imaginaria de Los Ángeles; o de si había algo que me importara lo suficiente.

Me pregunto cómo sería tener a una persona en este mundo que se preocupe tanto por mí como lo hacen los Allen entre ellos y consigo mismos. Cómo sería que una persona me dijera: «Juliet, no pareces feliz. ¿Estás cansada? ¿Hay algo más que quieras en tu vida?».

Pero sí que hay alguien que se preocupa. Una persona que me puso por delante de todos los demás. Solo que no podía mostrárselo a nadie.

Después de todo, igual no esté tan vacía. A lo mejor, es solo que las cosas que pondría en las paredes, y las cosas sobre las que me gustaría cantar, tampoco puedo enseñárselas a nadie.

Danny es joven y sano. Al cabo de una semana Donna regresa, pero la vida no mejora demasiado.

He empezado las prácticas, y han resultado ser mi propio infierno en la tierra. La profesora de música, la señorita Johnson, es de esas que te hacen odiar cualquier cosa que enseñe. Mi aportación consiste en hacer fotocopias, ordenar el aula y llevar a los niños que se porten mal al director, pero ella sigue actuando como si tenerme cerca fuese una carga. Y yo... Yo me limito a dejar que todo eso suceda.

Lo poco que tenía que ofrecerle al mundo se ha derramado por el suelo y se ha echado a perder.

En casa, el pastor no mejora. Cuando sube las escaleras resuella. Y se limita a sentarse en su sillón favorito y nos tiene a Donna y a mí como dos perritos falderos que le llevan todo lo que necesita. Grady viene a menudo, acechando como la parca sobre la casa, salivando ante la posibilidad de poder sustituir al pastor en cuanto acabe sus prácticas.

—A lo mejor tendrías que irte una temporada de misionero —le aconseja el pastor una noche en que Grady ha dejado demasiado claras sus intenciones. «Estoy preparado para dar el sermón del domingo, si quiere, pastor Allen», le ha llegado a decir—. Dedícate a florecer un tiempo. Cuando la señora Allen y yo volvamos a Nicaragua dentro de cinco años, podrás ocupar mi puesto. Y cásate con Libby, porque a nadie le agrada un pastor soltero.

Donna le da una palmadita en la mano.

—No le presiones, cariño. Libby tiene la misma edad que Danny. Aunque creo que habrá un montón de bodas de aquí a dos veranos, cuando todos se gradúen. —Y a continuación, me sonríe.

Yo me quedo de piedra y me agarro a la encimera de la cocina con las manos. Sí, ya sabía que todo estaba destinado a acabar así. Pero siempre me pareció muy lejano.

Y de aquí a dos veranos ya no me parece lo suficientemente lejano.

A finales de octubre, a Danny le dan el visto bueno para volver a entrenar con el equipo, pero las cosas no mejoran tal y como él esperaba.

—Han hecho titular al novato que han traído de Texas —me dice—. Llevo dos años aquí y no he sido titular ni un solo partido. Y a ese tío le arrestaron en verano por alguna mierda de drogas, y no era la primera vez. ¿A ti eso te parece justo?

—No.

«La vida no es justa». Danny pasó la mayor parte de su infancia entre familias que vivían en casas de suelos de barro y casi nada que comer. No sé cómo no se ha dado cuenta antes.

Le dejan que vaya con el equipo cuando jueguen contra Fresno State, a tres horas de Rhodes. Donna y el pastor deciden no ir, supuestamente para no tener que conducir tanto, aunque me da que solo es porque el pastor no podrá subir las gradas.

Creo que lo mejor sería que yo tampoco fuese. Quizá, si hago como que Luke no existe, y si finjo el tiempo suficiente, dejaré de echarlo de menos de una vez por todas. Pero, cuando Danny me ruega que vaya, siento que no puedo negarme.

Tengo que coger varios autobuses y un taxi para llegar hasta el hotel de Fresno, así que cuando llego son casi las nueve de la noche.

El equipo acaba de volver de cenar cuando yo entro en el hotel, pero me doy cuenta de que algo va mal. Danny no sonríe mientras cruza el vestíbulo hacia mí, y Luke se limita a darme la espalda y alejarse, con los puños apretados.

—Vamos —dice Danny cogiendo mi bolsa.

Está de mala leche por razones que se me escapan. Me ha registrado ya él, porque yo todavía no tengo la edad permitida para alojarme sola. Tengo un nudo en el estómago porque no dejo de preguntarme si Luke le habrá contado que estuvo viniendo a la cafetería a verme todo el verano, o si le habrá hablado de su última noche en la playa, cuando pensé que podría besarme. No pasó nada, pero tampoco me parece bien que lo hayamos mantenido en secreto.

Abre la habitación con la tarjeta y se deja caer en el borde de la cama con la cabeza entre las manos.

—Le pedí a Scott, el coordinador ofensivo, que me dejara jugar porque ibas a venir tú, pero me dijo que no. No me renuevan la beca.

Me siento a su lado y le aprieto la mano.

—Lo siento. —En silencio, le doy gracias a Dios por no haberme ido a Los Ángeles como había planeado. Supongo que esa es la parte positiva: no me he ido a Los Ángeles, pero puedo estar aquí con él cuando me necesita, y pagar así un poco mi deuda.

—No lo entiendo. —Se le quiebra la voz mientras entierra la cabeza entre las manos—. ¿Qué he hecho mal? ¿Por qué me castigan?

Pienso en los tópicos que el pastor y Donna soltarían en este momento: «cuando Dios cierra una puerta, abre una ventana», «los caminos del Señor son inescrutables».

Yo personalmente los odio a muerte cuando los oigo, porque me parece que se dicen más a modo de advertencia para que deje de quejarme que como un intento de consuelo.

Podría insinuar que nadie lo ha castigado, que en la vida ocurren cosas muy duras, y que sus cosas duras ni siquiera son tan jodidas (Luke ha sufrido mucho más que Danny), pero tampoco es momento para eso.

—Lo siento mucho, Danny. Ni siquiera sé qué decir. —Le apoyo la cabeza en el hombro.

—A veces siento que eres la única parte de mi vida que ha salido bien —dice mientras se levanta. Se acerca al minibar, saca dos botellitas de vodka, abre una y se la bebe sin decir palabra, estremeciéndose al notar la quemazón por la garganta.

Y a continuación abre la otra.

—¿Qué..., qué estás haciendo? —susurro—. Tú no bebes.

Se toma la segunda de un trago y vuelve a meter la mano en el minibar.

—¿Quieres una? Siempre has querido beber con todo el mundo. Esta es tu oportunidad.

Lo miro con el ceño fruncido mientras me quito los zapatos y me siento con las piernas dobladas.

—Puede que yo quisiera tomarme una cerveza en una fiesta, Danny, porque se supone que me lo estoy pasando bien. Y no beberme un vodka solo de rabia.

—No queda vodka. —Saca más botellitas—. Ahora toca ginebra.

Se me revuelve el estómago. Me alegro de estar aquí sentada con él y de intentar animarlo, pero no me gusta el rumbo que está tomando esto.

—Por favor, para. Este no eres tú.

Deja la ginebra sin abrir encima de la encimera.

—Estoy harto de hacer siempre lo correcto. No compensa en absoluto.

Se bebe la ginebra de un trago, se gira, cruza hasta donde estoy sentada y me pone de pie, besándome tan fuerte que duele. Abre la boca y me busca con la lengua. Es algo extraño, incómodo y forzado. Algo que yo no quiero e incluso algo que él tampoco quiere. Me sujeta con demasiada fuerza y sus dientes chocan contra los míos.

Me aparto de él.

—Danny, me ha dolido.

—Lo siento, lo siento —dice tirando de nuevo de mí hacia él.

Me besa otra vez, en esta ocasión con más suavidad. Sigue sin ser lo que quiero, pero no puedo quejarme.

Sube la mano para agarrarme un pecho y luego la desliza hasta el botón de mis vaqueros.

Le agarro la muñeca.

—¿Qué estás haciendo?

—Quiero esto —dice mientras abre el botón. Baja la cremallera—. Estoy harto de hacer siempre lo correcto.

—Yo… —tartamudeo al tiempo que el pánico se apodera de mí—. No sé si es buena idea. Ahora estás enfadado, pero cuando dejes de estarlo puede que desees no haber hecho esto.

—No es algo que se me acabe de ocurrir. —Me baja los vaqueros hasta la mitad de los muslos—. Llevo meses dándole vueltas. Cuando mis padres me dijeron que iban a venir, supe que era una señal.

Al parecer, elige las señales según le conviene.

Mueve los dedos por la costura de mis bragas de algodón.

—Te prometo que no es una decisión improvisada.

Aunque yo sigo pensando que sí lo es y… no quiero. Una parte de mi ser no quiere, pero ¿qué se supone que debo decir? Llevamos juntos tres años. Soy yo la que le dijo que quería esto, y no soy virgen, así que tampoco es que tenga algo que salvaguardar.

Por eso, cuando me lleva a la cama, voy con él. Cuando se quita los vaqueros, después de pensárselo un momento, yo me quito los míos. Siempre me imaginé que, cuando me desnudara al fin delante de Danny, sería sensual, seductor. Que solo con verme se desataría. Pero esto es incómodo y metódico, como si nos estuviésemos desnudando para una prueba médica. Sigo con la sudadera puesta cuando él se sube a la cama solo en calzoncillos.

—No tenemos nada —digo para dar rodeos con la esperanza de un indulto de última hora.

Busca en sus vaqueros.

—Luke me ha dado condones.

Eso explica la mirada de Luke cuando llegué. Su enfado. «Vete a tomar por culo, Luke, para empezar por tener condones. Y para seguir, por juzgarme por algo que tú llevas años haciendo sin ningún tipo de problema».

Danny se pone encima de mí y aprieto las palmas húmedas de las manos contra el colchón, intentando ignorar cómo se me ha encogido el pecho y el estómago se me ha revuelto. ¿Me estará pasando esto por Justin? Supongo que no puedo saberlo a ciencia cierta, pero no creo. He tenido momentos con Danny en los que estaba más que preparada, como en la casa de la hermandad el año pasado, pero ¿ahora? Ahora me parece simplemente algo que no debería estar pasando.

Me baja las bragas antes de quitarse los calzoncillos. Me pienso que hará algo más, que me meterá la mano entre las piernas o en el sujetador, porque hasta Justin hacía eso, pero se limita a coger el condón y, tras vacilar un segundo, me lo da a mí. Como si yo supiera qué hacer. Como si en algún momento yo hubiese estado dispuestísima.

Me trago a duras penas una oleada de resentimiento y se lo devuelvo. Él duda, lo abre y se lo pone sin pericia ni cuidado.

Sigo vestida de cintura para arriba, y todas las luces de la habitación están encendidas cuando apoya su peso entero sobre el mío. Tengo demasiado calor con esta sudadera, con él encima, y empiezo a sudar. Se me ha cerrado tanto el estómago que apenas puedo respirar.

Después de tantear un poco, me penetra. No estoy preparada y me duele, pero ¿qué le puedo decir? ¿Cómo podría no culparme por lo sucedido con Justin si le contara lo que este hacía para que no fuera tan incómodo?

Pongo la mente en otro lado, hago como si ni siquiera estuviera aquí. En eso soy toda una experta: dejar que mi mente divague hasta que se acabe. De repente, menos de un minuto después, Danny gime y se detiene.

Tardo en comprender que…, que se ha terminado. Me siento usada y aliviada al mismo tiempo. Exhalo cuando por fin se me empieza a deshacer el nudo del estómago.

Se aparta de mí, en un doloroso silencio. ¿Estará avergonzado? Me gustaría decirle que no pasa nada, y que podemos volver a intentarlo pasado un rato si quiere, pero no. No soporto la idea de sugerirle que lo hagamos otra vez. Todavía no.

Mira hacia abajo.

—Será mejor que me quite esto.

Asiento con la cabeza y cierro los ojos cuando él entra en el baño. En una ocasión pensé que, si él y yo nos acostábamos juntos, solucionaríamos el punto muerto al que habíamos llegado en nuestra relación. Pero ahora ese callejón sin salida es más grande que nunca.

Cuando vuelve, apaga las luces, se tumba a mi lado y nos tapa a los dos con las sábanas.

—¿Te has…? —comienza y a continuación se interrumpe.

Tardo un segundo en entender lo que me pregunta, porque ¿cómo es posible que piense que me pueda correr con lo que acaba de pasar?

—Es… —empiezo a decir. Pero me detengo. Al fin digo—: Creo que a las chicas nos cuesta un poco más.

Aprieta la mandíbula mientras rueda sobre la espalda y se queda mirando el techo.

—¿Llegaste con él?

Por un momento, sencillamente no entiendo qué me está preguntando.

—¿Qué?

—Que si llegaste al orgasmo con Justin.

Es como si me hubiese dado una bofetada en toda la cara.

—Por el amor de Dios, Danny. No me puedo creer que saques este tema ahora. —No sé si lo que más me indigna es que me lo pregunte o la vergüenza que me da la respuesta, pero me veo obligada a mentir porque jamás entenderá la verdad, ya que ni siquiera yo estoy segura de entenderla—. Por supuesto que no.

Me pasa un brazo por debajo de la cabeza.

—Lo siento. Tienes razón. No debería habértelo preguntado.

Y luego todo queda en silencio. No quiero que vuelva a intentarlo. Solo de pensarlo, se me encoge el pecho. Pero quizá Danny debería hacerlo porque hay algo que salvar. Y creo que ese algo somos nosotros. Tenemos que salvarnos porque yo no soy feliz, y no lo he sido desde hace mucho tiempo, y no sé cuánto más podré seguir fingiendo que todo esto va bien.

Al cabo de un rato me quedo dormida, preguntándome cómo arreglar las cosas. Cuando me despierto en mitad de la noche, está sentado en la oscuridad con la cara entre las manos.

—Eh. —Me siento a su lado—. ¿Qué pasa?

Cierra los ojos.

—Tengo la sensación de haber tomado una mala decisión. Deberíamos haber esperado hasta casarnos. Mi padre está enfermo. Lo menos que podría haber hecho es honrar sus valores.

Tengo la sensación de que se me escapa todo el aire del pecho. Me he acostado con él sin querer hacerlo porque pensé que podía mejorar esta situación de mierda. Pero solo ha ido a peor.

—De acuerdo. —Exhalo en silencio, tratando de ordenar mis pensamientos: «¿Cómo arreglo esto? ¿Cómo arreglo este momento? ¿Cómo arreglo lo nuestro?».

Traga saliva.

—No es culpa tuya.

Me vuelvo hacia él, atónita. Que haya sentido la necesidad de decirlo en voz alta implica que cree de veras que podría ser culpa mía. Después de haberme negado a toda esta puta situación tanto como he podido.

—¿Y por qué tendría yo que pensar que ha sido culpa mía?

Se encoge de hombros.

—Ya sabes, como fuiste tú la que dijo que no querías esperar…

—¿Y en qué momento el que yo no quiera esperar hace que tu decisión sea culpa mía? —le respondo bruscamente.

—¡Te acabo de decir que no lo es! —explota tirándose del pelo—. Pero yo intentaba hacerte feliz.

«Treinta segundos de sexo sin preliminares, ¿y me intentas decir que lo hiciste por mí? Es alucinante».

Él piensa que la culpa es mía por haberle dicho que no. Que es culpa mía porque yo quería hacerlo en su momento. Porque me recogió de una cuneta y me limpió a fondo, pero no era lo bastante pura para él después de todo.

Me levanto de la cama y busco mi ropa por el suelo.

—Juliet, ¿qué estás haciendo?

Me pongo las bragas. Anoche ni siquiera me quitó la puta sudadera, pero ¿esto ha sido culpa mía?

—¿Intentabas hacerme feliz? De todo lo que ha pasado, ¿qué crees que me habría hecho feliz?

—Cariño, para. —Aparta las sábanas—. Estamos en plena noche. ¿Adónde crees que vas?

Le doy la espalda.

—No sé. A algún sitio donde la gente no me eche a mí la culpa por las putas decisiones que toman. Has sido tú el que has sacado el tema esta noche. Yo incluso te he dicho que me parecía una mala idea, pero tú has querido seguir. Y ahora, como no te gusta lo que has hecho y te resulta demasiado incómodo, estás buscando el modo de culparme, joder.

Hace una mueca. Quiero creer que es porque se siente culpable, pero probablemente es porque detesta que diga palabrotas.

—Cariño, espera. —Salta de la cama demasiado rápido y se retuerce de dolor. Como se lesione la rodilla otra vez, supongo que la culpa también será mía—. Cariño, lo siento, ¿vale? Tienes razón. Tienes toda la razón. Por favor, vuelve a la cama. Con lo de mi padre y la rodilla, llevo un par de meses muy difíciles, y ahora lo de la beca, y… no tengo nada claro.

—Para mí también han sido un par de meses duros —le respondo—. No eres el único que no es feliz.

Mi voz suena más tranquila que antes, pero sigo con un pie metido en los vaqueros, dispuesta a terminar de vestirme y largarme por la puerta. Lo miro fijamente, con el deseo de que escuche la verdad en mis palabras. Que vea que aquí somos dos, y que los dos somos importantes.

Se encoge de hombros y empieza a llorar. Me quedo paralizada un instante, dividida entre el resentimiento y la compasión. Aprieta la cara contra las manos, intentando disimular, pero le tiembla todo el cuerpo. Nunca ha llorado delante de mí y, un segundo más tarde, empiezo a notar cómo se disipa mi ira.

Su padre tiene problemas de corazón, él acaba de perder la beca y su lugar en el equipo, y acaba de renunciar ahora mismo a algo que valoraba profundamente. Es mucho. No tengo agallas para seguir enfadada. Me subo a la cama con un suspiro y lo abrazo porque, cuando has estado con alguien una sexta parte de tu vida, eso es lo que hay que hacer.

Pero lo único que yo quiero es irme. Porque, cuando lleve con él una quinta parte, una cuarta parte de mi vida…, ¿será acaso más fácil?

25

AHORA

—Bueno, me voy —dice Donna.

La periodista del *New York Times* ha vuelto con la intención de ampliar la historia. En teoría, es bueno que quiera reunirse con Donna. Se va a centrar más en el Hogar de Danny de lo que pretendía, que es lo que nosotros queremos. Pero yo no me fío un pelo. Es una de las principales razones por las que negocié con ella, a ver si contándole alguna primicia sobre mi pasado bastaba para silenciarla. Y a Donna no la han entrenado para lidiar con los medios. Ella no es consciente de cómo un comentario fuera de lugar podría desvelar todas las mentiras que llevo contando los últimos siete años.

—Ten cuidado —la advierto—. Actuará como si fuese tu mejor amiga y querrás contárselo todo. Tú solo piensa en que cada palabra que salga por tu boca va a aparecer impresa.

Me analiza un segundo.

—No sé si hay algo en mí que me importe ver impreso —me dice amablemente.

Lo más seguro es que eso sea cierto, pero no significa que la forma en que pueda describir mi tiempo y el de Luke en esta casa no cause estragos. Planteada del modo equivocado, la muerte de Danny podría parecer la conclusión natural a esa época en vez de una desafortunada coincidencia.

Mal planteada, podría parecer que Luke y yo queríamos que Danny no estuviese.

—Lo hará bien, Juliet —dice Luke cerrando la puerta de la nevera.

«No tienes ni idea, Luke».

—Y vosotros dos, ¿qué vais a hacer esta noche? —nos pregunta Donna rebuscando algo en su bolso.

«Evitarnos mutuamente». Los últimos dos días, desde que vi a Grady en el supermercado, me he mantenido alejada de él. Luke probablemente piense que soy una veleta y que solo fui a su cuarto para acostarme con él. Que lo piense. Eso es mejor que la opción B, que básicamente consiste en derribar mis muros y permitirle que siga sacudiendo el pasado hasta que no pueda esconderlo más. Pienso encerrarme en mi habitación en cuanto Donna se vaya y no saldré hasta mañana.

—Vamos a ver una peli —le dice Luke a Donna con una mirada desafiante.

Asiento con la cabeza, pero ni de puta coña voy a ver una película con él, y, en cuanto Donna se marcha, cojo mis cosas para irme.

—¿Adónde crees que vas? —exige—. Vamos a ver una película, ¿recuerdas?

—Puedes ver lo que quieras. Yo me voy a leer.

Cruza los brazos sobre el pecho.

—Esa mentira no funciona conmigo, ¿o es que también te has olvidado de eso? Vamos, Jules. Firmemos una tregua. Hasta te dejo elegir.

Algo se ablanda en mi interior, aunque no quiera. ¿Cómo puede ser así de amable conmigo, joder? Cómo me gustaría que no lo hiciera.

Me ve flaquear, sonríe y añade:

—Incluso puedes pillar algo que no tenga ni una sola explosión si lo que de verdad quieres es castigarme. Alguna película que use descripciones tipo «tramas de gran complejidad», aunque no vaya a pasar absolutamente nada.

Sonrío a mi pesar y me dirijo a la sala de estar con fingida desgana.

Elijo una película sobre la Segunda Guerra Mundial, dando por sentado que no habrá ninguna historia de amor, pero a los pocos minutos me doy cuenta de mi error: el protagonista y su prometida suspiran el uno por el otro, y esto es casi igual de malo que las escenas de sexo que esperaba no ver.

Porque Luke y yo… Luke y yo hicimos precisamente eso, ¿verdad? Suspirar el uno por el otro durante años. Y yo, al menos, lo he seguido haciendo todo este tiempo.

Me siento muy erguida en un extremo del sofá y él en el otro. Noto su mirada clavada en mí de vez en cuando y la ignoro. «Termina la puta película, Juliet. Termina la película, vete a la cama directamente y pasa esta última semana fingiendo que estar tan cerca de él no te está destrozando por completo».

Y entonces al soldado le dan un permiso y se encuentra con su prometida en un hotel. Para cuando la sigue hasta la ducha, yo tengo la piel tensa, acalorada, demasiado pequeña para contener todo lo que hay en mi interior. Respiro rápido, y sé que Luke se está dando cuenta. Sé que está recordando lo mismo que yo: los dos en la ducha, a plena luz del día. Cómo en un minuto estábamos besándonos, él acariciándome la piel húmeda, y un instante después ya estaba dentro de mí. Yo sabía que estaba siendo infiel, pero simplemente no podía parar. Éramos como un tren sin frenos. No me salían las palabras, no podía controlarlo ni tampoco quería; y, después de todo este tiempo, las cosas siguen exactamente igual. ¿Cómo es posible que esto no haya cambiado lo más mínimo, que no haya muerto, incluso en este momento?

¿Cómo es posible que esto siga siendo lo único que quiero? ¿A él, desnudo, mojado, apretándose contra mí, poniéndome el mundo en la palma de la mano?

Me pongo de pie de un salto, con el corazón martilleándome en el pecho.

—No quiero ver esto.

Tengo que escapar. Salgo por la puerta de atrás, al jardín trasero, y en cuestión de segundos Luke está detrás de mí, sujetándome los brazos con las manos.

Me gira hacia él, y tengo su cara a menos de un centímetro de la mía.

—¿Alguna vez vas a dejar de sentirte culpable por ello? —me pregunta.

—No. —Las lágrimas resbalan por mis mejillas—. Jamás. Nunca voy a poder verte sin recordar lo que le hice.

En la sien le palpita una vena mientras se acerca.

—Pero tampoco puedes mirarme sin desear hacerlo de nuevo, ¿verdad?

—Que te jodan —le digo dándole un empujón.

Me aprieta contra la pared del garaje y acerca los labios a los míos, al tiempo que me pone la mano en la mandíbula.

Su peso me aplasta, su barba de tres días me araña la piel; y quiero más.

Le agarro la cinturilla de los calzoncillos y se los bajo por las caderas. Ya está empalmado, y gruñe entre dientes cuando se la cojo con la mano, demasiado impaciente para preliminares.

Me levanta, me pone las piernas alrededor de su cintura, me aparta las bragas a un lado sin quitármelas y me penetra.

Arqueo la espalda dejando caer la cabeza hacia la pared. Él se inclina hacia delante, buscando mi boca. Le clavo los dientes en el labio inferior, deseando poder consumirlo, comérmelo de golpe. Quiero absorber su olor, su sabor, hasta que sea lo único que conozco y recuerdo.

—¿Alguna vez ha sido así con alguien más? —Se mete dentro de mí. Sus palabras suenan como un gruñido bajo junto a mi oreja.

«No, nunca es así. No se parece a nada con nadie».

—Cállate —siseo.

Me sujeta los muslos con las manos y me levanta para que sus embestidas sean más profundas. Jadeo cuando llega al punto exacto.

—Responde. —Deja de moverse, pero me tiene inmovilizada, aún en mi interior. Estoy a punto de correrme—. Contéstame o no te correrás.

Ojalá tuviera más orgullo, pero ahora mismo estoy demasiado desesperada.

—No —admito estremeciéndome.

Mueve las caderas hacia delante y hacia atrás con tanta fuerza que oigo el eco dentro del garaje.

—Oh. —Se me cierran los ojos—. Dios.

Cash cree que soy difícil de complacer. En absoluto lo soy. Pero con él estoy llena de capas. Tiene que ir quitando una tras otra hasta encontrar alguna parte de mí que aún sienta algo. Sin embargo, Luke es la única persona que puede acceder a todo mi ser. Prácticamente no tiene ni que esforzarse.

Se oye el zumbido del motor de un coche a lo lejos. Estoy tan cerca del orgasmo que apenas lo percibo. Solo cuando empieza a vibrar la pared que tengo detrás de mí al abrirse la puerta del garaje, me doy cuenta de lo que está pasando.

—Mierda. Es Donna. Tenemos que parar —digo sin dejar de jadear.

Tiene los ojos prácticamente negros en la penumbra.

—No. —Empuja contra mí una y otra vez. Sé exactamente el ruido que se oirá al otro lado de la pared.

—Nos va a oír —le suplico—. Tenemos que parar.

—Entonces será mejor que te des prisa y te corras —se burla, embistiéndome de nuevo cuando el coche de Donna entra en el garaje.

Me tapa la boca con la mano cuando grito. Me penetra una vez más, se detiene, y me muerde el hombro mientras sigue bombeando en silencio con las caderas, apretándome tanto contra la pared que por la mañana voy a estar llena de moratones. Jadea en mi cuello al tiempo que esperamos muy quietos a que la puerta lateral se abra y se cierre.

—Joder —dice con voz ronca cuando termina de cerrarse.

Me suelta y por fin vuelvo a apoyar los pies en el suelo.

—Esto ha estado mal —le digo bajándome el vestido.

Me largo, y esta vez no me sigue. Pero, una vez más, una parte de mí desearía que lo hubiese hecho.

26

ENTONCES
DICIEMBRE DE 2014

Justo antes de que Danny vuelva a casa para las vacaciones de invierno, Donna me lleva aparte y me dice que al pastor le van a hacer una operación de bypass en enero. No quiere que Danny se entere, porque ya está viviendo demasiadas desventuras, aunque en realidad creo que lo que más le preocupa a Donna es que él abandone los estudios. Nos lo ha dicho a las dos más de una vez, intentando hacer pasar por altruismo lo que no deja de ser una rabieta infantil después de que lo apartaran del equipo.

Donna va a encargarse de más tareas del pastor en la parroquia —prácticamente todas a excepción del sermón dominical— y me necesita en casa, cuando no esté en las prácticas, para que me quede con él. Se le saltaban las lágrimas al explicarme la situación en la que se encuentran: «Esta casa no es nuestra. No tenemos nada ahorrado. Si las cosas se ponen feas y destituyen al pastor, no sé qué va a ser de nosotros».

Le preocupa Grady. El puto Grady, siempre dispuesto a dar un «pasito más», como si de verdad le importara que el pastor se recuperara y no estuviera intentando quitarle a toda costa el puto trabajo para cuando acabe el año.

Yo este año solo he podido trabajar por las tardes y los fines de semana, así que recuperar el dinero que perdí al final del verano se me ha hecho muy cuesta arriba. Y ahora encima puede que lo tenga que dejar por completo.

Pero lo más duro de todo es que… me tengo que quedar aquí. Y hace mucho tiempo que ya no me quiero quedar.

Cuando Danny llega a casa, nos reunimos con todos los chicos en el bar que la madre de Beck tiene a treinta minutos al sur. El surf los puso a todos a la misma altura en su momento, pero eso desaparece cuando están lejos de la playa. Caleb llega en el Range Rover de su padre. Harrison tiene un Rolex. Con veintiún años, y tiene un puto Rolex.

Y me juego el cuello a que lo regalaría —de hecho, me apuesto a que todos dejarían todo lo que tienen— a cambio de ser Luke.

—No me puedo creer que vaya a surfear en Mavericks —dice Caleb sacudiendo la cabeza.

—¿Cómo? —susurro con la voz seca y áspera por la conmoción. En Mavericks están algunas de las olas más mortales del mundo.

Caleb desvía la mirada de mí a Danny.

—¿No se lo has dicho?

Danny niega con la cabeza.

—No, porque es una estupidez. Esperaba que cambiara de opinión.

—Ya está todo listo —argumenta Caleb—. Va a venir después de Año Nuevo e iremos todos a verlo. Yo creo que lo hará bien.

Danny pone los ojos en blanco.

—¡Pero si empezó a surfear de nuevo hace dos años!

Yo pienso exactamente lo mismo. La diferencia es que yo estoy preocupadísima, y Danny solo parece estar cabreado.

El día después de Año Nuevo, Danny y yo vamos con la camioneta del pastor a una zona de acampada junto a la playa, a pocos kilómetros al sur de Mavericks. Estamos los dos solos, y el silencio es ensordecedor. Estoy igual de atacada ante la perspectiva de ver a Luke como ante la posibilidad de que mañana pueda salir malherido. Además, tampoco tenemos mucho que decirnos el uno al otro. Danny no quiere escuchar que odio las prácticas ni tampoco oírme hablar de mis canciones.

Rompe el silencio volviendo a poner encima de la mesa la idea de quedarse en Rhodes en lugar de regresar a la UCSD.

—Odio dejar a mi padre así. No me parece bien.

—Tampoco es que esté poniendo mucho de su parte para mejorar —respondo tajante.

Asiente con la cabeza.

—Sí, tal vez, pero… —Se interrumpe y a mí se me revuelve el estómago. Ya sé lo que viene a continuación, porque lo ha dejado caer de un modo u otro en varias ocasiones—. Es como si me estuviesen castigando por haberme descarriado.

Me ha pedido perdón mil veces por lo que dijo aquella noche en Fresno, pero en su interior sigue culpándome, y estoy harta. Harta de que se comporte como si yo fuese un peligro, de que se muestre receloso hasta cuando me abraza, y de esa creencia que tiene en un Dios punitivo que arremete contra él cada vez que comete pequeñas transgresiones, pero que se supone que le recompensará cuando se porte bien y lo convertirá en la estrella del equipo de fútbol.

Pero lo que más claro tengo es que estoy harta de «nosotros», y no sé cómo escapar de esto.

Cuando llegamos al camping y bajo del coche, Luke es la primera persona a la que veo. A pesar de que estamos en enero, está moreno. Necesita un buen afeitado, como siempre, y le brillan intensamente los ojos bajo la tenue luz invernal. Nuestras miradas se cruzan y al momento sé que no me guarda rencor por lo de Fresno. Probablemente nunca me lo ha guardado. Solo estaba dolido por algo por lo que no tenía derecho a estar dolido y no supo cómo gestionarlo, cosa que comprendo perfectamente.

Después de todo, así es como me había sentido yo todo el verano, viendo cómo se alejaba por las noches con una chica que no era yo.

—¡Por el primer intento de Luke en Mavericks! —grita Summer detrás de nosotros, resumiendo en una sola frase por qué no hay nada por lo que estar entusiasmados: la palabra «intento» da a entender las altísimas posibilidades de que no le salga bien, y eso en Mavericks puede resultar mortal.

Sacamos las cosas de los coches, y Danny se empeña en montar una tienda de campaña para los dos solos, un poco apartada de los demás. Alguien murmura «cabrón con suerte», y empiezan a cachondearse sobre cómo los gemidos de esta noche serán más fuertes que el sonido del oleaje. A Luke se le abren las fosas nasales y se aleja hasta el borde del acantilado para contemplar las olas.

Quiero ir junto a él. Quiero preguntarle si tiene miedo. Pero no me corresponde a mí hacerle esas preguntas, y acabaría rogándole que se lo pensara dos veces. Y eso es lo último que necesita. Sé que no puedo hacerle cambiar de opinión, pero sí que podría menoscabar su confianza, y, cuando vaya a coger esas olas mañana, necesitará cada gramo de confianza que tenga a su alcance.

Grady y Danny intentan encender un fuego mientras Libby descarga las neveras y comprueba sus listas. Ha preparado pollo, pastel y aperitivos. Sospecho que está tratando de demostrar lo buena esposa de pastor que va a ser, pero me ha costado mucho no estar molesta con ella por el entusiasmo que muestra, cuando la vida de Luke pende de un hilo.

—¡Oh, no! —grita Libby al sacar una bolsa de la nevera—. No está el pollo.

Se ha pasado toda la maldita mañana con el pollo. Danny le pregunta si cabe la posibilidad de que el pollo esté en otra nevera, y ella se lleva una mano a la cara, negando con la cabeza.

—No, esta es la única que he traído yo. Mecachis. Estaba aquí. Lo he recolocado un poco todo para que no se volcara el pastel, y me lo habré olvidado en la encimera. Qué pena.

—Libby —le habla Grady como si fuera una niña—, seguro que nos las arreglaremos.

—Pero es que he estado toda la mañana preparándolo —dice—. Toda. La. Mañana. Y además había dejado el pollo en remojo en suero de mantequilla la noche anterior. Me había quedado muy rico.

—Dios debe ser muy bueno con nosotros —la regaña Grady— si lo peor que nos ha pasado es eso.

Libby agacha la cabeza avergonzada, y yo me agarro un cabreo de mil demonios. Grady la está convirtiendo en alguien inferior, en una sombra de lo que era, y creo que lo que más me molesta es mi preocupación por estar haciéndome a mí misma algo muy parecido. Por pasarme tanto tiempo negándome las cosas que quiero que, al final, voy a perder la noción de lo que son. Por negar todo lo que siento tan a menudo que pronto ya no sentiré nada.

—¿Acaso solo puede quejarse si le pasa lo peor del mundo, Grady? —le pregunto—. Todo lo que ha hecho se ha echado a perder, así que tiene derecho a estar molesta.

Grady aprieta la boca.

—Solo estaba tratando de mostrar las cosas en perspectiva.

Pongo los ojos en blanco.

—Sí, recordemos todos este momento la próxima vez que decidas quejarte tú.

Entrecierra los ojos. Si alguna vez no lo tuve claro, ahora no me cabe ninguna duda: Grady me odia. Y me odia por algo que va mucho más allá de cualquier cosa que yo le haya podido decir.

Preparamos perritos calientes en la hoguera y, después, los chicos hacen pases con un balón de fútbol mientras las chicas miran. Todos actúan como si esto fuese una celebración, cuando puede que mañana volvamos sin Luke. Y Danny está amargado por algo que no tiene nada que ver.

—Esto es una tontería —dice sentándose a mi lado—. Se comportan como si Luke fuese Laird Hamilton. Yo también podría decir que voy a surfear en Mavericks. Podría decirlo cualquiera, pero eso no significa que haya que celebrarlo como si ya hubiese pasado.

Odio que estemos haciendo una fiesta de todo esto porque creo que hará más difícil que Luke se eche para atrás mañana, que es lo que tendría que hacer. Pero prácticamente parece que Danny esté esperando que Luke fracase, y eso me pone de muy mala leche.

—Se ha vuelto muy bueno —comento.

—Claro —dice Danny poniendo los ojos en blanco—, como que se ha pasado todo el verano haciendo surf. No está nada mal, ¿no?

Aprieto los puños. Quiero recordarle la cantidad de veranos que él también se ha pasado surfeando. Que no es el trabajo que ha estado haciendo con su padre lo que le ha impedido llegar a ser un surfista increíble como lo es Luke, y que él se quedaba en la cama cada mañana mientras Luke se levantaba antes del amanecer para ponerse en el *line-up*. Pero creo que gran parte del problema no es que Luke esté haciendo algo que Danny no ha conseguido, sino que Danny se ha dado cuenta de que mi lealtad hacia él ha empezado a tomar un rumbo distinto, como si yo estuviese en una de esas atracciones de feria en las que el suelo se inclina cada vez más y, por mucho que luche por mantenerme en pie, me voy deslizando hacia un lado inexorablemente: al de Luke. Y a lo mejor Danny ni siquiera es consciente, pero trata de hacerme volver.

A la mañana siguiente, me despierta el ruido de las tiendas al abrirse. Aún está oscuro, pero, en cuanto uno de nosotros se pone en movimiento, nos levantamos todos.

Cuando salgo de la tienda, Beck y Caleb ya han encendido el fuego, y Harrison ha sacado un hornillo y un hervidor para preparar el café. Luke camina de un lado a otro, mirando por encima de la cresta mientras espera a que amanezca lo suficiente para ver el mar al fondo.

Me acerco a él.

—¿Te sientes preparado?

Se gira hacia mí, y la luz dorada de la luna le ilumina la cabeza oscura y la nariz perfecta.

—Todo lo preparado que puedo estar.

—En realidad, no es eso lo que te he preguntado —susurro. No quiero minar su confianza, pero quiero que sepa que aún puede echarse atrás—. No tienes por qué hacerlo. Ninguno de estos tíos se atrevería a meter un pie en esas olas, así que, si decides que no es el momento, no dirán ni pío.

Me mira un rato largo.

—¿Y tú quieres que lo haga?

«No. Por supuestísimo que no quiero que lo hagas, joder».

Pero la pregunta parece ir más allá. Es como si me estuviese diciendo: «Sincérate, Juliet. Admite que te preocupas por mí de un modo en que no deberías».

Y eso es algo que no puedo hacer, aunque sea verdad. Incluso cuando he querido desde hace meses que las cosas con Danny se acaben precisamente por eso.

—Solo quiero que sepas que no tienes que hacerlo. Y el único que puede decidir si está preparado o no eres tú.

Se da la vuelta para volver a mirar el océano.

—Pues entonces, sí, parece que ya me he decidido. Vuelve con tu novio.

Dudo antes de darme por vencida y volver a la tienda, y me pregunto si me voy a pasar el resto de mi vida lamentando no haberle dicho la verdad.

Apenas ha salido el sol cuando llegamos a los acantilados que dominan Mavericks. Lo veremos todo desde aquí porque la marea ha barrido la playa.

Los chicos se ponen a debatir sobre qué tabla debería usar Luke. Ahora tiene una para olas grandes, ideal para estas condiciones. Pero no quiere usarla porque le da cosa que se rompa. Su lógica me pone enferma. «Si tanto te preocupa que se te rompa la tabla, no tendrías ni que haberte planteado venir aquí».

Todos los chicos le dan a Luke palmaditas en la espalda mientras él se abrocha la cremallera del neopreno. Las chicas lo abrazan. Yo estoy completamente inmóvil, no hago ni una cosa ni la otra, pero soy a la última que mira cuando se da la vuelta y empieza a trepar entre las rocas para llegar hasta el agua.

Se queda esperando en la roca más baja hasta que sube la marea; y entonces salta al agua y se pone a remar con furia, como una figura diminuta sobre una tabla azul y verde que se abre paso entre el violento oleaje para alcanzar el rompiente. Pronto se sumerge en la que probablemente sea una ola de dieciocho metros, abriéndose camino hasta la cresta, y se me pone el corazón en la garganta. ¿Soy la única que se da cuenta de lo mal que puede acabar esto? Está subiendo por una cosa que podría aplastarlo en cuestión de segundos.

—¿Quieres los prismáticos? —me pregunta Summer; yo los cojo con manos temblorosas, y los enfoco en él. Incluso así me parece una hormiga, sumamente frágil, en medio de ese gigante.

Pienso en mi hermano, en lo invulnerable que parecía cuando se fue a hablar con la policía. Nos dijeron que ni siquiera vio al que le disparó. Que salió de la comisaría y segundos después estaba tirado en el suelo.

Los humanos son mucho más frágiles de lo que parecen, y no lo sabes hasta que es demasiado tarde. Si Luke falla hoy —suponiendo que consiga sobrevivir a la ola en sí y no acabe hecho mil pedazos—, podría incluso quedarse bajo el agua al menos diez minutos como no tenga suerte.

Le devuelvo los prismáticos a Summer. Si estos son los últimos momentos de Luke, no quiero verlos de cerca. Creo que no quiero verlos y punto.

Danny, a mi lado, está tenso:

—Ha sido una mala idea. —Por fin noto en su voz algo de preocupación por Luke en lugar de resentimiento—. Debería haberle detenido.

Aprieto la cara contra las manos, pensando en esta mañana. Yo sí que tendría que haberle dicho que no lo hiciera. Debería habérselo suplicado. Le tendría que haber dicho lo que siento, sin que nada me importara.

—Ahora le toca a él —dice una persona.

Me quito las manos de la cara justo cuando coge la ola siguiente, remando con fuerza para ponerse delante de ella, y aparece en lo alto de la cresta antes de deslizarse hacia abajo.

Es toda una montaña de agua, y él vuela sobre la superficie como si esta fuese algo sólido e inmóvil, como si la energía no retumbara bajo su tabla como un tren de mercancías.

—¡Lo ha conseguido! —grita alguien—. ¡Lo ha conseguido, joder!

—Guau —susurra Danny—. Lo está haciendo de verdad.

Pero, justo cuando Luke entra en el tubo, hay un golpe y él... desaparece. Como si nunca hubiese estado allí.

Cesan al segundo los gritos de júbilo, y todo el mundo, incluso los desconocidos dispersos por el mirador, se queda mirando el punto exacto del agua donde ha desaparecido.

—Mierda —sisea Beck, que mira primero a Caleb y luego a Danny.

Todos se ponen de pie y, de repente, cunde el pánico. Summer empieza a llorar. La multitud grita, y los chicos empiezan a bajar hacia las rocas, aunque no sé qué demonios harán cuando lleguen allí; es imposible que consigan alcanzar a Luke sin las tablas. Incluso con ellas, a todos los absorbería la ola y se ahogarían con él.

En mi interior, hasta los huesos le rezan a Dios que le permita vivir; lo gritan. Pero estoy tan bloqueada y tan tensa que no podría decirlo en voz alta, aunque quisiera.

«Haré todo lo que quieras. Pero no me lo arrebates».

Todos corren, se mueven, lloran…, pero yo no consigo desbloquearme. Escudriño el agua, desesperada por encontrar alguna señal de él, entumecida y con el estómago revuelto.

Y de repente, como un milagro, aparece Luke. Tiene un corte en el brazo que está sangrando, y su tabla ha desaparecido, pero ahí está, nadando hacia la orilla.

Me viene un sollozo a la garganta cuando los chicos se lanzan al agua para ayudarlo a llegar a las rocas. Pero, solo cuando él sale y me mira fijamente, la tristeza se apodera de mí, me pongo de pie y echo a correr.

No tengo ni idea de adónde voy. Solo sé que estoy completamente fuera de control y que no puedo dejar que nadie me vea así.

Me abro paso entre la maleza mientras las lágrimas me resbalan por la cara y, cuando sé que ya no me ve nadie, apoyo la cara contra un árbol y me pongo a llorar desconsoladamente como un bebé. Ni siquiera sé por qué. Él está bien. Pero este llanto no es solo por el pánico de los últimos minutos. Es por todas las cosas que quiero en la vida y que no voy a conseguir. Por encima de todas, Luke.

Una rama cruje detrás de mí. Me doy la vuelta y veo a Luke viniendo hacia mí, sangrando aún, con el neopreno colgándole de los huesos de las caderas y la piel cubierta de resplandecientes gotitas de agua.

—¿Qué coño pasa, Juliet? —empieza a decir.

Me pongo frente a él totalmente lívida. Estoy rabiosa después de que haya arriesgado su vida de esta forma. «¿Cómo ha podido?».

—¡Me has asustado, joder! —le grito—. ¿Tienes idea lo que me destrozaría que…?

Antes de que pueda terminar, él ha acortado la distancia entre nosotros, me rodea la nuca con una mano y atrae mi boca hacia la suya.

No es un piquito dulce y suave en los labios. Me besa como si yo fuese su única fuente de oxígeno, como si se fuera a morir si no me respirara. Algo desesperado, mágico, me bombea en la sangre y florece cuando me sujeta la mandíbula con las manos, enmarcando mi cara entre sus palmas.

—Pensaba que iba a morir, y lo único que me importaba, lo único que quería, eras tú —dice junto mi boca—. Eras la única puta cosa en la que pensaba.

Me empuja contra el árbol, y el agua salada de su piel se filtra por mi ropa. Gimo cuando me desliza las manos por los costados para atraer mis caderas hacia él, y yo hundo los dedos en su pelo, tal y como siempre he deseado.

Esto es lo que existía entre nosotros dos, tanto si nos tocábamos como si no. Este es el origen de mi dureza hacia él, el origen de sus ojos a medio cerrar, cuando me observaba durante la cena, y de su rabia, tan intensa cuando se dirigía a mí como cuando salía iracundo en mi defensa.

Noto su peso grande y sólido contra mi abdomen. Esto también es distinto que con Danny, y me llena de vida. Si en mi conciencia queda alguna voz que pueda susurrar: «Esto no está bien», es demasiado débil como para oírla.

Cuando se marchó pensé que me había quedado vacía. Pero no. Lo que estaba era rota. Y ahora soy un pájaro que ha salido de la jaula, que vuela libre. Y nunca, jamás, quiero volver atrás.

—¡Juliet! —grita una voz, y tardamos un minuto en darnos cuenta de que es la de Danny.

Luke sigue pegado a mí, sujetándome por las caderas, y respira igual de rápido que yo. Se estremece y se aleja, con la mirada fija en la mía mientras grita:

—¡Está aquí!

El horror de lo que acabo de hacer se apodera de mí.

—Luke… Lo siento.

Los agujeros de la nariz le resoplan como un huracán.

—Ni se te ocurra retractarte —me dice antes de darse la vuelta y alejarse colina abajo hacia el camping.

Tan solo unos segundos después llega Danny con los hombros hundidos por el alivio y me rodea con un brazo.

—¿Qué te ha pasado? —me pregunta.

—No lo sé. Me he asustado. Eso es todo.

—¿Por qué estás mojada?

Pienso en el cuerpo de Luke pegado al mío. En el deseo, la urgencia…

—Me he tropezado —digo—. Pero estoy bien.

Entrelaza sus dedos con los míos, con una confianza plena en mí.

Y no debería tenerla. Porque nada está bien. Y no estoy segura de que algún día vuelva a estarlo.

Luke y yo no nos dirigimos la palabra el resto de la mañana. Pero nuestras miradas se cruzan cuando Danny y yo subimos a la camioneta, y en silencio me pregunta: «¿Qué vas a hacer, Juliet? ¿Vas a romper con él ahora que por fin entiendes lo que está pasando?».

«No lo sé», es mi respuesta, aunque no se la diga. No sé qué hacer. Le prometí a Donna que los ayudaría. Ahora no puedo abandonarlos.

Pero Dios sabe que lo más probable es que no les haga ningún favor quedándome.

27

AHORA

La mañana de la ceremonia de inauguración me encuentro a Donna en el porche de la entrada. Está mirando con cierta melancolía en el rostro el pequeño escenario montado en el jardín, viendo cómo su sueño se hace realidad.

—Todo va a salir a la perfección —le aseguro.

—Lo sé. Aunque sea una ocasión feliz y triste a la vez.

—¿Triste por qué?

Suspira:

—Porque todo lo que tiene que ver con esta casa… es lo que me impulsó a seguir adelante los primeros años tras la muerte de Danny. Era como si me estuviese acercando a algo, junto a Danny. Él todavía estaba conmigo.

Cierra la boca tratando de contener las lágrimas. Se ha estado acercando a esto junto a Danny. Y mañana, cuando la casa esté inaugurada de manera oficial, todo habrá terminado. Se marcharán en direcciones opuestas. Sé exactamente a qué se refiere. Yo tengo la misma sensación por el modo en que estoy a punto de cerrar la puerta a una parte de mi vida que odiaba y amaba a la vez. Falta una semana para la gala y después me iré. ¿Cómo ha pasado tan rápido el tiempo?

—Aquí siempre habrá cosas que hacer —le digo—. Los niños te van a necesitar mucho.

Sonríe entre lágrimas y me aprieta la mano.

—Lo sé —susurra—. Y también sé que estoy siendo una tonta. Pero me sentía como si nosotros y Danny estuviésemos haciendo un último viaje juntos, ¿sabes? Y habrá más viajes, claro que sí, pero él ya no estará conmigo.

Y tras decirlo sube a vestirse porque los del catering llegarán en breve, y yo empiezo a sacar las cosas del lavavajillas con el estómago encogido.

He hecho cuanto está en mi mano para mantener cada cosa por separado: Luke, Grady, la prensa. Pero hoy todo se unirá. Hoy, la gente hablará de la vida de Danny, y puede que de su muerte, y crearán una retrato más completo de su persona… Y las imágenes más completas son peligrosas.

Luke entra en la cocina. Mi cuerpo cobra vida con solo oír sus pasos, pero me obligo a ignorarlo, hasta que se pone a mi lado con un paño en la mano, más cerca de lo que debería.

—Hoy no te acerques a mí en todo el día —le digo cerrando de golpe el lavavajillas antes de darme la vuelta para mirarlo—. No quiero que la gente saque conclusiones equivocadas.

Tira el paño sobre la encimera y se inclina hacia mí para que solo yo pueda oír lo que dice. Es como un calefactor: siento su calor cuando ni siquiera me está tocando.

—Mis sábanas huelen a ti —me dice junto a la oreja, rozándome el cuello con los dedos mientras me aparta el pelo—, y tengo las marcas de tus uñas en el culo. Podría seguirte hasta tu habitación ahora mismo y hacer que me suplicaras que te follara en cuestión de segundos. No me costaría ningún tipo de esfuerzo. Así que explícame exactamente a qué conclusiones equivocadas te refieres.

Me estremezco ante su cercanía, se me pone la carne de gallina y algo se contrae entre mis piernas.

Sale de la cocina sin esperar respuesta. Estoy cansada de apartarlo, cansada de intentar que me odie, pero hoy es el día más crucial de todos.

Cuando voy a mi cuarto a vestirme, cierro la puerta detrás de mí porque tiene razón: nunca le he dicho que no ni una sola vez, ni siquiera cuando estaba con otra persona, y siete años después sigo sin poder hacerlo.

No se puede confiar en mí. Aunque supongo que eso yo ya lo sabía.

Por la tarde, el sol es cegador y ardiente, y no corre brisa que lo apacigüe un poco. Todos los del catering intentan quedarse en la cocina el mayor tiempo posible, y los técnicos de imagen y sonido sudan como pollos mientras sujetan con cinta americana los cables del jardín delantero.

Salgo de mi habitación justo antes de la ceremonia con un vestido beis de Dries Van Noten y unos tacones a juego. Es la ropa más formal y puritana que tengo, pero Luke me mira como si no llevara nada.

Llegan los miembros de la junta y pasan al interior para huir del calor mientras se empiezan a llenar los asientos. Cuando por fin es el momento de salir a las filas reservadas de delante, los sigo… y me paro de golpe.

¿Por qué coño está la periodista del *Times*? Yo me esperaba que viniera la prensa local, pero para ella este evento debería ocupar como mucho una o dos líneas de su artículo, así que debe de estar aquí por otra cosa.

¿Acaso espera que alguien se derrumbe?

Hoy están reunidas las personas que mejor conocían a Danny, muchas de las cuales estaban con él cuando murió, y a lo mejor se piensa que alguna le va a contar algo más al respecto, para poder quitar así otra capa al misterio de lo que realmente le ocurrió.

Aquel fin de semana, estábamos treinta personas en esa casa. Treinta personas bebiendo, charlando y conversando con Danny de cosas de las que yo no siempre estuve al tanto. Treinta personas que podrían haber oído mis últimos momentos con él y que se los han guardado para sí mismas todo este tiempo. Treinta personas que sospechaban que entre Luke y yo pasaba algo y que podrían querer hablar al fin.

Luke está situado en un extremo de la primera fila, así que me dirijo adonde está Libby, sentada en el otro, y él me observa. Hay algo cálido en su mirada, incluso después de lo que le he dicho esta mañana, incluso después de cómo me he comportado desde que llegué. Como si él supiera que yo daría cualquier cosa en el mundo por poder sentarme a su lado en estos momentos. Que daría cualquier cosa por poder cogernos de la mano, como Grady y Libby, y que nadie viera en ello nada malo.

Libby me sonríe cuando me siento.

—¿Cómo estás, cariño?

Me obligo a sonreír.

—Bien. Habéis hecho un gran trabajo.

—Tú lo has hecho. Esto se lo debemos a tu dinero y tu fama.

Sacudo la cabeza, reacia a atribuirme el mérito. No ha sido caridad, sino penitencia.

Grady pronuncia una oración, y Donna se acerca al micrófono, diminuta y agotada bajo el radiante sol. Tiene los ojos azules llenos de lágrimas antes de decir una sola palabra:

—Justo antes de irnos a Nicaragua… —empieza, pero la voz le sale ronca y tiene que parar para aclararse la garganta—. Justo antes de irnos a Nicaragua, cuando Danny tenía cinco años, nos paramos por el camino a comer algo rápido. Le dio una rabieta cuando no le dejé tomarse un refresco. —Sonrío. Cualquiera que haya visto a un niño pequeño en un restaurante sabe que siempre hay rabietas por un refresco—. Cuando nos íbamos, había un hombre tirado fuera del restaurante pidiendo limosna. Danny quería darle nuestra comida, así que lo hicimos. —Se detiene de nuevo, y se sujeta al estrado con tanta fuerza que prácticamente no le queda sangre en las manos—. Cuando al poco nos empezó a rugir el estómago de hambre, su padre dijo que esperaba que Danny hubiese aprendido la lección. Y entonces Danny dijo… Danny dijo: «Puedo hacer algo malo y seguir haciendo cosas buenas». —Donna se seca las lágrimas que le corren por la cara con la mano—. Así que, cuando os acordéis de mi hijo, cuando penséis en esta casa, quiero que sepáis que vosotros también podéis cometer errores, pero, mientras aún se pueda encontrar algo de amor en vuestro interior, no es demasiado tarde. —Me sonríe—. Para eso es esta casa. Para todos los niños que están convencidos de que son malos y de que no merecen que los quieran. Para que puedan hallar el bien que siempre ha estado en ellos.

Ahora le caen lágrimas por las mejillas, y yo ya no puedo contener más el dolor de mi corazón. Escondo la cara entre las manos y empiezo a llorar. Porque Donna acaba de utilizar su momento, el suyo y el de Danny, para perdonarme a mí.

Libby me aprieta cariñosamente la rodilla antes de subir al escenario. Y entonces alguien se sienta donde estaba ella y me rodea con un brazo, demasiado fuerte y perfecto, como para ser de alguien que no sea Luke. Aprieto el rostro contra la tela rígida de su chaqueta y lloro apoyada en su pecho como una niña. Creí que estar separados hoy sería lo mejor, porque todos nos miran y podrían atar cabos. Cómo me alegro de que no me escuchara.

28

ENTONCES
ENERO-MARZO DE 2015

No sé qué pretendían conseguir con la operación de bypass del pastor, pero está claro que no ha servido para nada. Vuelve a casa con menos movilidad de la que tenía y de mucho peor humor. Donna alquila una cama de hospital y la coloca en la sala de estar; se supone que es temporal, pero él no hace ningún esfuerzo por volver al piso de arriba. Poco a poco, va trasladando más y más cosas a la planta baja, hasta que todos aceptamos que esta situación será definitiva. Danny se enteró de la operación *a posteriori*, pero no tiene ni idea de lo mal que siguen las cosas.

El pastor sale de casa unas cuantas veces a la semana, para dar el sermón los domingos, o para celebrar algún funeral o boda, y es Donna la que se encarga de todo lo demás: ayuda a Grady con las prácticas, dirige la escuela dominical, el grupo de mujeres de la parroquia, las obras benéficas y el grupo de estudio de la Biblia. Paga las facturas, revisa el boletín dominical y el catering, y toda la correspondencia de la iglesia.

Se le da muy bien. Repasa incansable cada punto de sus listas, hace las llamadas pertinentes y se pasa el día yendo y viniendo de la parroquia a casa. Por fin tiene una función que le gusta, pero yo estoy cada vez más marchita, atrapada con la horrible señorita Johnson de día y soportando de noche al pastor y su tabarra continua sobre la gratitud mientras me trata como a una sirvienta. Hace casi dos meses que no voy a trabajar a la cafetería, y me pregunto si me volverán a coger cuando esto termine. Si es que termina.

A mediados de febrero, Danny me llama para contarme que la tía de Ryan tiene una casa en Malibú y que está libre durante las vacaciones de primavera.

—Tienes que venir —dice.

No solo no sé quién se podría hacer cargo del pastor si yo me fuera, sino que, por encima de todo, está el hecho de que creo que no debo estar, nunca más, bajo el mismo techo con Luke.

No hay un minuto del día en que no piense en él. Cada vez que llego a casa, me lo imagino sentado a la mesa de la cocina, observándome mientras preparo la comida. Cuando paso por delante de la cafetería, lo veo entrando por la puerta, recuerdo el modo en que me miraba cuando me acercaba a él con el bollo o el *bagel* que no había pedido, en cómo sentía clavados en mí sus ojos mientras le servía el café. Y luego pienso en la forma en que me besó en Mavericks, y en cómo yo pasé a ser líquido y fuego a la vez, como si no tuviera huesos. Cómo, en el breve lapso de ese beso, me acordé de lo que era sentirse viva.

Tengo tantas ganas de verlo que podría echarme a llorar. Y precisamente por eso no debo ir.

—No creo que me pueda librar de las prácticas —respondo—. Tus vacaciones de primavera no coinciden con las del distrito escolar.

—Juliet, esas prácticas ni siquiera te las pagan. ¿Qué más da si faltas una semana?

Au, eso ha… dolido.

—No sabía que les dieras tan poca importancia.

Suspira.

—Vamos, sabes que no lo he dicho en serio. Me refería a que son… flexibles, ¿no? Tienen que entender que no es tu prioridad.

Le diré a mi madre que hable con su amiga. Seguro que puede solucionarlo.

Cuando quiero hacer algo mal, los Allen se interponen en mi camino. Pero, si intento hacer lo correcto, también se interponen.

No sé por qué me extraña sentirme así de atrapada.

Tres semanas después, llego a una estación de autobuses de Los Ángeles. Donna me insistió en que fuera al viaje, y yo le contesté que solo iría los últimos días. Todavía no me entra en la cabeza que hayan invitado a Grady, pero así ha sido, por lo que he preferido hacer un viaje de ocho horas en autobús a estar encerrada con él en un coche.

Salgo de la estación, donde corre un aire fresco, y miro a mi alrededor. Hay edificios altísimos, colinas y millones de personas a las que nadie conoce, y por un momento lo único que quiero hacer es quedarme aquí. Coger otro autobús, irme al centro y convertir esta ciudad en mi hogar. Aquí podría empezar de cero, podría ser cualquiera. Podría reinventarme.

El jeep de Luke se detiene frente a mí, pero el que conduce es Danny. Supongo que Luke está haciendo surf, o que le daba igual verme.

Ponemos rumbo a la costa, y, a medida que pasamos junto a las tiendas y restaurantes, los observo con suma atención, a ver si así reprimo mi deseo. Nadie me conocería en ninguno de estos sitios. Nadie habrá oído al pastor contar la historia de una niña magullada que vivía en un lugar donde ya no estaba a salvo, donde no tenía asegurado un plato caliente de comida y que tenía miedo de volver a casa.

Yo sería una chica… y punto.

Me obligo a mirar a Danny.

—¿Qué tal las olas aquí?

Se encoge de hombros.

—A ver, aunque el surf no sea demasiado bueno, es mejor eso que nada. Pero la casa es prácticamente un basurero —advierte—. Dormimos todos en el suelo.

—Está bien —respondo.

A mí la casa no es lo que me preocupa, sino Luke. No tengo ni idea de la reacción que tendrá él cuando yo llegue: ¿me reprochará haberme quedado con los Allen después de ese beso? ¿Intentará besarme de nuevo? Y, si eso ocurre, ¿qué le voy a decir?

—No hay piscina ni nada —continúa Danny—. Hemos estado usando la de los vecinos.

—¿Y no les importa?

—No creo que lo sepan. —Se ríe—. La familia está en Francia de vacaciones. Las chicas se dedican a cotillear el viaje en Instagram, y están bastante celosas.

Entramos en Malibú y giramos a la izquierda en una urbanización junto a la costa. Yo siempre pensé que en Malibú solo había mansiones. Pero esta casa destartalada donde Danny se ha detenido, en tercera línea de playa, es una reliquia de una sola planta, con una canaleta medio caída y dos fuentes diferentes para pájaros en el jardín delantero, llenas de algas y agua de lluvia. En definitiva, de mansión no tiene nada. Miro fijamente el senderito de madera que rodea la casa, el que me llevaría hasta Luke, y el estómago me empieza a dar vueltas con una especie de emoción enfermiza.

Danny me acompaña al interior, que no mejora demasiado: alfombras de pelo grueso, encimeras de formica y suelos de linóleo. Alguien ha movido la mesa de centro a un lado de la habitación y ha puesto en su lugar un barril de cerveza. Hay vasos de plástico rojo y gente a la que no he visto en mi vida deambulando por la cocina. Entonces se abre una puerta lateral y entra un grupo de tíos, riéndose a carcajadas, que tiran las toallas llenas de arena encima de una silla junto a la puerta.

Luke es el último, con el neopreno colgando de la cintura. Fija sus ojos en los míos y yo soy incapaz de apartar la vista. No ha cambiado nada. La atracción que siento por él es igual de fuerte que siempre; y no sé cómo he sido tan ingenua de pensar que no iba a ser así.

Danny me rodea la cintura con el brazo, y Luke va directo a la nevera a por una cerveza. Se ha bebido la mitad antes de darse la vuelta y mirarme de nuevo.

—Jules —dice en voz baja.

Veo una tormenta en su mirada: esto para él tampoco ha muerto.

Coge otra mientras se dirige a la ducha. Cuando vuelve a salir, ya han llegado las pizzas.

Luke se sienta frente a Danny y yo y come con una chica sentada encima.

No sabía que sería así de difícil. No sabía que me costaría incluso mirar a alguien que no fuese él, que querría pasar por encima de esa puta mesa para quitarle a esa tía a bofetadas. Siempre me ha molestado verlo así, pero ahora es mucho peor. Ya sé que no es mío y que nunca lo será. Pero ¿acaso estas chicas ven más allá de lo que hay bajo ese rostro, bajo ese cuerpo? ¿O es solo por eso? ¿O quizá sí comprenden la dulzura que esconde en su interior, esa mirada perdida que pone a veces y que me hace querer acurrucarme sobre él y consolarlo?

Y no quiero que vean nada de eso, porque todas esas cosas son mías.

—Estoy hasta los cojones de comer pizza —dice uno de los chicos al tiempo que yo me doy cuenta de que estaba mirando otra vez a Luke. Tengo que parar.

—Juliet puede cocinar —ofrece Danny—. Algo de experiencia cocinando para una multitud todo el verano ya tienes, ¿verdad?

Antes de que yo pueda replicar, antes de que llegue a aceptar a regañadientes hacer la misma mierda que hago cada noche, Luke baja de golpe la botella de cerveza que tiene en la mano.

—Ella no habrá venido aquí para ser la criada, ¿verdad, Dan? —pregunta con retintín—. Porque, si es así, le vendría bien un buen repaso al baño. Pero, claro, a lo mejor antes tendrías que pagarle un sueldo.

Danny se ríe, tan bonachón como siempre.

—Pues claro que no es la criada, pero Juliet es como mi madre. Le encanta cuidar a la gente. —Se vuelve hacia mí—. A ti no te importa, ¿verdad? Tampoco es que vayas a estar todo el día haciendo surf.

No encuentro cómo decirle con suma elegancia un «NO» rotundo delante de todos. No sé cómo replicar que «yo me pensaba que estas también eran mis vacaciones y, además, odio cocinar, joder». Pero Luke, a su manera, me estaba defendiendo. Y como ya lo he dejado en bragas un par de veces en lugar de darle las gracias, con Aaron Tomlinson y con Donna, no pienso volver a hacerlo.

—Y tú, ¿me vas a ayudar? —le pregunto a Danny.

Danny abre los ojos como platos. Me mira, como esperando a ver si estoy de coña.

—Eh... Sí, supongo. Aunque, bueno, yo voy a estar surfeando todo el día e igual tú no tienes mucho que hacer, pero...

—Pues nadaré.

Se ríe.

—Nena, el agua está fría como el demonio. Créeme si te digo que lo último que querrás es nadar.

Mi resentimiento va a más. Entonces ¿para qué he venido? ¿Para dormir en el puto suelo, pero no beber ni follar ni meterme en el agua? ¿Me ha liado para que venga con el único objetivo de demostrarles a todos la espléndida damisela que ha conquistado?

«¡Eh, tíos! ¡Juliet cocina! ¡Y limpia! ¡Y se pasa ocho horas en un autobús solo porque yo se lo pido!».

—Fenomenal —digo entre dientes—. Entonces tú te vas a surfear y, cuando termines y quieras cocinar, me avisas. Y, si no, pediremos una pizza.

Luke tuerce la boca en una sonrisa que apenas puede ocultar. Y la siento como si me diese una palmadita en la cabeza.

—¿Dónde está tu bebida, Juliet? —vocea Ryan y yo lo miro.

—Tienes toda la razón. No tengo bebida, Ryan. Será mejor que le ponga solución rápidamente.

Me voy a la cocina y me preparo un ron con Coca-Cola, pero Caleb me ve hacer una mueca de asco y me sirve una margarita de la jarra que acaba de preparar él. Después me voy a dar un paseo por la playa con las chicas que han venido con Beck y con Caleb y, poco a poco, me voy relajando. Tenía miedo de sentirme como una pringada, porque soy la única que no está en la universidad, pero casi todas las conversaciones giran en torno al sexo, a las gamberradas que hacen los tíos cuando van pedo y a lo mucho que se la suda a ellas el surf. Así que lo entiendo prácticamente todo.

Soy casi capaz de verme a mí misma en otro sitio, pertenecer a un hogar que no es el de los Allen.

Cuando volvemos, la mayoría de los chicos, incluido Luke, se ha ido a un bar. Danny me saluda desde la mesa donde está jugando a las cartas con Grady…, que está hablando sobre el pecado, cómo no.

—¿Por qué está él aquí? —pregunto en voz baja.

Caleb sonríe y me coge el vaso para rellenarlo.

—A él solo le preocupa que necesitemos a alguien que nos diga lo que la Biblia realmente piensa sobre los homosexuales. En su opinión, nunca se recuerda lo suficiente.

Me río. Estar rodeada de gente que dice lo que no debe, que piensa lo que no debe y que no se siente en absoluto mal por ello es como una revelación. En casa de los Allen la rara soy yo, la que no comparte su fe y no les da a las cosas la suficiente importancia. Pero aquí creo que podría llegar a ser casi… normal.

Ojalá Danny lo viera así.

—Cariño, será mejor que bajes un poquito el ritmo —me dice acercándose mientras yo me acomodo con mi segunda margarita.

Bajo lentamente el vaso.

—¿Por qué?

—Porque no quiero que hagas algo de lo que luego te puedas arrepentir —responde.

Estoy harta de que me trate como si fuese una niña que necesita que la orienten, como a la chiquilla descarriada que nació en un mal hogar y que aún necesita que la ayuden. Él trata por todos los medios de protegerme de mí misma, pero quizá yo no sea tan mala como para necesitar que lo haga. Puede que simplemente sea como las demás.

A medida que avanza la noche, las parejas van desapareciendo para irse a oscuros rincones, o a la playa, y los borrachos están desparramados en las sillas o por el suelo. Yo sigo bebiendo, desafiante como una niña pequeña, hasta que empiezo a arrastrar las palabras y siento que necesito llorar a mares. Y entonces me voy al colchón hinchable donde dormimos y me desplomo en él.

Me despierto en plena madrugada y descubro que la casa está a oscuras y en silencio. La habitación me da vueltas y Danny me tiene atrapada bajo su brazo, pesado y sofocante.

Sigo borracha, pero tengo la mente más despejada que nunca.

Danny no tiene ni idea de lo que necesito, y le da igual. Si le comento que me gustaría hacer surf, dirá que no es buena idea. Y si le digo que quiero bailar, o beber, tampoco le parecerá bien. Es como si el mero hecho de que yo quiera algo solo para mí bastara para convertirlo en una mala idea. Tengo que salir de aquí.

Salgo a gatas de la habitación, porque sospecho que estoy tan borracha que, si intento ponerme de pie, lo más seguro es que tropiece; que es exactamente lo que ocurre en cuanto entro en el salón.

Me espero para ver que nadie se haya despertado por el golpe, antes de irme por la puerta lateral.

—Juliet —canturrea Luke, y su voz se derrama sobre mi piel como sirope caliente, mientras sus casi dos metros de tersos músculos me bloquean el camino—. ¿Dónde crees que vas?

—Chis —digo en voz alta—. Me voy a nadar.

Se ríe.

—Son las tres de la madrugada. Además, el agua está fría de cojones.

Sigo caminando. Ahora que he decidido vivir mi propia vida, no le voy a permitir a nadie, ni siquiera a él, que me detenga.

Camina a mi lado.

—¿Nunca has visto *Tiburón*? Una chica sexy nadando en plena noche… Ataque de gran tiburón blanco garantizado.

Lo miro con el ceño fruncido.

—Pues entonces vete, y así no tienes que mirarme.

—¿Qué te pasa? —pregunta—. ¿Desde cuándo sales a hurtadillas de un sitio para nadar a altas horas de la noche?

—Dios mío —me quejo pasándome las manos por el pelo—. Eres igualito que Danny. Por el amor de Dios. ¡Tengo casi diecinueve años, y no puedo ni salir de una casa donde estoy de vacaciones sin que me fríen a un millón de preguntas acerca de mi seguridad y mis intenciones!

Estoy hablando demasiado alto, pero estamos lo bastante cerca de la playa como para que las olas ahoguen el volumen. Y lo veo a él perfectamente a la luz de la luna, con los brazos cruzados sobre el pecho, sus abultados bíceps y una sonrisa divertida en la cara.

Se está riendo de mí.

—Que te jodan —digo resoplando y empiezo a andar de nuevo.

Voy hasta la orilla. El agua está tan fría que quema. No me voy a meter ni de coña. Otro intento de independencia que se va a la porra. Y sin saber muy bien por qué, sé que voy a llorar.

—¿Te parece esto lo suficientemente grande, malo y peligroso para ti, Jules? —me pregunta Luke. Sigue sonriendo, pero algo en la tristeza de sus ojos contradice esa alegría. Y está más cerca de mí de lo que pensaba.

Tengo un nudo en la garganta que crece y crece, tan rápido que me parece que no voy a poderlo detener. No tiene nada que ver con el agua de los cojones. Es como si este último año de mierda al fin me hubiese alcanzado, junto con el resto de los espantosos años anteriores. El mundo me ha ido aplastando cada día un poquito más, hasta dejarme totalmente inmovilizada. El dolor que tengo en el pecho y la garganta se abre camino al fin. Pero no sale en forma de sutiles lágrimas silenciosas, sino como inmensos sollozos escalonados que hacen que me tiemblen los hombros.

Me atrae hacia él.

—Jules. Para. No pasa nada.

Acaricia con su mano mi pelo mientras me chista con cariño para que me tranquilice, y luego tira de mí hacia la arena y me hace sentarme a su lado.

—¿Recuerdas lo que te dije el verano pasado, eso de que tenías que estar dispuesta a salir de la jaula? —Asiento con la cabeza porque sigo demasiado alterada para intentar hablar—. Eso fue lo que pensé el día que nos conocimos. Cuanto te vi en casa de los Allen me acordé de una señora que vivía en nuestra calle y tenía un guacamayo. Ya sabes, esos loros azules enormes con muchísimas plumas. Pero ella lo trataba como si fuese un pajarito. No lo dejaba volar, lo tenía en una jaula pequeña y lo alimentaba como el culo. El pobre animal empezó a perder las plumas. Sin embargo, ella continuó tratándolo como a un pájaro normal y corriente hasta que finalmente el guacamayo murió.

Lo miro entre lágrimas, esperando.

—Tú eres ese guacamayo —dice rozándome suavemente la boca con los dedos—. Eres algo salvaje y magnífico, y Danny no tiene ni idea de cómo cuidarte, así que está todo el rato asegurándose de que tu jaula esté bien protegida porque no sabe qué más hacer. Y eso me mata, Juliet. Porque creo que yo sí sé cómo cuidarte, y deseo tanto estar en la posición de Danny que a veces hasta me duele mirarte, joder.

El corazón me martillea, a punto de explotar.

Baja la boca hacia mí y no lo detengo. Sus labios son suaves, su piel cálida. Un estremecimiento me recorre las entrañas y me cala hasta los huesos. Llevo mucho tiempo queriendo esto, desde el invierno pasado. Desde el primer día que entró en la cafetería.

Hace dos años que solo lo quiero a él y no puedo negarme.

Abro la boca bajo la suya y él gime, me pasa los dedos por el pelo.

Deslizo las manos por debajo de su camisa y le acaricio el pecho, esa hermosa extensión de piel que he querido tocar un millón de veces y no he podido. Y ahora lo estoy haciendo. Esto está pasando de verdad, y no puedo dejar de moverme, apremiante, impaciente. Me tumba de nuevo en la arena y me estrecha contra él para que pueda sentir el efecto que le produce. Está duro como una piedra; y ni se avergüenza de ello ni me echa la culpa a mí. Tiene los ojos brillantes, febriles, y eso tampoco le genera vergüenza. Lo desea tanto que se va a quemar, igual que yo, y todo eso le parece perfecto.

Lleva sus dedos más abajo, entre mis piernas, por debajo de mis holgados pantaloncitos, y me los introduce.

—Oh. Joder, Juliet, qué lista estás —dice con la voz ronca.

¿Si hay una parte de mí que piensa que debería detenerlo? Claro que sí. Pero hay otra, mucho más fuerte, que sabe que esto es imparable, tan imposible de detener como un tren de mercancías o la órbita del planeta alrededor del sol.

Él no se baja los pantalones, sino que sigue frotando los dedos hacia delante y hacia atrás, me los mete, me acaricia el clítoris con ellos. Es diferente a todo lo que haya sentido antes. Es eléctrico; es tosco. Me recorre el cuello con la boca, me clava los dientes en la piel, mueve la mano más deprisa y entonces, de repente, estallo y grito de placer, clavándole las uñas en los brazos.

Noto la dura presión de su erección contra mi cadera y tanteo hasta llegar a ella, a ciegas, pasando la mano por debajo de su cinturilla. Palpita tanto y es tan grande que apenas puedo abarcarla con la mano.

—Jules —gime con la respiración acelerada. Es una pregunta a la que respondo poniéndolo encima de mí y bajándole los calzoncillos.

—Sí —susurro.

Me mira a la cara una vez más antes de quitarme los pantaloncitos del pijama y asentar su peso, abriéndose paso con la polla entre mis piernas. Me muevo lo justo para que pueda penetrarme.

Luke es cuidadoso. Agonizantemente lento. Me mira para asegurarse de que estoy bien. Se queda quieto un momento, se estremece cuando llega al fondo, y a continuación me introduce la lengua en la boca y la enreda con la mía. Tengo todo el cuerpo en tensión, pero a la vez es perfecto.

Y esa perfección no me puede aliviar más.

No me hace falta poner la mente en blanco o pensar en otra cosa, como hice con Justin y Danny. No estoy contando los segundos hasta que termine. Quiero que siga y siga, así, para siempre.

Gruñe mientras vuelve a entrar del todo.

—Jules. Joder.

Empieza a ir más deprisa, con la respiración entrecortada, y sus besos se vuelven desesperados y salvajes mientras intenta no correrse. Y por fin lo hace, con tres violentas embestidas y un grito ahogado junto a mi cuello.

Se derrumba sobre mí, y yo quiero que se quede dentro, que esto no acabe nunca, pero… «Dios mío, ¿qué voy a hacer?».

¿Cómo voy a poder mirar a la cara a Danny por la mañana después de esta noche?

Luke abre lentamente los ojos.

—No lo hagas. —Me sujeta la barbilla para obligarme a mirarlo—. No lo estropees.

Asiento con la cabeza, entre lágrimas. Yo tampoco quiero estropearlo. De verdad que no. Pero ahora no sé cómo seguir adelante.

Se quita de encima y me incorporo, aún borracha…, pero sobria a la vez.

—Debería irme —susurro.

Se sienta a mi lado y entrelaza sus dedos con los míos.

—Jules, tienes que cortar con él. Lo que hay entre nosotros ha estado ahí desde el principio y no desaparecerá nunca. Y tú lo sabes.

Pero el pastor está enfermo, y Donna me necesita, y me he gastado casi todo el dinero que tengo, así que, aunque estuviera dispuesta a abandonar a los Allen, no estoy segura de cómo podría hacerlo.

Me besa, y yo le devuelvo el beso tratando de responderle del mismo modo. Intento que mi beso diga: «Luke, te quiero tanto que me duele; tanto que has echado al traste mi felicidad, porque, por muy buena que sea mi vida, siempre te desearé a ti. Y siempre te querré más que al resto. Pero dejarlo todo no es tan fácil como crees».

Volvemos a la casa en silencio. Me noto el cuerpo liviano y pesado al mismo tiempo. Cuando llego al dormitorio, me arrastro hasta el colchón hinchable y miro la cara de Danny a la luz de la luna. Está en paz. Es tan inocente. Confía en mí, y no sé qué me hace sentir peor: si haberle engañado o que yo pueda ser la persona que destruya esa inocencia.

Creía que lo amaba. De verdad que sí. Y creo que lo amo, pero no de la manera correcta. Lo quiero como se quiere a un hermano o a un mejor amigo. Pero, hasta que llegó Luke a mi vida, yo no sabía que debería sentir más.

¿Guardármelo todo para mí y fingir que no ha pasado será peor o mejor? ¿Soy siquiera capaz de hacerlo en este momento? Llevo a Luke en la sangre. Aún puedo saborear el agua salada de sus labios, escucharlo jadear junto a mi oreja, con el cuerpo resbaladizo del sudor y áspero por la arena. Todavía puedo sentir cómo algo en mi interior se abría cuando estaba debajo de él, igual que un prisionero hambriento que ha estado callado demasiado tiempo.

Y ya no sé cómo puedo vivir sin todo eso.

Me despierto cuando aún es demasiado pronto. Acaba de amanecer, y los chicos ya están armando jaleo y preparándose para hacer surf.

Luke está en la cocina, con el omnipresente neopreno colgándole de las caderas. Contemplo su cuerpo estilizado, los huecos de sus hombros anchos, su abdomen firme, y solo puedo pensar en cómo recorrí con las manos esos huecos, cómo arqueé el cuerpo contra ese abdomen, y en el modo en que me miraba, como si yo fuese lo único del mundo que importara.

Tengo el pelo lleno de nudos, la boca hinchada por los besos, los ojos medio cerrados del sueño, pero, cuando se da la vuelta, me mira como si nunca hubiese visto nada mejor. Y como si estuviese deseando repetir lo que pasó anoche.

Danny me apoya la mano en el hombro y yo la siento como un cubo de hielo. Tengo que reprimir las ganas de estremecerme que me genera, pero Luke no reprime nada. Fija los ojos en esa mano y aprieta la boca. «No lo hagas, Luke. Por favor, no lo hagas».

—¿No surfeas hoy, Dan? —pregunta Ryan, deambulando entre la tensión del ambiente completamente ajeno a la situación.

—Más tarde. Voy a quedarme con Juliet aquí un rato.

Luke vuelve a parpadear sin dejar de mirarme, con una mirada posesiva en los ojos, y dice:

—Ella también debería surfear.

—Yo no sé surfear.

—Y yo creo que podrías hacer cualquier cosa que te propongas —responde.

Sé que no está hablando de surf. Y el corazón está a punto de salírseme por la boca cuando miro a otro lado.

Cuando Danny al fin se va, después de desayunar, preparo mis cosas para ducharme. El baño está asqueroso, después de tres días sin que nadie se haya molestado en quitar los pelos y la suciedad, así que me voy a la casa de los vecinos, la que tiene la piscina donde estuvieron todos anoche. Desbloqueo el seguro para niños de la parte superior de la alta cancela de madera, como me dijo la novia de Caleb que hiciera, y descubro una transparente piscina rectangular que brilla bajo el sol. Ante mí se erige una casa que tiene varias terrazas con vistas al océano, pero las ignoro y voy a la ducha independiente que hay detrás de la piscina.

Me quedo debajo del agua caliente que cae sobre mí, me enjabono, me lavo el pelo dos veces y me afeito cuidadosamente. Hoy todo es sensual y me recuerda las manos de Luke sobre mi piel, su peso sobre mí. Para Danny, hace tiempo que yo represento algo malo, algo que debe mantener oculto y a distancia. Luke me hizo sentir extraordinaria, seductora y deseada de la mejor manera posible.

Después de secarme me subo a una hamaca que la familia rica tiene en el segundo piso, y me dejo mecer en la brisa.

La novia de Caleb me ha enseñado el Instagram de la familia: la hermosa mujer, su adorado marido y sus dos hijas pequeñas sonriendo frente a los monumentos parisinos más icónicos.

¿Cómo se consigue una vida así? ¿Cómo logras estar con la persona que amas y tener hijos con ella, y largarte a París en vez de quedarte en tu casa de veraneo de Malibú?

Me duermo en la hamaca con el pelo todavía envuelto en una toalla y sueño que esta es mi casa y que Luke es el marido que quiere que nos larguemos. Ni siquiera me importa adónde me lleve.

Por la noche evito a Luke. Se va a casa de los vecinos a nadar, y yo me quedo con Danny, sin beber.

Cuando Danny y yo nos vamos a la cama, me tumbo en el colchón hinchable a mirar el techo totalmente despierta. No puedo acomodarme bien porque hasta el más mínimo movimiento por mi parte hace que todo el colchón se mueva como un barco en una tormenta. De todos modos, no estoy segura de llegar a estar cómoda del todo, porque cada recuerdo de Luke tocándome y besándome me produce un latido angustioso de vergüenza.

Tampoco puedo hacer que el deseo de repetirlo desaparezca.

Al final me levanto, y me llevo la manta. Dormiría mejor en la hamaca del vecino que aquí. Entro en el salón y me encuentro a Luke en el sofá. Me mira y, aunque quiero seguir caminando hacia la puerta, me tiende la mano y yo voy atraída inconscientemente hacia ella. Me sienta a su lado, y se le tensan los músculos mientras me envuelve entre sus brazos. Encajamos a la perfección, como dos objetos hechos el uno para el otro. Inspiro la sal de su piel y me dejo llevar por su calor.

Ya está empalmado y solo hemos estado así unos segundos. La sola idea de repetir lo de anoche hace que me humedezca al instante.

Desliza la mano entre mis muslos, la mete en mis pantaloncitos del pijama y emite un jadeo rápido e intenso junto a mi cuello cuando él también se da cuenta.

Me levanto, cojo la manta y me dirijo a la puerta; él me sigue.

Lo de anoche no estaba planeado. Estábamos borrachos y podríamos considerarlo como un lamentable error. Pero esto no puede ser más intencionado. Me aprieta los dedos como si le preocupara que mi conciencia reapareciese de repente, pero no hace falta.

No es que solo quiera esto. Es que lo necesito. Necesito todo lo que él me pueda dar, y sé que quizá nunca haya otra oportunidad. Acabaré rompiendo con Danny antes o después, sobre todo después de lo que hice anoche y de lo que estoy a punto de volver a hacer. Pero ¿Luke y yo? Lo nuestro nunca sucederá. Porque destrozaría a Danny, y a Donna también. Esta tiene que ser la última vez.

Salimos del sendero de madera y entramos en la arena. Me lleva a un rincón oscuro, donde los setos de bayas proyectan sombras que nos protegen del resplandor de la luna, y luego me estrecha contra él y me besa como si fuese lo único en lo que ha pensado desde la noche anterior.

Vuelve a deslizar la mano entre mis piernas.

—Llevas así de mojada todo el maldito día, ¿verdad? —me pregunta cuando mueve la boca por mi cuello.

Asiento, y él me tiende en la arena y se arrodilla entre mis piernas mientras las separa. Me recorre el centro del pecho con un dedo.

—Un día —dice— haremos esto donde no tenga que preocuparme de que nadie nos descubra. Y entonces te desnudaré, te tumbaré en mi cama y nos quedaremos ahí días y días.

Abro la boca para responder, pero el dedo que acaba de pasar por mi pecho está entrando y saliendo de mí, y lo que iba a decir se convierte en un gemido silencioso.

Me aparta los pantaloncitos a un lado y se desliza hacia abajo, dándome un suave beso entre las piernas antes de empezar a mover la lengua.

Esto es distinto al acto sexual. Diferente a cualquier otra cosa. Es pringoso, caliente y suave a la vez, y, cuando gimo, extiende las manos bajo mi cuerpo y me agarra del culo para acercarme a su cara, jugueteando sin piedad con la lengua. Estiro los dedos; arqueo los pies. El cuerpo entero se me tensa como un resorte y, cuando me corro, grito, aturdida por la despreocupación; conmocionada por la total indiferencia a todo lo que no sea esto.

—Yo… —me interrumpo—. Ni siquiera sé qué decir.

Estoy como drogada.

Se sube encima de mí.

—Jules —dice, y me despierta la súplica de su voz, la desesperación que hay en ella. Noto la rigidez que esconden sus pantalones, su erección contra mi abdomen.

—¿Puedo…?

Extiendo los brazos para bajarle los pantalones y, de un solo empujón, me penetra.

—Dios —susurra—. Sí.

No es lo mismo que lo que ha hecho con la lengua y, por muy satisfecha que me haya sentido, noto ya cómo se me contrae el vientre y aprieto los músculos en torno a su miembro. Las terminaciones nerviosas que creía muertas reviven, y bajo las manos para agarrarlo del culo.

—Despacio —le ruego.

—¿Te vas a correr otra vez? —gruñe, y sus palabras transmiten incredulidad, esperanza y desesperación al mismo tiempo.

Jadeo con su siguiente embestida.

—Sí.

—Joder —sisea, y sé que no lo dice por decepción. Lo hace porque está intentando no acabar antes de tiempo.

Me acerca la boca al cuello y me desliza una mano por debajo de la camiseta para tocarme el pecho y pellizcarme el pezón. Y todo el tiempo se mueve dentro de mí, y estoy tan mojada, tan llena, que noto cómo me viene un segundo orgasmo más rápido de lo que jamás hubiese imaginado.

Cuando me corro, le clavo los dientes en el hombro para ahogar mi grito, y tras unas cuantas embestidas intensas se une a mí, gimiendo contra mi cuello al correrse él también.

Daría lo que fuese, lo que fuese en este puto mundo por quedarnos como estamos. Dormirme así, despertarme así y que todo acabara bien. Relaja el peso sobre mí unos instantes. «Tranquilo. Sí, no salgas». Pero entonces rueda a mi lado y me atrae hacia su pecho.

—Una habitación —dice—. Huiremos y tendremos nuestra propia habitación. No, qué cojones. Tendremos una casa entera.

Me río en voz baja.

—Hoy he pensado en eso. He ido a casa de los vecinos a ducharme y luego me he tumbado en su hamaca y me he imaginado que era la nuestra.

—Tendríamos una casa igual, pero en un sitio donde las olas sean mucho mejores que estas. Una casa en primera línea en Pipeline, a lo mejor. Y todas las mañanas yo me iré a surfear y tú dormirás hasta tarde, y, cuando vuelva, te haré el desayuno.

Me río. Cuando sueña, lo hace a lo grande. Ninguno de los dos podríamos permitirnos un «refugio» así frente al mar.

—Eso suena como una vida bastante despreocupada para mí. ¿Podré ir al menos a comprar yo la comida?

—No. No podrás, porque te habré quemado toda la ropa.

Vuelvo a soltar una risita.

—Y, si me has quemado toda la ropa, ¿no podré ni salir?

—Tienes razón. Vale, pondré unos setos para que tengas intimidad y puedas salir al jardín, pero no mucho más allá. —Me pellizca—. Por fin podrás abrir ese ejemplar de *Cumbres borrascosas* que siempre decías que tenías que leer para el instituto. Ahora pregúntame qué haremos después de desayunar.

—Bien, ¿qué haremos después de desayunar?

Rueda para estar encima de mí otra vez.

—Llevas treinta minutos sentada comiendo tortitas desnuda. ¿Qué coño crees que vamos a hacer?

Sigo riéndome cuando vuelve a entrar en mí, cada vez más y más fuerte, como si viniera una tormenta. Y cuando estoy a punto de correrme, cuando mi cuerpo se ha puesto por entero rígido y le clavo las uñas en la espalda porque necesito que me lleve al límite, me jadea en la oreja:

—Dios, haría cualquier cosa por que tuviéramos todo eso —dice, y en un único momento de felicidad, cuando estoy ciega, sin sentido y aturdida por la fuerza del orgasmo, oyendo en la distancia su grito ahogado cuando él también se corre, siento como si se hubiese hecho realidad.

Como si hubiese otra vida en la que nos mudáramos a Hawái y nunca dejáramos que el mundo se interpusiera entre nosotros. Una vida en la que nos meceríamos en una hamaca, preguntándonos si deberíamos largarnos con nuestras hijas gemelas a París, para al final decidir que somos demasiado felices donde estamos como para irnos jamás de allí.

29

AHORA

Después de la ceremonia de inauguración del Hogar de Danny se celebra una pequeña recepción.

Han venido Caleb, Beck y Harrison, igual de guapos que siempre, pero ahora desencantados con la vida. Caleb tiene una empresa de tecnología, Beck sigue trabajando en el bar de su madre y Harrison es abogado. No sé por qué me imaginé que en su edad adulta serían más felices de lo que son, y ha sido un detalle inmenso por su parte haber acudido un día laborable, sobre todo porque viven al norte, pero en cierto modo desearía que no lo hubiesen hecho. La periodista de las narices del *New York Times* está yendo de grupo en grupo. Al final llegará adonde están ellos, y a saber qué le dirán.

—Ha sido una ceremonia muy bonita —dice Harrison—. A Danny le encantaría este sitio. Y es una forma mucho mejor de recordarle que... —Se interrumpe.

—¿Que qué? —exijo con un tono de voz más arisco de lo que pretendía.

Abre los ojos de par en par.

—No tendría que haber sacado el tema. Pero, ya sabes..., la noche que murió, no era él mismo. Discutió con Luke, se...

—Había bebido —digo con firmeza.

Son demasiado educados para recordarme que ya estaba de mal humor antes de beber.

—Bueno, no importa, porque a mí me gustaría recordaros a todos que fui yo quien dijo que Juliet y Luke acabarían siendo famosos —anuncia Caleb con una sonrisa.

—Cualquiera que oyera cantar a Juliet sabía que se haría famosa —contesta Beck—. Pero Luke, bah, no tanto. Ese gilipollas aún no sabe surfear bien.

Abro los ojos como platos hasta que oigo la risa de Luke detrás de mí.

—Es verdad —dice Luke—. Pero por lo menos sigo surfeando mejor que tú, Beck.

Se estrechan la mano, y yo estoy a punto de excusarme cuando Luke se aclara la garganta.

—Ahora en serio. Supongo que le tengo que dar las gracias a alguno de vosotros, porque gracias a las tablas que me pude comprar con el GoFundMe llegué adonde estoy. Así que ¿quién fue? ¿Quién de vosotros aportó tres de los grandes?

Se miran entre ellos confundidos.

—Te juro que, si hubiese sido yo, no tendría problemas en confesar nada, pero en aquella época yo trabajaba de becario sin cobrar —dice Harrison. Se vuelve hacia Caleb—: ¿Fuiste tú?

Caleb frunce el ceño.

—¿De dónde coño iba a sacar yo tres mil dólares, gilipollas? ¡Si curraba de socorrista!

Los dos miran a Beck, y Caleb se ríe.

—Sabemos que desde luego tú no fuiste—añade—, teniendo en cuenta que estabas todo el día pidiéndonos dinero prestado para gasolina.

—Uno de vosotros tuvo que ser —dice Luke—. Juliet lo anunció a bombo y platillo en la hoguera, haciendo que yo me muriera de vergüenza, básicamente para animaros a todos a donar, y el dinero apareció en la cuenta solo unas horas después.

Vuelven a mirarse entre ellos, y luego Luke me mira a mí, y veo cómo le cambia la cara. Se lo está preguntando, lo descarta, pero al fin responde: «Ella no tenía pasta —sé que se está diciendo a sí mismo—. Tendría que haber puesto cada centavo que tenía».

—Será mejor que vaya a ver cómo está Donna —digo forzando una sonrisa—. Os veré en la gala, ¿verdad?

Ni siquiera permanezco el tiempo suficiente para escuchar su respuesta. Cruzo el jardín en dirección a Donna, que está hablando con una mujer despampanante vestida con un bonito traje a medida. Tardo un rato en darme cuenta de que la chica es Summer, y que es toda una mujer hecha y derecha. Ya no lleva el pelo teñido de rubio decolorado ni el intenso autobronceador y ha perdido un poco la redondez juvenil.

¿Habrá venido por Luke? Siempre le gustó, y estoy segurísima de que en algún momento se acostaron. Así que sí, está aquí por Luke.

Me da un abrazo inmenso.

—Estás más guapa que nunca —dice, y luego se vuelve hacia Donna—. Qué celosa estaba de Juliet por aquel entonces. Era la única chica del grupo que ya estaba pillada, y aun así era por la que suspiraban todos.

Me cambia un poco la sonrisa:

—Eso no es verdad. Pero de todas formas…

—Ay, pues claro que era verdad. Por Dios, ¡cómo te miraban todos por las noches! Y, cuando ya encima empezaste a cantar, a Rain y a mí directamente se nos acabó el chollo.

Miro de reojo a Donna, preguntándome si sabe a lo que Summer se refiere en realidad. No es que todos me desearan, sino que Luke me deseaba.

—Y ahora míralos a todos ahí —continúa—. ¿Qué han hecho para estar todavía más atractivos?

Contemplo a Luke al otro lado del patio, con una camisa azul, que lleva un poco desabrochada, y la corbata suelta… Qué guapo es. Summer quiere volverlo a intentar con él. ¿Cómo no iba a querer?

Y, mientras tanto, la periodista está con Libby y con Grady, y Luke está hablando con los compañeros de Danny de la escuela privada sobre la donación. Y yo empiezo a pensar que este día no puede ir peor.

—Me alegro de verte —le digo a Summer apretándole la mano mientras me alejo.

Quiero que pare todo lo que está sucediendo en este momento. Quiero activar la alarma de incendios o dar un aviso de amenaza de bomba, pero cuando entro en casa, totalmente desquiciada y perdida, sé que ni siquiera algo así podría detener lo que ya está en marcha.

Voy a la cocina y me dejo caer en una silla. La cagué en la entrevista al negarme a mencionar a Luke cuando estaba claro que ella averiguaría antes o después que él pasó dos veranos con nosotros en esta casa. Que lo haya omitido es muy sospechoso por mi parte. Es prácticamente una señal de neón parpadeante que reza: «Mira qué pista te he dejado».

Cierro los ojos y me aprieto la cara con las manos. Lo primero que me imagino, por un segundo, es que no volví nunca a Rhodes, y después pienso en todas las decisiones que podría haber tomado y con las que habría obtenido un desenlace distinto. Y, por último, me permito soñar con el final más improbable de todos, con el que me quedo dormida las noches que peor estoy. Aquel por el que habría renunciado a casi todo y por el que aún lo haría: Luke y yo, juntos, meciéndonos en una hamaca en el jardín de la casa de la playa donde vivimos.

«¿Seguro que no quieres ir a París de vacaciones en primavera?», pregunta.

La brisa del océano le alborota el pelo, y levanto una mano para tocarlo.

«Segurísimo».

No soy capaz de imaginarme nada mejor que esto, porque, ahora que he visto el mundo entero, ningún lugar tiene sentido sin él.

—¿Juliet?

Me sobresalto y levanto la cabeza. Estoy cabreada de que me hayan sacado de mi ensoñación y me siento culpable por haberme dejado llevar siquiera por ella.

Tengo a la periodista de pie delante de mí, con la cabeza ladeada y los ojos ligeramente entrecerrados.

«Me ha seguido hasta mi puta casa». Debe de estar muy segura de sí misma como para tener las narices de haber entrado aquí detrás de mí.

—¿Sí? —le pregunto levantándome.

Mi voz suena brusca, con un tono que dice: «No tienes ningún derecho a estar aquí». Como si a esta mujer le hubiesen importado los límites en algún momento de su vida.

—Ha sido un oficio muy bonito —me dice. Pero hay algo mucho más cauto en su manera de proceder que la noche en que nos reunimos—. Me sorprende que no me mencionaras que Luke Taylor también vivía aquí. Sobre todo teniendo en cuenta lo unidos que estabais.

Me relamo los labios y me aliso el vestido, para ganar tiempo.

—Le concierne a Luke hablar o no sobre su época aquí, no a mí. No me pareció que fuese asunto mío. Y no estábamos en absoluto «unidos».

Levanta una ceja.

—Tuvo varios altercados por ti. Yo diría que eso es estar unidos.

Ha dicho «altercados». En plural. ¿Quién conoce la mayoría de esos altercados además de Luke y yo? Esto se me ha ido de las putas manos y solo me queda negarlo:

—No tengo ni idea de lo que me estás hablando. Si Luke se metió en alguna pelea por mi culpa, lo haría por Danny y no por mí.

—Así que niegas que estuvierais unidos —afirma—. A pesar de que fuiste tú la que le rogó que no hiciera aquel salto tan arriesgado justo antes de que Danny muriera.

«¿Quién te ha contado eso?». Supongo que podría haber sido cualquiera. Puede que hasta lo haya sacado de las declaraciones que la policía le tomó a todo el mundo cuando pasó.

—Fuimos varios los que le rogamos a Luke que no saltara —le espeto—. Yo ni siquiera fui la primera. Y tampoco alcanzo a ver la relevancia que esto pueda tener para el artículo sobre el Hogar de Danny, teniendo en cuenta además que tú estuviste de acuerdo en que el artículo no se centraría en la muerte de Danny.

Me dedica una sonrisa forzada.

—El artículo es sobre ti, Juliet. Y, para ser sincera, lo que más me ha sorprendido hasta ahora es lo desesperada que estás por no hablar de Danny.

La miro fijamente, con la boca seca.

«Con lo cuidadosa que he sido todos estos años, y ahora lo he estropeado todo». Y no hago más que empeorarlo.

Paso junto a ella y abro la puerta de golpe.

—Porque no quiero que todas estas especulaciones le hagan daño a Donna. Y esto todavía es una residencia privada —digo por encima del hombro, traspasando el umbral—, así que lárgate de aquí antes de que llame a la policía.

En el exterior, la multitud ya se está dispersando. Me alivia ver que Libby y Grady se han ido. Donna está de pie con Luke, Summer y el resto de los chicos. No tengo más remedio que unirme a ellos.

Luke me mira.

—Han abierto un bar en la playa. Vamos a ir todos. ¿Quieres venir?

No me apetece lo más mínimo oírlos rememorar el pasado mientras Luke me analiza, tratando de encontrar algo en las palabras que no digo y en las respuestas que no contesto.

—No, gracias —respondo fríamente.

—Pues deberías —dice mirando a Donna en busca de apoyo—. Prácticamente no has salido ni un día.

Pero Donna se limita a sonreírle.

—Ve tú, Luke. Lo pasaremos estupendamente las dos solas. Y creo que Summer necesita que alguien la lleve, ¿no?

—Sí —dice Summer muy animada—. Me trajo mi hermana, así que ¿te importa llevarme tú ahora?

Luke me mira una vez más antes de sacudir la cabeza.

—No, claro que no.

—Es bonito verlos juntos —me dice Donna cuando Luke y Summer se alejan—. Hacen una pareja estupenda, ¿no te parece?

No. No me lo parece. En absoluto. Tengo ganas de vomitar.

—En realidad, ella no es su tipo.

—¿A qué te refieres? Si es guapísima. ¿Y no hace surf también?

«Sí, y le habrá metido la mano en la bragueta antes de que se hayan puesto los cinturones de seguridad».

—No lo sé.

—Ay, cariño —dice Donna abrazándome por el costado porque ha malinterpretado el tono de mi voz—. Tú sabes lo que es estar enamorada. Ya lo has vivido. ¿No crees que Luke también se lo merece?

Sí. Claro que sí. Y quiero que sea feliz. Y que siga adelante con su vida. Solo que yo no quiero ver cómo sucede.

Donna y yo picoteamos las sobras de la recepción en lugar de cenar y vemos varias series de comedia con risas enlatadas. Y me paso todo el rato comiéndome la cabeza. Luke ya lleva mucho rato fuera. Caleb y Harrison están casados y no creo que sigan de fiesta, Beck es el dueño de un puto bar, y se ha debido de ir ya a trabajar...

Así que solo quedan Luke y la recién despampanante Summer, reviviendo viejos tiempos en la playa o en la parte de atrás de su furgoneta.

Donna se va a su habitación y yo a la mía, y me odio por estar pensando solo en Luke cuando hoy tocaba rememorar a Danny. Me pregunto si él estará en alguna parte viendo todo esto, y si se sentirá igual de enfadado conmigo como yo lo estoy conmigo misma.

Por fin, oigo a Luke en el pasillo. Espero a que siga con su rutina nocturna, y todos los sonidos que he memorizado: la cisterna del retrete, el agua corriendo, el interruptor de la luz, sus pisadas alejándose. Pero, en vez de eso, la puerta de mi cuarto se abre y se cierra.

Se sienta a los pies de mi cama y me pone la mano en la pierna.

—Sé que estás despierta —me dice en voz baja.

No digo nada hasta asegurarme de que mi voz no me traicionará.

—¿La has besado?

Silencio.

—Fuera de aquí —siseo, pero no lo hace.

Baja la sábana, se tumba encima de mí y deja que su peso me empuje contra el colchón mientras me susurra al oído:

—¿Te molestaría si así hubiese sido?

—Que salgas —gruño, e intento quitármelo de encima, pero no se mueve en absoluto.

—Responde a la pregunta.

—No —respondo—. No me molestaría.

—Mentirosa. —Desliza la mano por debajo de la sábana, me la sube por el muslo, y me la mete en las bragas—. Me lo imaginaba.

Se ríe y me pongo rígida cuando introduce los dedos en mi interior.

—Fuera de aquí —siseo por tercera vez. Pero él ya me está quitando las bragas.

—No la he besado —dice, yendo hacia los pies de la cama, presionando con las manos el interior de mis muslos para abrirlos. Desliza la lengua entre mis piernas.

Jadeo, y me golpea el clítoris un soplo de su aliento cuando se ríe. Me exaspera y me excita, todo a la vez, y solo tarda dos minutos en hacer que me corra tal y como él sabía que me pasaría, arqueando el cuerpo hacia arriba y enredando las manos en su pelo.

Vuelve a subir por mi cuerpo y se baja los pantalones, convencido a estas alturas de que a esto tampoco le voy a decir que no.

—Admite que estabas celosa. —Empuja dentro de mí.

Me encuentro con su mirada y no digo nada, pero lo agarro con fuerza por si estaba barajando la posibilidad de salir.

—Admite que fuiste tú la que me dio el dinero —me dice recorriéndome el cuello con la boca y metiéndome la mano por debajo de la camiseta para pellizcarme un pezón. Me arqueo contra él. Quiero más.

Me coge el pelo con la mano.

—Sigues enamorada de mí —dice penetrándome cada vez con más fuerza.

Contraigo mi centro contra él. Estoy a punto de correrme. Estoy a punto de explotar de cien maneras distintas.

«Sí, estaba celosa. Sí, yo hice esa donación. Sí, todavía estoy enamorada de ti».

Estas palabras se arremolinan en mi interior, me suplican que las libere. Me muerdo el labio cuando me corro para evitar que se escapen.

30

ENTONCES
MARZO DE 2015

—¿**A**dónde fuiste anoche? —me pregunta Danny cuando nos despertamos. Apenas ha salido el sol, pero la casa ya está en marcha. Todavía no tengo muy claro por qué todos surfean tan temprano.

Trago saliva.

—No podía dormir. Cada vez que nos movemos se hunde el colchón.

Suspira.

—Sí. Esto fue una idea genial, pero ojalá nos hubiésemos quedado con mis padres. Nunca he comido tanta pizza en toda mi vida.

Parece una indirecta sutil, un «podrías haber cocinado para nosotros, pero no lo has hecho».

Lo único que me impide responderle con algún chascarrillo es la culpa.

Después de que él se vaya me quedo dormida y, cuando me despierto, hace mucho que ha salido el sol y se oye música a todo volumen en la cocina. Me preparo un bocadillo y me dirijo a la playa con la novia de Caleb. A pesar de que llevo una sudadera con capucha, me pongo a tiritar. Todas esas pelis y programas de MTV sobre las

269

vacaciones de primavera es obvio que no se han rodado en Malibú. Con suerte, hoy llegaremos a los veintiún grados.

Danny sale del agua justo cuando pongo un pie en la playa.

—¿Quieres venir a casa conmigo? —me pregunta, pero en realidad ni siquiera me lo está preguntando. Lo que quiere es que vaya sin rechistar.

—Acabo de llegar —respondo.

Se queda ahí un momento, de pie, esperando a que yo ceda. Cómo no lo va a hacer, teniendo en cuenta que desde hace años le he dejado que se crea que puede dictar mi horario, porque me sentía tremendamente afortunada de que me quisiera, y ahora… Ahora ya no me siento afortunada. Estoy cabreada por haberme sentido afortunada. Y cabreada de que él me animara a pensarlo.

Cuando se da por vencido y se larga, me siento en la arena con las otras chicas. No he llegado del todo a ponerme cómoda, cuando Luke gira la cabeza y pilla una ola de mierda en dirección a la orilla. En dirección a mí.

El estómago me da un vuelvo cuando sale, se quita el invento del tobillo y se mete la tabla bajo el brazo. En su cara aparece algo que antes no estaba: posesión. Sabe que soy suya, aunque nadie más lo sepa. Si me pide que salte, saltaré. Si me pide que suplique, suplicaré. Saldré de casa con él en mitad de la noche y dejaré que me folle, una y otra vez, después de haberme cansado de repetir que no puede seguir ocurriendo.

—Métete en el agua —dice mientras llega imponente adonde estoy yo. Es una orden, no una petición, y veo cómo me reta con los ojos a decirle que no.

Me apetece entre cero y nada volver a intentar hacer surf. La primera vez me pareció imposible, el agua está fría, y pareceré idiota, sobre todo a su lado, que ya es todo un profesional. Pero es una oportunidad perfecta para estar cerca de él; y, a cambio de eso, estoy dispuesta a soportar lo que sea.

La gente habla del amor como si fuese algo tranquilo, pero no lo es en absoluto. Es turbulento y ansioso. Es eufórico y desesperado.

Es que no te importe bañarte en agua helada, enfrentarte a la humillación... y apuñalar por la espalda a la gente que te quiere. Yo haré todo eso por Luke.

Mientras me meto con dificultad en un neopreno prestado, él consigue una gruesa tabla blanda de espuma para mí, varios centímetros más larga que la suya.

—¿Tan patética soy? —pregunto.

Frunce el ceño.

—Es una tabla para principiantes. ¿Con qué pensabas empezar si no?

Pero, incluso mientras me hace la pregunta, veo la respuesta en su mirada: que Danny no se molestó en ponerme sobre algo que flotara cuando intentó enseñarme. En Rhodes, Danny me hizo entrar en el agua con una tabla de metro ochenta y luego se comportó como si yo fuera un caso perdido antes de intentarlo siquiera.

Caminamos hacia el océano, uno al lado del otro. Cuando nos hemos alejado lo suficiente, me coloca el invento en el tobillo y empezamos a remar con los brazos, pero no avanzo nada.

—Hasta remar se me da fatal, Luke —resoplo agotada.

—Para —dice— y tranquilízate.

Se pone con su tabla delante de mí y agarra la mía con los dedos de los pies para remolcarme. Casi le he doblado el peso, pero no lo demuestra en absoluto. Sigue girando los hombros, metiendo los brazos en el agua tranquilamente, y la única señal de que esté haciendo algún esfuerzo es ese pronunciado hueco que se le forma en las extremidades.

Al llegar al rompiente, nos sentamos a horcajadas sobre nuestras respectivas tablas.

Parpadea mientras me mira la boca. Está recordando lo de anoche. Yo estoy recordando lo de anoche.

—No podemos volver a hacerlo —susurro mordiéndome el labio—. No está bien y punto.

—Grady nos vio entrar. Solo me preguntó que qué hacíamos despiertos. Le dije que no podíamos dormir.

Intento acordarme. ¿Al entrar nos estábamos tocando, o hablando de lo que había pasado? No. No lo hacíamos. Tuvimos cuidado. Casi todo el rato.

—Esta noche tampoco vamos a poder dormir, Jules —dice, y sé que es verdad. La atracción que ejerce sobre mí es como la de la marea en su peor momento. Puede arrastrarme fácilmente y da igual cuánto luche.

—Lo sé. Pero aun así esto tiene que terminarse.

Cierra los ojos a modo de queja silenciosa y los abre de nuevo.

—Túmbate bocabajo. Cuando te diga que remes, hazlo. Todo lo fuerte que puedas.

Aparece una ola como salida de la nada. No tengo ni idea de cómo sabía que iba a haber una. Pero, ahora que está aquí, estoy aterrorizada otra vez por si hago el ridículo.

—No sé si quiero hacerlo —susurro—. Soy malísima.

—No. Estás empezando. Hay una gran diferencia.

—Igual debería coger la ola de rodillas.

Levanta una ceja:

—¿Ya tienes un puto plan B para cagarla sin haberlo intentado siquiera?

Me río.

—Sí, supongo que sí.

—Rema.

Y, antes de que pueda responder, empuja con fuerza mi tabla en dirección a la orilla. Remo solo porque me lo ha dicho y porque me da pavor lo que pueda pasar si no es así, y en ese momento me grita: «¡Levántate!», y también lo hago.

Casi estoy del todo de pie antes de perder el equilibrio y caerme de lado. Pero, cuando asomo otra vez la cabeza del agua, él ya ha llegado adonde estoy y me sonríe como si estuviese superorgulloso, aunque yo la haya cagado.

—Ha estado genial. Lo has hecho perfectamente. Esta vez, concéntrate en mantener la vista al frente.

Con Danny, lo intenté con tres olas. Después de la tercera, me dijo: «¿Estás segura de querer hacer esto?». Y le dije que no. Cuando lo que quería decir era que a lo que me negaba era a seguir fracasando. En aquel momento, me pareció que se sentía aliviado. Y no creo que se hubiese sentido aliviado si yo lo hubiese hecho bien. Lo que Danny quería en realidad no era que yo aprendiera a hacer surf, sino que me quedara en la orilla, monísima y sequísima, para seguir siendo la fracasada que simplemente tenía la suerte de estar con él.

—Rema —me dice Luke al oído, y me empuja de nuevo.

Esta vez sí consigo ponerme de pie. Me cuesta mantener el equilibrio con la vibración de la ola que tengo debajo, y hay un momento en el que estoy a punto de perderlo, pero logro recuperarlo. No hago ninguno de los trucos alucinantes que hace Luke, ni cojo la ola de lado, sino de frente, pero aun así es emocionante. El viento me golpea el neopreno, me alborota el pelo, y es como si estuviese en la montaña rusa más impresionante de todas: una que he creado yo solita.

Solo cuando me giro para sonreírle a Luke, asombrada ante este pequeño triunfo, pierdo del todo el equilibrio y me caigo de la tabla. Pero, cuando salgo, aún tengo una sonrisa pegada a la cara.

—¡Lo he hecho! —grito.

Sus ojos irradian tanta luz y su sonrisa es tan tan inmensa que me duele el corazón. Cojo otra ola, y luego otra.

Y, después de la tercera ola, todavía sonríe, pero ahora hay algo más serio en su mirada.

—Quédate aquí conmigo —me dice cuando llego a su lado. Sus palabras suenan calmadas pero firmes.

Se me escapa una risita por la sorpresa.

—¿Cómo?

—Que no vuelvas. Quédate en Los Ángeles mañana y no subas al autobús. Tengo lo suficiente ahorrado como para alquilarnos algo.

Me siento a horcajadas sobre mi tabla mientras los ojos se me llenan de lágrimas. Qué ganas tengo de decir «sí». Responderle con un sí sin pararme a pensar en que es una locura y en todas las maneras en que esto podría salir mal.

—No puedo —susurro—. Eso… mataría a Danny. Y destrozaría a toda su familia.

—Podemos mantenerlo en secreto —dice—. Solo de momento. Encontraré algún sitio donde puedas quedarte hasta que acabe el semestre. No quedan ni dos meses. De momento, nadie tendría que saber que estamos juntos.

—Todavía te falta un año de carrera.

Niega con la cabeza.

—Terminaré el semestre y punto. Me quedan dos campeonatos. Si logro un buen puesto en cualquiera de los dos, tendré suficiente dinero entre lo que he ahorrado y lo que me dan los patrocinadores como para poder hacer la gira de este año. Para que, si estás dispuesta, nos vayamos a la gira los dos, de hecho.

Su idea está llena de agujeros, pero me permito barajarla un momento: Luke y yo en un apartamento en algún lugar cerca de la playa, donde él pueda hacer surf y yo pueda volver a casa junto a él todas las noches. Luke, que, de camino al trabajo, entra en una cafetería para verme cada mañana. Una cafetería donde ninguno de los dos tiene que esconderse. Acurrucarme contra él por la noche mientras vemos la tele, o deslizarme a su lado en la cama, nuestras piernas desnudas enredadas, los pechos desnudos pegados. Quedarme dormida y despertarme sin querer separarme de él ni un instante.

Es tan perfecto que me duele.

Solo que no sé cómo podría dejar a los Allen tal y como están las cosas en este momento.

—Luke, no puedo. Donna ahora mismo depende de mí.

Aprieta la mandíbula.

—Pues claro que sí, porque con ellos siempre habrá algo.

Suelto el aire de los pulmones en un lento suspiro. Sí, la situación con los Allen parece ir de mal en peor, y yo estoy más involucrada que nunca, pero eso no es culpa de ellos. Es que la vida es así.

—Antes o después, esto va a terminar —le digo—. Este año han tenido una mala racha. Al pastor lo han operado dos veces, y Danny se lesionó la rodilla. Me salvaron en el peor momento de mi vida. No puedo darles la espalda cuando me necesitan.

Veo cómo la esperanza se desvanece de sus ojos.

—Juliet, yo te esperaré toda mi vida. Pero, si dejas que todo dependa de otras personas, eso es exactamente lo que vamos a tener que esperar.

A continuación salgo del agua, le devuelvo el neopreno a Summer y me dirijo a la casa.

Caleb me lanza algo a la cabeza cuando entro.

—Me han dicho que no se te ha dado nada mal, novata.

Danny está en la cocina preparándose un bocadillo. Deja el cuchillo en la encimera.

—¿Has surfeado?

Asiento con la cabeza.

—Me ha llevado Luke. —Es como si ni siquiera pudiera mencionar el nombre de Luke sin delatarme.

—¿Con su tabla? —pregunta.

Sacudo la cabeza.

—No, me pilló una tabla inmensa, como de dos metros y medio de largo.

Danny sube un hombro.

—Eso es genial, cariño —afirma, aunque su tono dice algo totalmente distinto. Quizá «eso en realidad no cuenta» o «qué mona eres al pensar que eso que has hecho es surf». Pero nadie que lo escuche podría acusarlo de eso. Porque es experto en quitarle importancia a mis pequeños logros, en asegurarse de que mis alas permanezcan cortadas, sin que lo parezca. No sé cómo no me había dado cuenta hasta ahora.

Echo la vista atrás y recuerdo cuando me dijo que mi canción era «triste». El día que me comentó de pasada que «la universidad es mucho más difícil que el instituto» cuando me planteé matricularme.

O cuando me dejó caer que cantar sola en el festival local de música sería demasiado complicado para mí.

Puede que nada de eso tuviese que ver en absoluto conmigo.

—Es que ha sido genial —respondo con una opresión en el pecho—. Ojalá lo hubiese hecho hace años.

Cojo mis cosas de la ducha y me voy a casa de los vecinos, y, mientras me enjuago la arena y me quito toda esta mañana de encima, noto cómo se me queda en la garganta una tristeza tan profunda que no lo soporto más.

Dios, ojalá hubiese podido decirle a Luke: «Sí. Sí, huyamos. Sí, quiero pasar todas mis noches contigo siempre».

Me ha ofrecido todo lo que yo quiero en este mundo, pero ¿qué clase de persona sería si aceptara? ¿Qué clase de persona soy ya, con las cosas que he estado haciendo, y las mentiras que he dicho? E incluso en este momento, confundida y culpable, lo único que quiero en este mundo es estar más tiempo con él.

Oigo cerrarse la cancela, unos pasos y la puerta de la ducha que se abre de golpe.

Luke está ahí de pie, desnudo salvo por el bañador que le cuelga de las estrechas caderas, y me mira de tal manera que me siento como si yo fuese algo que lleva demasiado tiempo queriéndose comer. Cuando entra y deja que la puerta se cierre tras él, yo recorto la distancia como si fuésemos imanes. Como si me fuese a morir sin el roce pulcro y arenoso de su cuerpo sobre mi piel desnuda. Me acaricia la cara con la mano, y con el pulgar me recorre la mejilla sin apartar los ojos de mí. Frunce el ceño, y sé que es consciente de que he estado llorando, pero no dice nada. Sabe por qué. Siempre lo sabe. Le meto la mano en el bañador y se lo bajo por las caderas, para espantar sus pensamientos y los míos.

Me levanta y me sujeta contra la pared. Le rodeo el cuerpo con las piernas, y lo atrapo mientras se mete en mí.

—No te he preguntado ni una vez si esto te parece bien —dice—. Lo de hacerlo sin protección.

—Creo que está bien —jadeo.

—¿Sabes por qué no te lo he preguntado? —Me pasa los dientes por el lóbulo de la oreja como si rozara una hoja de alcachofa—. Porque una parte de mí quería que pasara. Así de desesperado estoy para que te quedes conmigo, Jules. Sé que está mal, pero es la verdad. Nuestro futuro se iría a la mierda, y ni siquiera me importa.

Y, al decir estas palabras, me doy cuenta de que yo estoy igual de desesperada. Que una parte de mí quiere que la obliguen.

—Dame una semana —le ruego. Me aprieto contra él, a punto de llegar al orgasmo.

—Gracias a Dios —susurra—. Una semana. Iré a buscarte.

Acerca su boca a la mía cuando me corro, y acalla con los labios los ruidos que emito. Tiene los ojos nublados de ensoñación cuando sale de mí y me apoya en el suelo.

—Una semana —dice, y su sonrisa es tan dulce que los ojos se me llenan de lágrimas de felicidad.

—Una semana.

En el camino de vuelta a casa, sé que debería estar ansiosa y sentirme culpable. Y no es que esos sentimientos no estén ahí, sino que ahora mismo estoy tan emocionada, tan abrumada por las posibilidades, que en mi interior no cabe nada más.

Porque esto significa el fin de intentar ser buena todo el tiempo. El fin de unas prácticas que aborrezco y el fin de hacerle la cena a un hombre que jamás dejará de pensar que le debo todo y más. Significa tener una habitación, o incluso un apartamento, donde poder colgar cosas en la pared y manejar mis propios horarios.

Pero lo mejor de todo es Luke. Es Luke cuando duerma, cuando se despierte y todas las horas intermedias. Probablemente me pase el resto de mi vida echando de menos a Donna, y sintiéndome fatal por la forma en que lo gestioné todo, pero Luke es mi sol, mi luna, mi marea, y estoy cansada de nadar contra la fuerza de atracción que ejerce.

Es la última noche, pero yo no bebo. Ya estoy ebria de esperanza, y cada vez que miro a Luke sé que él también lo está.

Apenas hablamos. Es solo una sonrisa, algo cómplice en su mirada.

—Una semana —me susurra al oído, justo antes de irme a la cama.

—Una semana —repito.

Me duermo soñando con todo esto, fingiendo una vez más que el cálido hombro que tengo encajado contra la espalda no es el de Danny. Yo estoy soñando todavía, cuando suena el teléfono en mitad de la noche. El colchón se hunde tan rápido de repente que me caigo por un lado mientras Danny coge la llamada.

—No lo entiendo —dice Danny al teléfono. Me incorporo. Me mira por encima del colchón, conmocionado—. De acuerdo, vamos para allá. —Cuelga el teléfono y le sale un hilo de voz cuando se dirige a mí—: Es mi padre. Ha tenido un infarto. Tenemos que volver.

Hacemos las maletas lo más rápido posible. Grady se ofrece a llevarnos, ya que, según él, hoy tenía que regresar de todos modos. Mi mirada se cruza con la de Luke cuando salimos por la puerta, justo antes del amanecer. Una mirada que se pregunta qué pasará ahora. Ojalá tuviera la respuesta.

Conducimos hasta Rhodes prácticamente en silencio. De vez en cuando, Grady nos suelta una oración o insinúa que Dios tiene un plan. Me saca de mis putas casillas, pero Danny no parece ni darse cuenta.

—No lo entiendo —dice Danny de repente—. Pensé que se había operado para evitar esto. ¿Por qué nadie me dijo que estaba enfermo?

Grady me mira por el retrovisor como si todo esto fuese culpa mía.

—Lo podríamos sustituir tú y yo —le sugiere Grady a Danny—. Yo puedo encargarme de las sesiones de orientación y de dar los sermones, y tú de gestionar todo lo demás.

Pongo los ojos en blanco cuando escucho a Grady utilizar la tragedia familiar de Danny para ascender en el mundo y disfrazarlo todo como un acto caritativo.

Cuando llegamos al hospital, nos dicen que solo pueden entrar los familiares, así que Danny va a ver a su padre, yo me siento en la sala de espera con Grady y no nos dirigimos ni una sola palabra. Me corroe la culpa: no tendría que haberme ido y dejar a Donna sola para cuidar del pastor. ¿Y cómo coño voy a largarme dentro de una semana? Cuando el pastor vuelva a casa, necesitará todavía más ayuda de la que tenía, y Grady irá a por su puesto como una hiena.

Y, justo cuando creo que no puedo soportar más esta situación —el silencio, la culpa—, se abren las puertas y entra Luke.

Se me hunden los hombros de alivio cuando nuestras miradas se encuentran. He dado por hecho que había vuelto a la universidad esta mañana después de recoger la casa entre todos. Yo no debería querer que él estuviese aquí ahora mismo, pero, por Dios santo, no puedo evitarlo.

No hablamos de lo que va a pasar con nuestros planes porque no es el momento. No me coge de la mano. Pero tengo su brazo pegado al mío, él ha venido y con eso me basta.

Grady ha vuelto a casa de su tía para ducharse cuando Danny y Donna aparecen, demacrados, y aprovechan el cambio de turno de las enfermeras para ir a la cafetería.

Donna nos abraza a los dos.

—Qué contenta estoy de que estéis aquí —dice, al tiempo que yo intento no hacerle todas las preguntas que me permitirían expiar mi sentimiento de culpa: «¿Estaba Donna con el pastor cuando ocurrió? ¿Tenía demasiadas cosas que hacer porque yo me había ido?».

Nos sentamos todos juntos para comer unas hamburguesas correosas y unos trozos de pastel de boniato.

Y no hemos terminado ni la mitad cuando llaman a Donna para decirle que el pastor ha muerto.

Solo había visto llorar a Danny una vez, pero esta es distinta. Se convierte en su propio dolor, y se aferra a mí como si se fuese a ahogar si se me ocurre apartarle los brazos. Así que no lo hago. Se queda dormido a mi lado en el sofá así, e, incluso cuando todo el cuerpo me duele por su peso, no me muevo.

Donna entra para taparnos con una manta.

—Cuánto me alegra que te tenga —dice.

Luke se limita a mirarme. Está exhausto y abatido. Ninguno de los planes que hayamos hecho... los vamos a poder llevar a cabo a corto plazo.

Al pastor lo entierran el miércoles. Que todo sea tan rápido solo provoca que la conmoción sea más difícil de asimilar. ¿Cómo es posible que una persona cene y le lea a su mujer un artículo del periódico el sábado por la noche, y que el miércoles a la hora de comer sea ya un ser tan lejano que ni siquiera se le puede tocar porque está sepultado bajo la hierba?

Después del entierro, la gente viene en masa a casa de Donna para ofrecerle sus condolencias. Yo acepto toda la comida que han traído, y Luke me ayuda a apilarla en el congelador, a reorganizar las sillas y ofrecer a la gente algo de beber. A él le sonríen, pero cuando me miran a mí la cosa cambia. Yo era la huérfana sobre la que todos querían advertir al pastor, ¿verdad? Era la chica que no iba a causar más que problemas, y mira por dónde... Me fui y dejé que Donna cuidara sola del pastor cuando estaba enfermo; y el pastor se murió. Así que ahora todos se reafirman en lo egoísta que fui al irme a un viaje al que, para empezar, yo no quería ni ir.

No tengo la menor idea de lo que todo esto implica para Donna. La parroquia no les va a seguir pagando el alquiler de esta casa, y me consta que no tienen mucho ahorrado. Danny ya le ha dicho que no va a terminar el semestre, y ella estaba demasiado agotada y disgustada como para discutir.

Pero, si tienen que dejar esta casa, puede que ni siquiera tengan sitio para mí. Entonces ¿habría algún problema si me fuera?

¿O tengo que seguir a su lado, todavía no sé ni cómo, hasta que se hayan repuesto de esta nueva tragedia? Estoy sola en la cocina dándole vueltas a todo esto, cuando aparece Grady.

—Espero que estés contenta de ti misma, Juliet —dice. Tiene dos manchitas blancas a cada lado de la nariz, y cierra la boca con fuerza.

Me ha bloqueado el paso, y lo único que se interpone entre nosotros es una cacerola inmensa que sujeto con ambos brazos.

—No sé de qué estás hablando.

—Me van a trasladar —dice—. A Oakland. Esta parroquia tendría que habérmela quedado yo. Pero, en vez de eso, quieren que siga haciendo prácticas con alguien más.

—¿Y en qué momento algo de todo eso pasa a ser culpa mía, Grady? ¿A ti te parece que yo tenga una gran influencia en las decisiones de la parroquia?

—Fuiste tú la que le dijiste al pastor que les escribiera. Lo convenciste para que les escribiera y les dijera que no estoy preparado. Fueron ellos los que me dijeron que el pastor se lo había dicho.

—Tampoco me imagino qué te hace pensar que yo tuviese algún tipo de influencia sobre el pastor. —Paso junto a él en dirección a la encimera—. Puede que solo pensara que todavía no estabas suficientemente preparado. O igual sabía que eres el tipo de persona capaz de encararse con alguien después de un funeral.

Me agarra el brazo, y la cazuela cae al suelo, salpicándome de salsa, fideos y cristales rotos.

—Pero ¿qué…? —empiezo a decir.

Antes de que pueda terminar, sin embargo, Luke ha cruzado la cocina y tiene a Grady cogido por las solapas.

—¿Quién coño te crees que eres para tocarla así? —exige sacudiendo a Grady con fuerza—. Como te vuelva a ver que le pones un dedo encima, no vivirás para contarlo.

El estruendo de la cazuela al caer ha hecho que la cocina se llenara de gente, pero se han quedado para ver cómo Luke coge a Grady. Y Danny está entre ellos.

—No sé qué está pasando —dice regañándonos a todos amablemente—, pero este no es ni el sitio ni el momento.

Luke aprieta la mandíbula mientras asiente señalando con la cabeza a mis pies.

—Te has manchado de arriba abajo. Ve a cambiarte. Ya limpio yo esto.

Igual es que ahora ya sé cómo se siente, pero me parece que antes a Luke se le daba mejor ocultar las cosas. Probablemente la gente se esté preguntando si su interés por mi bienestar no esté fuera de lugar.

Desde luego Grady, que me fulmina con la mirada mientras se aleja, está convencidísimo.

Cuando se han ido todos, caliento la lasaña que alguien nos ha traído. Danny reprime las lágrimas cuando su madre le pide que rece una oración en el sitio del pastor. Apoya una mano en la mía cuando termina, y Luke lo observa tragando saliva.

Esa vida que me imaginé con él parece estar más lejos que nunca.

Donna me pide que corte una de las tartas que han traído para después de la lasaña, aunque dudo que nadie se la coma. Preparo café y corto la tarta. Interpreto el papel que siempre he hecho, pero nunca me había parecido tan falso como ahora.

Cuando estamos todos sentados, Danny levanta el tenedor y a continuación lo baja.

—La última vez que hablamos, le conté algo a papá. —Se vuelve hacia mí, con los ojos brillantes—. Le dije que iba a pedirte que te casaras conmigo.

Me quedo de piedra sujetando mi tenedor. Quiero que deje de hablar, pero ya lo ha dicho: lo que se supone que quiero.

—Se alegró mucho. Me dijo que había rezado para que eso pasara desde el día que te traje a casa. —Me sonríe conteniendo el llanto—. Así que quiero hacerlo, Juliet. Sé que él no estará para verlo, pero es lo último que le prometí que haría. ¿Mamá?

Observo, atónita, cómo Donna cruza la cocina y coge un sobre metido entre la harina y el azúcar. Se lo da a Danny, que me sonríe entre lágrimas y saca del sobre un pequeño anillo de plata deslustrado. Ya me lo había enseñado antes. Era de su abuela.

Me coge la mano.

—Juliet, ¿quieres casarte conmigo?

El corazón me retumba en los oídos y me siento como el pájaro del que me habló Luke aquella vez. Era demasiado grande para su jaula y aleteaba como un loco porque no podía desplegar las alas, hasta que finalmente dejó de intentarlo. Pero yo soy un poco más lista que ese pájaro. Porque me consta, sin ni siquiera intentarlo, que no saldré nunca de la jaula.

Luke contempla toda la escena y se le borra cualquier expresión de la cara cuando le contesto a Danny:

—Sí.

31

AHORA

Esto está llegando a su fin. Me quedan seis días para la gala y, cuando me vaya de aquí, todo habrá terminado. He bajado un poco la guardia, aunque no debería. Supongo que solo quiero una última oportunidad para hacer como que todo esto me pertenece.

Voy a la tienda con él y lo sigo por toda la casa como la niñita enamorada que he sido siempre. Ahora está doblando la ropa, y me ofrezco a ayudarlo.

—Todavía tengo tu sudadera —admito mientras doblamos—. La de la UCSD que me prestaste la noche que salí corriendo de la casa de la hermandad. Supongo que debería devolvértela.

—No —responde—, no deberías. Es tuya.

Luke y yo montamos juntos las habitaciones de los niños sin que nadie nos lo pida. Colgamos cuadros y llenamos las cómodas de cosas. Preparamos el desayuno y la cena, codo con codo. Y, cuando estamos sentados uno frente al otro a la mesa, casi me creo que esta es nuestra vida. Me permito a mí misma pasar mucho rato a lo largo del día olvidándome de que esto se va a acabar, llena de una especie de satisfacción perezosa y fascinada. Cash me manda un mensaje para preguntarme cuándo voy a volver y ni me molesto en contestar.

Es una sensación de esperanza, y no es real, pero igualmente dejo que suceda porque sé que no volveré a sentirla.

Donna y yo lo oímos martillear en el jardín trasero una mañana y seguimos el rastro del sonido. Está colgando una hamaca entre dos de los árboles.

—¿A los niños les gustan las hamacas? —pregunta Donna.

Luke se queda mirándome fijamente y le sonrío.

—A todo el mundo le gustan las hamacas —dice.

Por las tardes, Luke surfea y yo toco la guitarra. Estoy con algo nuevo, una música más real y sincera que cualquier cosa que haya creado desde aquel primer álbum. Llevo mucho tiempo escondida, sumergida. He estado cantando sobre cómo se ve la vida desde el fondo del océano, pero aquí y ahora canto sobre cómo se ve el mundo cuando acabas de salir a la superficie, jadeando porque ya no te quedaba aire.

Por la noche, me meto en la cama de Luke cuando ya es muy tarde, cuando la calle está en silencio y la casa completamente a oscuras, y él siempre me está esperando. Pego la nariz a su piel e inhalo, con la esperanza de que no se dé cuenta.

—Jules —empieza a decirme una noche mientras me subo encima de él, y sé, solo por su tono, que está a punto de hacer alguna pregunta que no quiero responder.

No somos nada. Esto no va a ninguna parte y no va a continuar.

—No lo estropees —lo interrumpo.

Se pone tenso. Lo conozco. Puedo sentir, en su repentino silencio y en la forma de apretar los músculos, las ganas que tiene de discutir. Le acerco la boca al cuello con la esperanza de distraerlo, pero él permanece rígido debajo de mí.

—Tírate al suelo —responde finalmente.

Me quedo quieta.

—¿Qué?

—Que. Te. Tires. Al. Suelo.

No sé si me está castigando por la forma en que me niego a que esto sea algo más de lo que es, o si me quiere demostrar que soy una mentirosa, porque él sabe perfectamente que hay algo más. Puede demostrar que soy suya.

Me pongo en el suelo, de rodillas. Se levanta, se baja los calzoncillos, se agarra la polla y me la pone en los labios.

—Abre bien la boca —me pide y, cuando lo hago, me la introduce al tiempo que me enreda los dedos en el pelo. Gruñe—: Métetela entera. Hasta el fondo de la garganta.

Me está tratando como a una puta, pero yo estoy empapada igualmente, ansiosamente dispuesta porque estoy muy muy cachonda.

Me mueve la cabeza delante y atrás con la mano, cada vez más rápido, con la suficiente fuerza como para casi provocarme náuseas.

—Esto te encanta, ¿verdad? —sisea—. Harías cualquier puta cosa que yo te pida, a cualquier hora del día, pero no puedes decirme la puta verdad ni una sola vez.

Su polla crece en mi boca, se mueve más deprisa. Gimo y aprieto los muslos porque el dolor que noto entre ellos se hace insoportable.

—Trágatelo todo —exige con voz ronca, y luego explota en mi boca con una inhalación profunda, como un grito silencioso.

Y así se queda, respirando entrecortadamente durante un momento muy largo antes de quitarme los dedos del pelo. Ahora no sé qué pasa: si sigue enfadado, si quiere que me vaya…

¿Por qué esto no le basta? ¿Qué más le da si me voy, si me quedo, si me tumbo a su lado toda la noche retorciéndome entre las sábanas, por si quiere follarme después?

—Súbete a la cama —dice por fin deslizándose fuera de mi boca—. Y quítate las bragas.

Porque, hasta cuando está cabreado, él también haría cualquier cosa por mí.

La gala del Hogar de Danny tendrá lugar en el Obsidian, un hotel de ensueño, blanco impoluto, situado en una playa al norte de la nuestra. Se parece mucho a la boda que a Donna le habría encantado planear para Danny y para mí; como un sueño donde decía: «¿No sería increíble si pudiéramos permitírnoslo?», porque no teníamos presupuesto para pagarlo.

La mañana anterior a la gala, Luke nos lleva a Donna y a mí al hotel para ayudarnos a prepararlo todo. Nos vamos a quedar en la suite de tres habitaciones que he alquilado para no tener que conducir hasta Rhodes cuando acabemos, y Luke porta las maletas, mientras Donna y yo vamos al salón de baile.

Tiene ventanas del suelo al techo con vistas al océano, y una terraza que rodea el exterior para que los huéspedes puedan entrar y salir fácilmente.

—El aire acondicionado está puesto —nos dice la relaciones públicas del hotel—, pero cuando se llene de gente no hará tanto frío.

Le mando un mensaje a Luke para que le traiga un jersey a Donna. Vuelve con la rebeca que ella llevaba en el coche y con una de sus sudaderas con capucha para mí, tan enorme que me quedará solo unos centímetros por encima de las rodillas. No debería aceptarlo, pero aquí estoy, levantando el pie del acelerador una vez más. Me la paso por la cabeza e inhalo profundamente. Huele a él.

Se ha dado cuenta de lo que he hecho, y se le curva la boca en una sonrisa complacida.

—Quédatela —me dice sosteniéndome la mirada. «Todo lo mío es tuyo», es lo que en realidad quiere decir. Dios mío, cómo me gustaría poder contestarle lo mismo.

Seguimos a la relaciones públicas mientras nos indica dónde irá todo, y Libby me susurra al oído los nombres de los invitados: un montón de parejas forradas de industrias de tecnología de Silicon Valley que me podrían vender y comprar a mí sin problema. Ya han donado muchísimo dinero o se han ofrecido a igualar la suma final.

Esa periodista del *New York Times*, aunque me importe un bledo, tenía razón: el Hogar de Danny se está convirtiendo en un fenómeno que podría repetirse por todo el país.

Y Luke y yo somos los que le hemos dado bombo, aunque Hilary Peters no quiera que estemos.

—No esperaba verte por aquí —me dice con una sonrisa tensa y contrariada.

Luke se acerca. No tiene sentido que aún quiera protegerme, porque le he dejado claro a estas alturas con qué facilidad me pongo yo por delante.

—Pues claro que están aquí —dice Libby rodeándome la cintura con un brazo—. El único motivo por el que podemos hacer todo esto es gracias a ellos.

A Hilary la sonrisa se le agria todavía más.

—Comparado con lo que nos ha llegado en las últimas semanas, tampoco es tanto lo que han aportado.

—Sí, pero que no se te olvide que esas aportaciones nos han llegado porque Juliet y Luke han atraído mucha publicidad —replica Libby en una sorprendente muestra de valentía.

Reprimo una sonrisa.

Hilary hace como si no lo hubiese oído, pero, cuando se gira y les da la espalda, Libby y Donna se miran con complicidad. Me alegro de que las dos estén controlando la situación, porque Hilary tiene pinta de ser el tipo de mujer que a los Servicios Sociales les diría siempre lo correcto, pero que, en cuanto se diesen la vuelta, sería capaz de pisotear a algún chiquillo que le cayese mal.

Llegamos hasta las mesas donde se celebrará la subasta a sobre cerrado y empezamos a pegar las hojas de pujas y a montar los expositores. Hay desde clases de ballet para niñas y niños pequeños hasta cestas variadas. También hay viajes, empezando por los más sencillitos —una excursión en autobús por Napa—, hasta una glamurosa estancia en una casa privada con vistas al mar de Cortés y chef incluido.

Aún no nos hemos ido cuando el personal del hotel viene a montar el escenario para la banda y una pista de baile de madera. Donna está al lado de Luke, y parece preocupada al contemplar a los operarios. Nos llama a Libby y a mí.

—¿Creéis que es lo bastante grande? Cuando me dijeron que serían nueve metros por nueve metros, me lo pareció, pero ahora que la veo…

—Vamos a comprobarlo —dice Luke y me coge de la mano.

No debería dejar que Luke me cogiera de la mano en público, y mucho menos bailar con él, pero me sonríe de tal forma que no puedo resistirme, y todo se vuelve fácil y sencillo. Me siento como una sábana que revolotea en un tendedero mientras me lleva por la pista. No podría alejarme de él hasta que esa sábana dejara de flotar y la doblaran en cuatro.

Libby coge a Donna y también la hace girar.

—Está cantando «Jingle Bells» —les comento a Libby y a Donna por encima del hombro, y luego a él—: No me puedo creer que no te sepas otra canción.

—Me sé muchas más canciones —argumenta antes de lanzarse con «The Wheels on the Bus» a todo volumen. Donna empieza a cantar, y Libby y yo casi nos partimos de risa.

—Muy bien. Ya habéis dejado clara vuestra opinión. Necesitamos una pista más grande —dice Hilary bruscamente cortándonos el rollo.

Dejamos de bailar al tiempo que tratamos de controlar las risitas. Y en ese momento veo a Grady. Está de pie junto a las puertas del salón de baile, con un portatrajes al hombro, sin dejar de mirarnos a Luke y a mí.

A mí, que llevo la sudadera de Luke.

A mí, feliz y radiante.

Suelto la mano de Luke rápidamente, pero no lo suficiente. La habitación sigue helada, pero yo ya noto cómo el sudor me recorre la espalda.

32

ENTONCES
JUNIO DE 2015

Yo intuía que Harrison era de una familia de mucho dinero, pero no sabía que tuviera tanto. La casa de sus padres, con unas vistas multimillonarias al Pacífico y los acantilados, equivale a tres casas normales. Tiene piscina y dos cocinas, dos salas para la colada y tantas habitaciones que, aunque seamos treinta, nadie va a tener que dormir en el suelo.

No he visto a Luke desde la noche en que Danny me pidió matrimonio, hace tres meses, y él me vio contestar «sí» y se quedó en silencio, estupefacto. Se fue a la mañana siguiente, antes de que me despertara.

Creo que comprendió que yo no tenía elección, que no podía quitarles a los Allen nada más cuando acababan de perder tanto. Por lo que sé, parece que lo ha superado sin problemas, porque ganó una competición de *shortboard* en La Jolla y consiguió así patrocinadores lo suficientemente importantes como para irse de gira, aunque a punto estuvo de perderlos todos cuando se lio a puñetazos en el siguiente campeonato.

Me alegro por él, pero, cada vez que cierro los ojos, no puedo dejar de imaginarme el plan que construimos: los dos en Los Ángeles, viviendo juntos, él viniendo a verme al trabajo cada mañana después de hacer surf y acurrucándose a mi lado por la noche. Nos habríamos arruinado, y la casa se habría convertido en un estercolero, pero yo soy incapaz de imaginarme nada mejor.

Me paso todo el tiempo obligándome a mí misma a dejar de pensar en ello, pero durante este fin de semana va a resultarme cuando menos difícil.

Los chicos están en el porche hablando de la tormenta que se avecina cuando aparece Luke.

—¡Aquí está el héroe del momento! —grita Caleb dándole una palmada en el hombro—. Muy bien hecho, colega.

Luke sonríe y le da las gracias, pero a continuación me contempla con una oscuridad en sus ojos que antes no estaba allí. Así que me equivoqué al pensar que le iba bien. Se portó como un loco temerario cuando ganó en La Jolla. Ahora me pregunto si fue por mi culpa. Desvío la mirada, pero no lo suficientemente rápido. Grady ya está enfadado, sin quitarnos los ojos de encima. Todavía no me puedo creer que Danny lo invitara después de cómo se portó en el funeral de su padre, pero siempre ha sido mejor persona que yo a la hora de perdonar y, como él mismo me recordó, con razón, no podíamos invitar a Libby sin decirle a Grady que se viniera también.

—¿Qué tal las olas? —pregunta Luke.

—Imposibles, colega —dice Liam, señalando con la cabeza el océano revuelto. Abajo hay una pequeña franja de playa, situada entre dos acantilados, cada uno de ellos plagado de afiladas rocas en la base. El rompiente está muy lejos, y el viento empuja las olas con fuerza hacia el sur. Tan solo intentarlo significaría estamparse contra las rocas—. Puede que mañana se calme un poco, pero ahora mismo es un suicidio.

Sin embargo, Luke sigue escrutando el mar, y a mí se me revuelve el estómago. Está desesperado por alejarse de mí. Yo ya sabía que no tendría que haber venido, pero, al verlo ahora, ya no me cabe duda de que este fin de semana es un puto y gigantesco error.

Nos instalamos en los distintos cuartos. A Danny y a mí nos dan un dormitorio principal con cama de matrimonio como regalo por nuestra próxima boda. Los dos intercambiamos una mirada incómoda cuando Harrison dice que entremos.

Ahora mismo estoy compartiendo habitación con Donna, en el apartamento de dos habitaciones al que nos mudamos después de que la parroquia los echara de casa. Cuando me convierta en «señora Allen» dentro de unas semanas, me mudaré a la habitación de Danny, aunque no me quiero ni imaginar cómo serán nuestras noches con su madre durmiendo al otro lado del pasillo. De todas formas, esta situación es temporal. Una especie de paréntesis hasta que nos marchemos en otoño. La parroquia ha accedido a que Donna funde un orfanato en Nicaragua. Hay objeciones, claro, por parte de personas que están presionando a la iglesia para que no envíe «dólares estadounidenses ganados con sudor y lágrimas a cualquier parte». En el fondo de mi malvado corazoncito espero que tengan éxito. Porque ¿para qué valgo yo en Nicaragua? Para nada. Así que me pasaré el día cocinando, fregando y lavando la ropa de los niños, y de noche me sentaré a cenar con Danny y Donna, y tendré que fingir lo agradecida a Dios que estoy de que me deje hacerlo.

—El dormitorio es increíble —le dice Danny a Harrison cuando volvemos al piso de arriba—. Mucho más grande que cualquier habitación que podamos llegar a tener Juliet y yo.

Luke está blanco como la pared. Traga saliva y va hacia las puertas correderas.

—¿Tú has intentado saltar desde ahí? —le pregunta a Harrison señalando con la cabeza el acantilado sur.

Harrison se ríe.

—No, porque en realidad yo disfruto de la vida y me gustaría seguir así.

A Luke le late un músculo de la mejilla.

—Si saltas con la tabla en el momento justo y entras con el ángulo adecuado, apuesto a que se puede sortear y salir remando.

—Luke —digo antes de poder detenerme—, no.

Mi tono de voz revela muchísima más ansiedad y desesperación de lo que quiero, pero todo el mundo está demasiado ocupado dándome la razón como para percatarse. Doy un paso hacia él, pero me paro antes de avanzar otro.

—Juliet tiene razón, colega —dice Beck—. Piénsalo… Aunque sobrevivieses al salto y consiguieses salir remando y no darte contra las rocas, ¿cómo volverías? Seguirías teniendo el mismo problema que al lanzarte.

Luke traga saliva.

—Creo que, si voy por el centro del canal y sincronizo a tiempo, puede salir bien.

—Pero las probabilidades son mínimas —dice Danny.

Luke me mira, y, antes incluso de que diga una palabra, ya sé exactamente en que está pensando y lo que siente: que quiere hacer surf y que está tan cabreado por tantas cosas que, si no funciona, no funciona y a tomar por culo.

—Puedo hacerlo —dice.

—Por favor —susurro.

Se me queda mirando un rato largo. Demasiado largo.

—No pasa nada, Jules —añade al fin.

Cuatro palabras muy simples que solo yo sé lo que realmente significan: que sabe a qué se expone; que yo he tomado mis decisiones, y ahora él toma las suyas.

Coge su neopreno de la bolsa y va a cambiarse.

—Alguien tiene que detenerlo —dice Libby—. Esto es una estupidez, incluso para él.

Los chicos se miran entre ellos.

—Sí que es una estupidez —dice Liam finalmente—, pero si alguien es capaz de lograrlo es Luke.

El pánico me oprime el pecho, pero el resto de los que allí estamos parecen resignarse y nadie dice nada. Cuando Luke sale con el neopreno puesto, hay una extraña combinación de ansiedad y emoción en el ambiente. Todos se pasan el día haciendo cosas que saben que no deberían, y Luke surfea muchísimo mejor que cualquiera de ellos. Después de todo, surfeó en Mavericks. Así que decirle que no salte es como pedirle a un atleta olímpico que no bata un récord. Ninguno está en posición de decirle lo que puede o no puede hacer.

—Deseadme suerte —dice antes de mirarme de reojo a mí por última vez y desaparecer escaleras abajo.

Se me cae el alma a los pies.

Nos vamos todos al porche y, un minuto después, lo vemos caminar hacia la playa con su mejor tabla, la que utilizó para ganar en La Jolla —una de rayas amarillas, blancas y negras—, como si creyera que con ella es invencible. Pero no es así. Esa puta tabla podría partirse por la mitad en cuanto caiga al agua si aterriza mal.

—Esto es una locura —dice Libby rotunda—. Probablemente ni siquiera sobreviva al salto. Que espere hasta mañana. El tiempo va a mejorar y podrá surfear sin problemas.

—Mañana no va a mejorar el tiempo —dice Beck.

—¡Esa no es la cuestión! —grito—. ¡Decidle que pare!

Pero ¿no ven que se está comportando como alguien que ya no tiene nada que perder?

—Juliet, aunque quisiéramos detenerlo, no podríamos —dice Beck. Me mira con lástima, una expresión que no estaba en sus ojos cuando se dirigió a Libby hace un momento. Es como si supiese perfectamente lo que está pasando.

Vuelve a repetirse lo de Mavericks, solo que ahora es mucho peor. Luke no va a hacer algo que sabe que otras personas sí consiguieron. No tiene ni idea de lo que puede pasar. Y yo no intenté detenerlo en Mavericks, pero todavía recuerdo el momento en que pensé que se había muerto. Aún me acuerdo de lo mucho que me arrepentí por no haber intentado convencerlo de que no lo hiciera.

—No —digo al tiempo que le suelto la mano a Danny y me pongo a correr.

Danny me grita que me detenga, pero no le hago caso, bajo corriendo las escaleras rápidamente y me pongo a perseguir a Luke por la arena.

Sé que nos están mirando, pero no me importa. Nada me importa tanto como convencerlo de que no lo haga.

Los pies me resbalan por la gravilla mientras trepo por el acantilado detrás de él. Cuando al fin lo alcanzo, ya ha recorrido la mitad del camino.

Me observa por encima del hombro con severidad.

—Vete, Juliet.

—Te lo suplico. —Me falta el aire de tanto correr y trepar tras él—. No lo hagas.

Aparece un brillo en sus ojos. No estoy segura de si es compasión o preocupación, y me da exactamente igual si eso significa que escucha lo que le digo.

Pero el brillo se va tan rápido como ha venido, y sus ojos se vuelven fríos de nuevo. Así se arma de valor para decirme:

—La diferencia entre tú y yo es que tú le tienes miedo a la muerte y yo no. —Se da la vuelta para empezar a subir de nuevo—. Si lo tuviera, no saldría de la cama por las mañanas.

Trepa fácilmente por las últimas rocas hasta llegar a la más alta con una sola mano, mientras hago lo imposible por seguirlo.

—Hay un mundo de diferencia —resoplo— entre un riesgo calculado y lo que tú estás haciendo ahora mismo. Esto no es un riesgo calculado. Es un suicidio.

Se agacha para ayudarme a subir por la última roca grande, y nos quedamos juntos un momento, con su mano aún en mi brazo; pero luego me suelta como si lo hiciera obligado, y se pone a caminar hacia el borde del acantilado. Miro hacia abajo. Muy muy por debajo de nosotros, el agua es gris oscura y se agita amenazante. Va a tener que dar un salto enorme para lograrlo, y las posibilidades de que eso pase sin que se golpee con la tabla o se le rompa son mínimas.

Se da la vuelta de nuevo y camina hacia mí. Su expresión es demasiado seria, demasiado decidida, como para que yo pueda pensar que ha cambiado de opinión.

—No he amado muchas cosas en este mundo —dice—, pero a ti te quise desde el minuto uno en que te vi. Y, sea hoy o dentro de setenta años, te querré hasta que me muera.

Y entonces, sin dudarlo ni calcularlo, corre hacia el borde del acantilado.

Quiero gritar, pero el sonido se me ha atragantado. Quiero correr hasta el borde y ver si lo ha conseguido, pero no me responden las extremidades. «Te querré hasta que me muera». Ni siquiera he podido decírselo yo a él.

Estoy paralizada, demasiado aterrorizada para mirar. Si está muerto, si está malherido, no sé cómo voy a…

Una ovación estalla en el porche de Harrison. Con las piernas temblándome como las de un potro recién nacido llego al borde del acantilado y, una vez allí, me caigo de rodillas, incapaz de mantenerme en pie ni un segundo más.

Luke aparece ante mí, remando hacia el rompiente y, aunque ha sobrevivido al salto, aún no está del todo a salvo. Me sujeto el vientre porque creo que voy a vomitar.

El rompiente está más lejos de lo que parecía. Cuando Luke lo alcanza, la mitad de la casa ya ha bajado a la playa; lo están mirando y gritándole palabras de aliento que no puede oír. Bajo resbalando entre las rocas y la grava, y después Danny se acerca por un lado y Libby por el otro.

Observamos en un silencio tenso cómo Luke deja pasar varias olas medianas, con la mirada fija en el horizonte.

—¿Qué hace? —pregunta Grady desde detrás de nosotros—. A mí esas olas me parecen bastante grandes.

Pongo los ojos en blanco.

Danny, como siempre, es amable cuando dice señalando unas olas gigantes de mar de fondo:

—Esas son las olas que está esperando él.

No estoy segura de cómo sabe Danny que esas olas son distintas a las demás, pero tiene razón. Luke se tumba sobre la tabla y empieza a remar, despacio al principio y luego más rápido, a medida que las olas van llegando hasta él. Como siempre, hace que parezca fácil, pero se mueve rápido y calcula el tiempo a la perfección: la ola le saca probablemente seis metros cuando lo alcanza. Para los estándares de Mavericks es pequeña, pero muchísimo más peligrosa porque está rodeado de acantilados a ambos lados. Está surfeando una ola inmensa a la vez que sortea obstáculos en una carrera mortal.

—Madre mía —susurra Danny.

A pesar del rugido del oleaje, la emoción de todos los que aún permanecían en el porche es ensordecedora mientras corren escaleras abajo.

Luke recorre la ola y gira bruscamente en el último momento para dirigirse hacia el centro del canal, bordeando las rocas. Cuando al fin sale del agua, los chicos que están en la playa lo levantan en hombros como si acabara de ganar él solo la Superbowl.

—Gracias al cielo —dice Libby en voz baja, mientras ella y Grady se alejan en dirección a la playa.

Danny me coge de la mano para impedir que vaya tras ellos.

—¿Por qué demonios lo has seguido hasta aquí? —me pregunta en voz baja—. Ya hemos intentado disuadirlo los demás y nos ha dejado claro que no iba a hacernos caso a ninguno.

—No lo sé. —Observo el suelo, incapaz de mirarlo a los ojos—. Estaba segura de que iba a morir, y necesitaba tener la certeza de que al menos había intentado impedírselo.

—¿Desde cuándo te importa si Luke vive o muere?

Le quito la mano con una sacudida, estupefacta ante la insensibilidad de la pregunta.

—Si crees que me da igual la muerte de alguien, entonces no sé por qué te vas a casar conmigo.

Suspira.

—No sé por qué todo el mundo le da tanta importancia. Lo tratan como si fuese Jesucristo. Lo único que tiene es una tabla mejor que el resto.

Se me desencaja la mandíbula.

—Hazme un favor —le digo alejándome de él—, y no hagas como si lo único que él tiene y tú no es una buena tabla.

Me voy corriendo a la playa sin él, porque lo único que quiero es ver a Luke con mis propios ojos. Me detengo cuando llego al borde de la multitud, y me quedo absorta mirándolo: el pelo mojado por la cara, una sonrisa que se niega a abrirse del todo, los ojos más brillantes de lo que estaban… Todavía no me he recuperado del terror, aún estoy furiosa de que lo haya hecho y de que probablemente lo vuelva a hacer, pero sería feliz el resto de mi vida si pudiera seguir viéndolo tal y como está ahora, a salvo, de una pieza y hermoso de un modo indescriptible.

El momento no dura mucho, claro, porque en Luke siempre hay algo inquieto e impaciente, algo que nunca llega a satisfacer del todo. Nuestras miradas se cruzan al fin cuando se abre paso entre la gente para subir de nuevo al acantilado, y se me llenan los ojos de lágrimas. Los cierro con fuerza antes de que me caigan por la cara, y, cuando recupero la compostura, él ya no está.

—Si no hay más opción, al menos esto lo mantendrá ocupado y no se liará a leches —dice Beck en voz baja.

Me lo quedo mirando:

—Lo dices como si se estuviese peleando constantemente.

Se cruza de brazos.

—Los patrocinadores ya lo han amenazado dos veces con cortarle el grifo, y acaba de firmar, Juliet. No sería tan difícil.

Contemplamos desde la playa cómo vuelve a saltar. La última vez me pareció que no lo había previsto, pero al menos desde este punto de vista sí me consta que está cronometrando los saltos y esperando el momento preciso en que las olas rompen contra el acantilado.

Coge una segunda ola y vuelve a por una tercera. Un grupo nos quedamos en la playa para observarlo. Solo bastaría un mal salto o una ola inoportuna para que el desenlace fuera fatal. Pero empieza a anochecer, y así sé que de momento hoy no lo volverá a hacer. Me siento con las rodillas pegadas al pecho, hecha un ovillo, muerta de miedo, hasta que por fin sale andando por la arena y se quita el invento del tobillo.

«Gracias a Dios».

Mientras volvemos a casa, suelto el aire que creo que he contenido desde que se le ha ocurrido esta gilipollez, y el estómago vuelve a colocárseme poco a poco en su sitio. Esta tarde me ha quitado un año de vida.

Al poco rato están todos ahí celebrándolo, como si el logro de Luke fuera de ellos, como si la testosterona fuese lo que los mueve a respirar tranquilos después de lo sucedido.

La música está a todo volumen, hay chupitos por doquier y han abierto un barril de cerveza. Le doy un sorbo a la margarita que me han dado, pero yo no estoy para celebraciones. Lo único que quiero es quitarme de encima el terror de antes y el miedo a que vuelva a intentarlo mañana.

Danny también está bebiendo, pero no parece tan contento como los demás, sino cada vez más melancólico. Donna ha llamado para ver si hemos llegado bien y de paso preguntar si volveremos a tiempo para cenar juntos el domingo.

—Puede que volvamos antes —dice Danny con tristeza. Cuando cuelga el teléfono, mira a su alrededor—: Me pregunto qué diría mi padre si pudiese ver esto. No creo que se hubiese impresionado demasiado.

—Bueno, si de verdad hay una vida después de la muerte, a lo mejor ve las cosas con un poco más de perspectiva —digo.

Suspira cansado.

—¿Y qué se supone que significa eso?

Sé que debería callarme, pero ahora mismo lo último que me apetece es andarme con chiquitas, sobre todo después de lo que me ha dicho en el acantilado.

—Cuando me imagino a Dios, veo a alguien capaz de aceptar un poco mejor que tu padre la fragilidad humana —añado.

Se levanta y coge la botella de cerveza de la mesa.

—Creo que deberías dejar de beber, Juliet —dice mientras se marcha, ignorando mis palabras como si solo fueran el efecto de una única margarita.

Me corroe la ira por dentro al volver a la cocina. Las chicas están preparando unos aperitivos, riendo, bebiendo y celebrando, igual que los chicos, y entre ellas es como si yo no estuviese viva. Así que me pongo a fregar a regañadientes cuando lo único que quiero es irme a la habitación y dormir hasta que acabe este puto fin de semana.

Liam salta sobre la encimera para llamar nuestra atención.

—Creo que es hora de brindar —grita para que lo oigamos por encima de la música, que alguien baja a toda velocidad—. Por nuestro chico, que hoy ha hecho lo inimaginable y ha vivido para contarlo.

La gente chilla y aplaude. Luke está sentado en el sofá, con las piernas abiertas y la cabeza apoyada en los cojines. Sonríe tímidamente, mucho menos impresionado de sí mismo que el resto.

—Solo he tenido suerte —responde.

—Colega, eso no ha sido suerte. Eso era talento en estado puro —dice Caleb.

—Bueno, a mí todavía no me descartes —bromea Ryan, que es el único de ellos que prácticamente no hace surf—. Todavía ni lo he intentado.

Caleb se ríe.

—Vale, tío. Cuento contigo.

—O conmigo —añade Grady. Es la primera broma que le oigo hacer—. ¿Quién sabe? A lo mejor se me da de maravilla.

Caleb levanta una ceja.

—Claro, Grady. Tú no dejes de soñar.

—A mí dame un par de añitos surfeando en Nicaragua —dice Danny, y él sí que no bromea en absoluto—. Quizá algún día llegue al nivel de Luke, aunque nunca tenga dinero para una tabla como la suya.

La sonrisa abandona el rostro de Luke.

—¿Cuándo te vas a ir a surfear a Nicaragua?

Danny cruza hasta donde estoy yo y me rodea la cintura con el brazo. Teniendo en cuenta que llevamos discutiendo todo el día, a mí me parece que solo me agarra para demostrar algo. Necesito hacer un esfuerzo para no apartarlo de mi lado.

—Nos vamos a vivir allí —anuncia. Parpadeo con desgana medio segundo—. Mi madre va a abrir un orfanato, y Juliet y yo vamos a ayudarla.

Todo el mundo se calla y se hace el silencio a excepción de la música que sigue sonando. Danny quiere que todos celebren esta noticia del mismo modo en que han celebrado la hazaña de Luke. Pero este es el público equivocado. Nadie nos envidia y a ninguno le gustaría estar en nuestro lugar. Y mucha gente de esta casa —sobre todo Luke, por la expresión de su cara— piensa que es una puta locura.

Se levanta, pero me mira solo a mí cuando dice:

—¿Lo dices en serio? ¿Cuánto tiempo os iríais?

Miro al suelo mientras Danny responde.

—No lo sé —dice—. Para siempre, supongo. Pero tendréis que venir a visitarnos. De verdad, las olas de allí son mejores que las de California.

Harrison, calmado, le pone una mano en el hombro a Danny.

—Qué bien, tío. Ojalá todo vaya de maravilla.

—Dime algo, Danny —dice Luke sin dejar de mirarme—. ¿Qué saca Juliet exactamente con todo esto? ¿O es que piensas que cocinar y limpiar para vosotros es suficiente placer para ella?

El corazón me late desbocado en el pecho. Cierro los ojos con fuerza y rezo por que termine este momento. O por que no haya sucedido nunca.

Danny se pone rígido y el brazo que tengo alrededor de mi cintura se tensa hasta que parece un grillete.

—No creo que te debas preocupar por mi prometida, Luke.

—Joder, alguien tendrá que hacerlo —suelta Luke. Beck se levanta de un salto y se pone entre los dos.

—Parad —susurro, porque es lo único que consigo decir. Me aparto de Danny y salgo por la puerta sin pensar, bajo las escaleras hacia la playa mientras las lágrimas me corren por la cara.

A pesar de la tormenta que se avecina, hoy es una noche hermosa, llena de estrellas. No siento nada en absoluto al mirarla. Ahora no siento nada en absoluto la mayor parte del tiempo.

Esto es un puto desastre.

Luke y yo todo el puto día corriendo para detener al otro o defender al otro. Tiene que haberse dado cuenta todo el mundo. ¿Qué le diré a Danny si me lo pregunta? Por no hablar de que estoy segura de que ni se le ha pasado por la cabeza que no quiero ir a Nicaragua. Si me lo pregunta esta noche por fin, a bocajarro, ¿le voy a seguir mintiendo?

El aire se mueve rápidamente detrás de mí. Miro hacia atrás y veo que Luke se acerca.

—No deberías estar aquí —susurro cuando se pone a mi lado.

—¿Por qué? —exige—. ¿Porque eres incapaz de controlarte cuando estoy cerca? A lo mejor, eso tendría que darte alguna pista, Juliet.

Me meto las manos en el bolsillo de la sudadera, porque odio que tenga razón.

—Luke, lo hago lo mejor que puedo —le digo con la voz quebrada.

Me rodea el antebrazo con la mano y me hace girar para mirarlo.

—No, no lo haces. Porque lo mejor sería que dijeras: «Danny, te quiero, pero no del modo que tú deseas».

—¿Y tú te piensas que es tan fácil? ¿Crees que puedo hacerle eso a Donna? Esta boda es lo único que la ha mantenido viva los últimos meses.

—Nunca será fácil —me dice suavizando la voz. Entierro la cara entre las manos, y él las aparta, apretándolas entre las suyas—. No quieres hacerle daño a Danny, pero él se pasará toda la vida intentando que seas feliz y le reconcomerá no poder hacerlo. Ya le pasa. Acabas de ver tú sola cómo estaba esta noche.

—Dios, Luke —lloro—, ojalá no hubieses venido. Me convenzo a mí misma de que todo está bien, y entonces apareces tú y me doy cuenta de que todo está tan mal que debo de estar loca por haber pensado lo contrario.

Me atrae hacia él y desliza las manos por mis caderas mientras entierra la cara en mi pelo.

—No puedo soportar esta situación, joder. Si pensara que vas a estar bien, si pensara que al final conseguirás lo que quieres, me largaría. Me dolería, aunque me apartaría. Pero, por Dios santo, ¿Nicaragua? ¿De misionera? Nombra una sola cosa en toda esa situación que esté pensada para ti, que sea lo que tú quieres.

Me gustaría que se me ocurriera algo que le demuestre que se equivoca, pero tengo la mente en blanco. No hay absolutamente nada que me guste.

—No todo el mundo tiene un final feliz, Luke. No todo el mundo consigue lo que quiere en la vida.

—¿Crees que no lo sé? Sé mejor que nadie que no todo el mundo tiene un final feliz. Pero al menos yo no estoy regalándole el mío a nadie. Al menos estoy dispuesto a luchar por él.

Su aliento me roza la cara. Desvía la mirada hacia mi boca, y mi corazón adopta ese ritmo irregular que siempre marca cuando él está demasiado cerca. Creo que podría renunciar a una década de mi vida a cambio de que me volviera a besar, pero niego con la cabeza para advertirle que no lo haga.

Me suelta.

—Me voy —dice.

Veo cómo se aleja y se dirige a la orilla. Ojalá pudiera filmarlo, filmar cada minuto que anda, se ríe, duerme, surfea, y poder así aferrarme a él cuando ya no esté.

Se aleja unos tres metros y se vuelve para mirarme.

—A la mierda —dice regresando a mí en cinco largas zancadas antes de cogerme la cara y besarme con fuerza. No lo detengo. Inhalo el olor de su champú, la sal de su piel, saboreo sus labios e intento memorizarlo todo: su olor, su tamaño, la fuerza con que me sujeta.

—Elígeme a mí, Juliet —susurra—. Por favor, elígeme a mí, joder.

Y luego se aleja y no mira hacia atrás.

Lloro hasta que no queda nada más por llorar. Ahora supongo que tendré que ir a buscar a Danny y disculparme por lo que he dicho sobre su padre, y luego jurarle y perjurarle que la tibia respuesta que le di sobre Nicaragua no significa nada y que este futuro que él ha planeado es todo lo que yo podría desear.

Me quedan muchos muchos años por delante para ser una maestra en fingir que las cosas que quieren Danny y Donna son las que yo también quiero. Sé que se lo debo, pero sin Luke me parece una vida muy larga. Larga y sin sentido ninguno.

Camino lentamente hacia la casa, apretando los dientes del esfuerzo por mantener la compostura. Me quedo de piedra al oír el crujido de la madera cuando llego al porche trasero y me giro. Danny está en una mecedora junto a las escaleras, observándome.

Doy un paso hacia él tanteando. Estábamos demasiado lejos para que nos oyera, y está demasiado oscuro como para ver nada desde aquí, pero él nunca ha sido de esos que se quedan cruzados de brazos.

—Eh. ¿Qué haces aquí? —pregunto.

Se pone de pie.

—Esperando a que me expliques por qué estabas besando a mi mejor amigo.

Me agacho contra la pared. De todas las cosas que podrían haber pasado —que yo le hiciera daño marchándome o cancelando la boda—, esta es la peor multiplicada por cien.

Podría alegar que estaba borracha, pero no sé lo que ha oído, y es probable que diga lo que diga, al final acabe saliendo la verdad.

—Danny —susurro—, lo siento mucho. Nos hemos puesto a hablar de Nicaragua y… pasó, ya está.

—¿Que os habéis puesto a hablar de Nicaragua? —ironiza con una risa desquiciada—. ¿Qué te ofrecía a cambio? ¿El lujoso estilo de vida que lleva un tío con dos patrocinadores? Para tu información, Juliet: tener un patrocinador no significa que sea rico. Ni que vaya a vivir mejor que nosotros.

—Pues claro que no.

—¿Desde cuándo pasa esto? —Se le quiebra la voz, y el dolor que hay en ella me destroza. Qué fácil sería si ahora mismo estuviese hecho una furia.

—No ha pasado nada. —Soy una mentirosa de primera—. No lo he visto ni he hablado con él desde que vino para el funeral de tu padre.

Se lleva una mano a la cara.

—Soy un estúpido. Un gilipollas integral. Siempre lo has querido, ¿verdad? Siempre, joder. Y él siempre te ha querido a ti. Era Luke el que se peleaba por ti. Era Luke quien iba a rescatarte. Y yo pensando todo este tiempo que era porque es un buen tío.

—Danny…

Se ríe.

—Cuando lloraste el invierno pasado… Cuando surfeó en Mavericks. Dios mío, ¿ya pasaba entonces?

—¡No! Por supuesto que no. Tú y yo estábamos en la misma tienda, y él estaba con otra de las chicas. Lo sabes perfectamente.

—¿Lo quieres? —pregunta—. No, no me contestes. No quiero oír cómo sale ni una sola mentira más por tu boca en este momento.

Empieza a alejarse, y me parece fundamental no dejar las cosas así, lograr que se sienta mejor, no sé ni cómo. Pero la única forma de lograrlo es jurarle que Luke no significa nada para mí y que quiero seguir adelante con los planes que hemos hecho. Y eso no puedo hacerlo.

—¿Adónde vas? —le pregunto.

Me mira fijamente.

—Ni siquiera lo sé.

«Le he hecho daño. Le he hecho daño exactamente tal y como Luke me advirtió».

No tengo ni idea de qué debería hacer. Mi primer instinto es llamar a Luke, pero seguro que sigue ahí fuera en alguna parte y dudo que tenga siquiera el teléfono con él. De todas formas, tengo que saber cómo vamos a solucionar Danny y yo esto antes de hablar con Luke.

Puedo oír los gritos de los chicos que juegan al *beer pong* en el interior, y los chillidos ebrios de las chicas en la parte de arriba cantando a Rihanna a pleno pulmón. No soporto enfrentarme a ninguno de ellos en este momento, así que subo al porche del segundo piso y entro en nuestra habitación por la puerta corredera de cristal.

Le he hecho daño a Luke, le he hecho daño a Danny, y en breve le habré hecho daño también a Donna.

Todo lo que toco lo convierto en mierda.

Me acurruco en la cama y no me salen ni las lágrimas. Lo único que puedo hacer en este momento es esperar y ver cómo va a acabar la situación.

33

AHORA

> **Drew**
> Acabo de aterrizar! Que sepas que ya debe de estar llegando mi equipo de estilistas para dejaros preciosas a Donna y a ti. Sabía que te olvidarías de pedir cita con alguien😊

> **Yo**
> Por Dios. No tenías por qué hacerlo. Con que asistas es más que suficiente. Pero gracias

> **Drew**
> Estás de coña? Te lo debo TODO

Mi famosísima amiga me atribuye mucho más mérito del que merezco: Drew era veinte veces más famosa que yo cuando nos conocimos, y lo sigue siendo, pero resulta que yo la ayudé en uno de los peores momentos de su vida.

Ahora está en el momento más feliz de todos: locamente enamorada de su marido y de su hijo. Lleva así de feliz desde hace años, y su felicidad no tiene visos de desaparecer, pero a mí me sigue costando imaginarme que algo increíble llegue a tu vida y que puedas mantenerlo. Que sigas siendo feliz. Desde luego, mi vida no ha funcionado igual, ni tampoco es cómo le funciona la vida a la mayoría de la gente.

Luke está haciendo surf esa tarde, así que Donna y yo tenemos la suite para nosotras solas, mientras los peluqueros y maquilladores nos preparan.

Cuando terminan, voy peinada con el pelo suelto y perfectamente liso, llevo los labios pintados de rojo a juego con el entallado vestido sin tirantes; un vestido perfectamente apropiado para una villana al estilo James Bond, que, de todos modos, es como la mitad de esta gente me ve ahora.

Paso a la sala de estar de la suite y me encuentro a Luke recién duchado, ajustándose el cuello de una camisa de esmoquin. Y a continuación entra Donna por el pasillo con una botella de champán en las manos.

—Oh, Juliet, estás despampanante. ¿No crees que está impresionante, Luke?

Posa los ojos en mí un rato largo. En su mirada hay deseo, pero también algo más dulce, como si él sintiera exactamente lo mismo que yo: una alegría que me desborda el pecho cuando lo veo entrar en cualquier parte. Intento aferrarme a este momento, grabarlo a fuego en mi memoria. Esta noche, más adelante, pensaré en la expresión de su cara e imaginaré que entre nosotros nunca pasó nada malo. Me limitaré a imaginar que él era solo mi aburrido marido, esperando a que yo saliera de nuestra habitación mientras piensa una y otra vez por qué me eligió a mí.

—Sí. —Tose—. Las dos lo estáis.

Donna le da la botella de champán.

—La ha enviado Drew, la amiga de Juliet. Estaba esperando a que alguien del vestíbulo me la abriera, pero, como ya has salido de la ducha, te permito que hagas los honores. Por cierto, Summer va a venir esta noche.

Me pongo rígida y me clavo las uñas en las palmas de las manos. Luke me mira y apenas logra disimular la sonrisa.

—No sé si es mi tipo —le dice a Donna.

—Ay, Luke, ¿no crees que ya es hora de que sientes la cabeza? ¿No sería maravilloso que volvieses de tus viajes y que alguien te estuviese esperando?

Cruzamos la mirada mientras le da a Donna una copa de champán.

—Alguna vez lo he pensado. No me importaría tener una casita en la playa. Una terraza con una hamaca. El lote entero.

Cómo duele escuchar mi estúpido sueño repetirse en bucle cuando nunca seré yo la que esté en esa casa esperándolo.

Nos acabamos el champán y bajamos los tres en el ascensor.

—¡Juliet! —chilla Drew al salir del ascensor contiguo al nuestro y me abraza.

Josh, el marido de Drew, me saluda de una manera mucho más comedida.

—Juliet —me dice con la mano apoyada en la parte baja de la espalda de Drew—, me alegro mucho de verte.

Varias cabezas se giran hacia donde estamos, y es un gran alivio no ser el centro de atención por una vez.

—Donna, Luke —empiezo—, os presento a mi amiga Drew y a su marido Josh.

—Luke Taylor —dice Josh con la mandíbula desencajada. Está casado con una de las estrellas más importantes del mundo, y su hermano es un guitarrista famoso, pero hasta este momento nunca lo había visto tan anonadado—. Joder, cariño, ¿cómo no me dijiste que iba a estar aquí una leyenda del surf?

—Estoy muy orgullosa de los dos —dice Donna rodeándonos con un brazo a cada uno—. ¿Sabíais que Luke vivió con nosotros varios veranos seguidos cuando estaba en la universidad?

—Un momento —dice Drew volviéndose hacia mí con los ojos muy abiertos de asombro.

Me da un vuelco el estómago, porque sé lo que va a decir, y ojalá supiera cómo detenerla.

—¿Él es el motivo de que fueras al Pipeline Masters? —pregunta tal y como yo sabía que iba a hacer.

«Ay, Juliet, ¿cómo te has podido olvidar de esto? ¿Cómo has estado tan pendiente de tantas cosas y has dejado pasar esta?».

Luke se yergue.

—¿Estuviste en Pipeline?

—Había una fiesta muy importante —respondo débilmente—, y me pasé por allí.

Drew se ríe.

—Me encanta cómo Juliet intenta que parezca que estaba allí de fiesta. —Se vuelve hacia mí—: Tía, ni siquiera bebiste. Te pasaste escondida en las dunas con unos prismáticos todo ese… —Por fin ve la expresión de mi cara y deja de hablar.

Donna me coge la mano.

—No tenía ni idea de que hubieses estado en Pipeline —me dice, y para mi sorpresa es Hilary la que me salva de responderle, porque viene hacia nuestro círculo con otra de sus tensas y amargadas sonrisas.

—¿Alguien ha visto a Libby? —exige—. Se supone que debería estar vigilando las mesas de la subasta a sobre cerrado, pero nadie la encuentra en ninguna parte. Por eso es tan mala idea confiarles a los amigos personales funciones tan importantes.

Estoy hasta los cojones. Hasta aquí hemos llegado. Doy un paso adelante, pero Luke se me adelanta.

—Donna y yo vamos a ver si podemos encontrarla —dice—. Y, Hilary…, enemistarse con las personas que te pagan el sueldo no es una buena idea.

Sus palabras han sido muy educadas, pero su tono y la frialdad de sus ojos cuando las pronuncia transmiten un mensaje bien claro. Me echa una última mirada, demasiado larga, antes de llevarse a Donna en busca de Libby.

—Lo siento —susurra Drew—. ¿Se suponía que él no debía saberlo?

Sacudo la cabeza.

—No pasa nada. —Pero me siento como si todo se estuviese derramando, un secreto tras otro y, en realidad, solo queda uno. El peor de todos—. Déjame ver si encuentro a Libby.

Me alejo, saco el móvil y busco el nombre de Libby. Cuando aparece la cadena de mensajes que tenemos, me siento de nuevo fatal, porque nuestra amistad se ha convertido en una relación unilateral: siempre era ella la que me tendía la mano, me felicitaba, y yo le respondía muy de vez en cuando con algún emoticono de corazón o algo igual de poco afectuoso.

Una persona más a la que dejé tirada.

> **Yo**
> Hola, solo quería saber que no te has puesto de parto. Hilary te está buscando. Todo bien?

> **Libby**
> No, la verdad es que no. Pero ya estoy llegando

Un minuto después entra por la puerta, y yo atravieso la habitación en dirección a ella.

—¿Qué pasa? —le pregunto.

Echa una mirada a su alrededor.

—Ven conmigo —me dice en voz baja—. Se supone que tengo que estar trabajando en la zona de las subastas.

Echamos a caminar. Es como si el aire se le estuviese saliendo del pecho y se estuviera desinflando. Hasta ahora no me había dado cuenta de la cara de cansada que tiene.

—A Grady lo han llamado esta tarde y me ha dicho que tenía que regresar para hablar con la policía —continúa.

—¿Con la policía?

Asiente y echa otra rápida mirada.

—Al parecer, una periodista les ha proporcionado nueva información sobre la noche en que murió Danny. Y además les ha sugerido que reabran la investigación.

Me sujeto a la mesa más cercana para que la habitación deje de dar vueltas.

—¿Qué?

—Cariño, lo siento. No debería haberte dado la noticia así. Es que... se están centrando en que Grady y Danny discutieron. Y supongo que a Grady lo vieron volver en mitad de la noche... Yo ni siquiera sabía eso. Es decir, no creerán que Grady sea capaz de matar a alguien, ¿verdad?

En esta sala hay demasiado ruido, demasiada luz. Me tiemblan las rodillas.

Si la policía le da a entender a Grady que él pudo tener algo que ver, sé exactamente lo que hará para defenderse. Lo que tanto he temido estos últimos siete años.

Les contará la verdad.

—Necesito... —susurro débilmente, alejándome de ella sin siquiera terminar la frase.

Camino sin pensar hacia el otro lado de la sala, con las manos apretadas contra el estómago y el corazón latiéndome como un caballo desbocado. No sé cómo arreglar esto, pero sigo buscando una solución desesperadamente. Pienso en Luke hace tantos años en casa de Harrison, mirando hacia el acantilado y diciendo: «¿Tú has intentado saltar desde ahí?». Ahora mismo, estoy buscando la manera de que pueda saltar y sobrevivir a esto. No creo que haya ninguna.

No tengo ni idea de qué discutieron Grady y Danny, pero qué más da, porque Grady tiene coartada para esas horas en la playa. Y Luke no.

«Esa puta periodista. Debería haberlo sabido. Nunca debí volver aquí».

—Estoy deseando quitarte el vestido esta noche —me dice Luke por detrás, inclinándose para que yo sea la única que lo oiga.

Me giro y miro a nuestro alrededor antes de responder:

—No podemos. Donna va a estar en la suite.

—¿Tú crees que a estas alturas le va a importar? Lo único que quiere es que seamos felices.

Tira de mí hacia la pista de baile. Parece una mala idea, con toda esta gente mirando, y sobre todo ahora, cuando debería estar pensando en cómo diablos sacarlo del lío en que yo lo metí, pero no puedo resistirme. El reloj ha corrido para nosotros dos desde que llegamos, y ahora ya va a toda velocidad. Si la policía está hablando en este momento con Grady, esta podría ser mi última oportunidad de estar cerca de Luke.

—No te imaginaba como todo un bailarín —le digo con evasivas—. Si te soy sincera, ni como un tío que tuviese un esmoquin.

Hace una mueca.

—Estoy lleno de sorpresas, cariño.

Desliza la mano desde mi cadera hasta la parte baja de mi espalda. Como estén mirando, empezarán a cotillear todos, y debería apartarme, pero es como si no pudiese. Probablemente tendría que contarle que han reabierto el caso de Danny, pero tampoco lo hago. Me da que solo empeoraría las cosas. Él siempre ha sido demasiado sincero. No sé cómo, pero soy yo la que tiene que resolverlo sola.

—¿Vas a contarme por qué estabas en Pipeline? —me pregunta, tirando de mí para que me acerque.

—Pasaba por ahí.

Empiezo a separarme de él, pero me agarra por la cadera y me aprieta contra él.

—¿Puedes, por una puta vez en tu vida, decirme la verdad? No estabas allí por casualidad.

—Qué más da por qué estaba allí —susurro, pero se me quiebra la voz.

Qué más da que estuviera en Tahití para el Tahiti Pro y en Australia para el Pro Gold Coast, o que haya ido a todos los campeonatos a los que he podido y no haya dicho nada para que él no se enterase.

Lo tengo todo aquí, en la punta de la lengua, pero en ese momento me hace girar… y dejo de bailar al ver que Cash viene hacia nosotros. Cash, que nunca ha hecho el menor esfuerzo por verme, está aquí y atraviesa la pista de baile, vestido de esmoquin. Sonríe, pero en sus ojos hay una mirada peligrosa que reconozco. Hace seis semanas que no me ve, pero aún se cree con derecho a enfadarse porque estoy bailando con otro.

Dejo de moverme, y Luke se gira, rodeándome con un brazo protector porque no tiene ni idea de lo que está pasando. Y entonces reconoce a Cash, y el brazo se le tensa.

—¿Cash? —murmuro—. ¿Qué estás haciendo aquí?

Levanta una ceja y cruza los brazos sobre el pecho.

—Pensaba que era yo el que había venido a darte una sorpresa. —Inclina la cabeza hacia Luke—. ¿Quién coño es este?

Luke se queda quieto, callado, y a continuación el brazo que me rodeaba la cintura me suelta. Luke da un paso adelante, y le suelta un puñetazo tan fuerte y rápido a Cash que a este no le da tiempo ni a defenderse.

Se cae hacia atrás tambaleándose, contra la multitud, derribando a las parejas que bailan. Pero Luke no ha terminado. Se lanza sobre Cash y lo tira al suelo, al tiempo que la pista de baile se convierte en un caos. La gente se aparta, y los guardaespaldas de Cash entran en escena, agarran a Luke por detrás y se lo quitan de encima. Cuando Cash se pone de pie, Beck se interpone entre él y Luke para asegurarse de que la pelea ha terminado…, pero el daño ya está hecho.

Luke acaba de golpear a Cash sin que este lo haya provocado, y esto está lleno de testigos; entre ellos Donna, a tan solo unos metros de la pista de baile. Tiene los ojos abiertos como platos, confundida, y baja los hombros como si se acabara de dar cuenta de lo que, para todos los demás, era tan evidente.

—¡Llamad a la policía! —grita Cash.

—No. —Doy un paso al frente—. Vámonos.

Luke llega hasta mí.

—¿Dónde coño vas? —Sus dedos están sobre mi piel por última vez. «Memoriza esto, Juliet».

—Yo me encargo —le respondo para quitármelo de encima.

—Juliet, si te vas con él, se acabó —dice Luke.

Trago saliva. Estas semanas junto a él han sido emocionantes y dolorosas, pero creo que puede que haya almacenado recuerdos suficientes como para aguantar unos cuantos años más.

—Lo sé —respondo en voz baja. Quiero que suene como que me da igual, pero no es así. El tono es como si estuviese a punto de desmoronarme.

Cruzo hasta donde está Cash y lo cojo del brazo. Dios, no ha podido ser más inoportuno. Primero lo sacaré de aquí, y ya pensaré después en cómo solucionar las cosas con la policía.

—Vámonos de aquí.

—Y una mierda —dice—. Voy a denunciarlo.

Levanto una ceja.

—Cash, tú no eres el único que puede presentar cargos. El planeta entero ha sido testigo de cómo me sacaste por el pelo a rastras de un ascensor, y hay mucho más que puedo contar. Así que ¿llamo yo a la policía o nos ponemos a andar?

Se me queda mirando, estupefacto. A pesar de las decenas de veces que me ha pegado o tirado contra la pared, jamás le di a entender que podría llegar a devolvérsela.

—No serías capaz.

Me río. Nunca dije que lo quería. Ni siquiera dije que me gustaba. Él se limitó a asumirlo y usar mi silencio de prueba.

—No tientes a la suerte.

Le empieza a palpitar una vena en la sien cuando se gira a regañadientes hacia la salida del salón de baile. Y en ese preciso instante se abren las puertas, y se me cae el alma a los pies de un modo que nunca podría haber imaginado.

Dos agentes de uniforme se dirigen hacia mí. Otros cuatro hacia Luke.

—Pero ¿qué pasa? —pregunta Donna caminando a mi lado—. Si solo ha sido una pelea.

Pero no han venido por eso. Han venido porque Grady se lo ha contado todo.

Los agentes continúan andando hasta que están cerca de nosotros, y uno de ellos se vuelve hacia los guardias de seguridad que nos rodean y les muestra un papel.

—Tenemos una orden —dice y les hace un gesto con la cabeza a los que están detrás de él.

Varios de ellos van a por Luke, y uno de ellos se acerca a mí.

—Luke Taylor y Juliet Cantrell —dice—, quedan detenidos por el asesinato de Daniel Allen.

34

ENTONCES
JUNIO DE 2015

Me despierto sobresaltada al ver que todas las luces de la habitación siguen encendidas y que Danny no está a mi lado. Es la primera vez que la casa está en silencio, lo que significa que debe de ser tarde. Me froto los ojos y miro el reloj. Son las tres y media de la madrugada. ¿Se habrá… ido? ¿Habrá vuelto a casa? ¿Estará ahora mismo en Rhodes, contándoselo todo a Donna? Cuando todo esto se sepa, no sé cómo voy a poder mirarla de nuevo a la cara.

Voy al porche delantero a ver si su coche está allí, y sí, ahí sigue, justo donde lo dejamos.

En la planta de arriba el salón es un desastre absoluto, un erial de vasos de plástico rojos y botellas de cerveza, pero no hay nadie. Busco en las terrazas, en los sofás del sótano, en el jacuzzi. Hasta miro dentro de la cama de la camioneta de Danny. Lo llamo y no contesta.

¿Dónde diablos está? Me voy andando hacia la playa, iluminando el camino con la linterna del móvil al llegar a la arena. A lo lejos veo una manta que reconozco del sofá del sótano, y a alguien moviéndose dentro.

«¿Habrá venido aquí con otra chica?».

Mi sorpresa pasa a ser alivio en cuestión de segundos. Si está aquí con otra chica…, por favor, que así sea. Quiero que sea él. Al fin y al cabo, por algo llevo el anillo puesto. Si hubiese vuelto a la habitación rogándome que no lo dejara, me habría sido prácticamente imposible hacerlo. Así que encontrármelo con otra chica ahora mismo sería el final ideal para todos.

Las figuras entrelazadas se pegan un susto de muerte y parpadean cuando me acerco con la luz.

—¿Qué coño pasa? —Es la voz de Ryan, que se incorpora.

—Lo siento —susurro—. Lo siento mucho. Estoy buscando a Danny.

Cuando bajo la linterna, se ilumina de pasada la figura que está a su lado, intentando a toda costa taparse la cabeza con la manta: Grady.

Trastabillo hacia atrás de la impresión.

Grady y sus peroratas sobre «los gais» de la playa. Grady, el que siempre amenaza con denunciarlos a la policía sin el más mínimo motivo.

—Lo siento —digo y me doy la vuelta, regresando rápidamente por donde he venido.

«Estoy deseando contarle esto a Danny».

Y se me hace un nudo en el estómago cuando recuerdo que ha desaparecido, y que quizá nunca supere lo que le he hecho. Que, después de lo de esta noche, puede que jamás podamos ser amigos.

Dios mío, cómo odio haberle hecho tanto daño. Claro que tiene defectos, como todos, pero nunca quiso herirme. Empiezo a temblar y me abrazo mientras camino.

—Juliet —me llama Grady. Me giro y lo veo corriendo hacia mí, abrochándose todavía sus putos pantalones cortos—. No es lo que parecía.

Me río con un tono cargado de incredulidad.

—Si no estuvieses en pelotas, igual me lo tragaba y todo.

Llega hasta mí y me coge la muñeca con una mano.

—Espera. Por favor. Te lo digo en serio. No sé en qué estaba pensando. No soy gay. Es solo que… estaba medio dormido, y me había tomado una cerveza, y ni siquiera sabía lo que estaba haciendo. No soy gay.

Es la explicación más patética sobre ponerle cuernos a alguien que he oído en toda mi vida. Una cerveza y un poco de sueño no te hacen irte a la playa con unas mantas para chupársela al capitán del equipo de fútbol si hasta ese momento no te había apetecido.

—Mira, me la suda si eres gay —le digo sacudiéndome para apartarme—. Lo que me importa es que estés engañando a Libby. Pero tú ahora no eres mi problema.

—¡No soy gay! Ha sido una estupidez. Por favor, no le digas nada a nadie.

Me llevo las manos a la cabeza.

—Grady, que me importa una mierda. Danny ha desaparecido. No volvió anoche a la habitación.

Algo se le endurece en el rostro.

—Después de que os pelearais, querrás decir.

Parpadeo.

—¿Perdona?

—Cómo me alegro de que por fin se haya enterado de lo tuyo con Luke. Yo me lo imaginé desde el principio.

Me lo quedo mirando fijamente:

—Entre Luke y yo no hay nada. Por el amor de Dios, Grady. ¿Te digo que Danny ha desaparecido y la conclusión es esta? Si no me vas a ayudar a encontrarlo, vuelve con tu cita.

Me largo, y al cabo de un momento me sigue.

—¿Estás segura de que no ha vuelto a casa?

Pongo los ojos en blanco.

—Pues claro que estoy segura.

—¿No deberíamos despertar a los demás?

Me muerdo el labio. Podría haber una explicación completamente razonable para el hecho de que haya desaparecido. Si despierto a todo el mundo, probablemente tenga que contarles lo que ha pasado, y él no querría. O puede que sí, pero es su decisión y no la mía.

—No, de momento no.

Dejo a Grady atrás y sigo andando, pero, cuando dan las cinco de la mañana y el cielo pasa de negro carbón a violeta, veo la playa con la claridad suficiente como para saber que está completamente vacía.

Vuelvo a la casa, rezando por encontrármelo acurrucado en la cama y furioso conmigo; pero la habitación también está vacía. Y eso significa que necesito a Luke.

Llamo a su puerta y no me contesta, así que la abro con el temor de verlo con otra persona. Pero está solo, gracias a Dios, tumbado bocabajo con una almohada sobre la cabeza y desnudo de cintura para arriba.

—Luke —susurro y le pongo la mano en el hombro.

Aparta la almohada y gira la cabeza para mirarme, aún medio dormido.

—¿Juliet? —Carraspea y se da la vuelta antes de sentarse—. ¿Qué pasa?

—¿Has visto a Danny? Anoche no volvió a nuestro cuarto, y no está en ninguna parte de la casa.

Se le mueven los agujeros de la nariz, y puedo leer lo que está pensando con suma nitidez: «¿Estoy enamorado de ti y vienes a pedirme ayuda para encontrar a tu novio desaparecido?». Se pasa una mano por la cara.

—¿Lo has llamado al móvil?

—No lo coge. —Al final tendré que contarle lo de la pelea y de todo de lo que se ha enterado Danny, pero de repente todo esto parece… grave.

Mira el reloj y vuelve la cabeza hacia la playa, aunque tiene echadas las cortinas.

—¿Ha mejorado el tiempo? Quizá se ha ido a hacer surf temprano.

Sacudo la cabeza.

—Luke —susurro con la voz quebrada—, llevo buscándolo desde las tres. Tengo miedo.

Y en ese momento veo asomar a sus ojos algo parecido a la preocupación.

—Joder. Vale.

Va al cuarto de al lado a despertar a Harrison. En uno o dos minutos, la casa entera está en pie.

—Coño, sí que empezáis pronto —se queja Liam saliendo de su habitación en calzoncillos con su novia detrás.

Nos ve de pie en el pasillo y se detiene.

—¿Quién se ha muerto?

Se me encoge el corazón, y no sé si es por superstición... o porque tengo un presentimiento.

—Danny ha desaparecido —respondo—. Anoche no volvió a nuestra habitación.

La novia de Liam frunce el ceño.

—Anoche lo oí yo. Le estaba gritando a alguien. ¿Con quién se peleó?

Se miran el uno al otro, al suelo... A cualquier sitio menos a Luke. Porque fue él quien discutió con Danny delante de todos. Fue él quien quizá ha querido lo que no era suyo. En sus caras veo que ya saben que ha debido de ser con Luke.

Harrison me pone la mano en el hombro.

—Seguro que está bien. Habíamos bebido todos. Lo más probable es que se quedara a dormir el pedo en el lugar equivocado.

Si supiera lo que vio Danny..., ¿me seguiría diciendo eso? ¿O pensaría que tenemos que llamar a la policía? Porque eso es lo que yo estoy pensando en este momento.

—Juliet ya ha registrado la playa, pero tal vez deberíamos ir de nuevo y buscar a fondo —sugiere Luke.

Liam empieza a ponerse los zapatos.

—Yo iré a lo alto del acantilado. Desde allí se ve mejor.

Caleb y Beck se van con él mientras el resto continuamos hacia la playa.

«Arregla esto. Arregla esto», le suplico a Dios, aunque soy consciente de que es inútil.

«¿Pedid y recibiréis?». Llevo años pidiéndole cosas a Dios y no ha movido un puto dedo por mí. Y en este preciso instante, cuando nunca me ha importado más, cuando lo hago por alguien que merece mucho más la atención de Dios que yo, pido y pido y lo único que obtengo es el puto silencio.

Avanzamos por la arena y me paro en seco al ver un destello blanco y amarillo en el agua.

—Luke —dice Harrison—, ¿esa no es tu tabla?

Nos quedamos todos mirando.

La mitad de la tabla favorita de Luke se mece tranquilamente, atrapada entre las rocas. Se me encoge el estómago, como si una parte mucho más sabia de mí ya supiera lo que está a punto de ocurrir.

—Sí —dice Luke con voz ronca—. Eso parece.

—No habrá intentado hacer surf —dice Harrison—, ¿no? Ayer se opuso rotundamente. Y nadie podría haberlo hecho a oscuras.

«Que haya otra explicación. Cualquier otra explicación».

Luke clava sus ojos en los míos antes de decir:

—Creo que tenemos que llamar a la policía.

En cualquier momento, Danny podría salir bostezando y preguntándose a qué viene tanto jaleo. Pero yo asiento con la cabeza, y las manos me tiemblan tanto que tengo que darle el teléfono a Harrison.

Me alejo mientras él habla con la policía. Y, al girarme, veo a Caleb bajando del acantilado, con los zapatos de Danny en una mano.

La conmoción es igual que una explosión sónica, una fuerza que me arrasa, y me caigo en la arena, mareada y aturdida. Los chicos tienen los ojos muy abiertos y dicen cosas que no oigo.

Danny saltó con la tabla de Luke. En mitad de la noche. Probablemente ni siquiera habría sido capaz de ver dónde iba a aterrizar. Las probabilidades de haber sobrevivido eran mínimas. Aunque la tabla no se hubiese roto.

Pero se rompió.

Me abrazo fuerte, con las rodillas pegadas al pecho, y me balanceo adelante y atrás. Luke le dice a Libby que se quede conmigo mientras ellos van a la casa a esperar a la policía, pero yo no proceso nada.

—Esto no puede estar pasando —susurro una y otra vez. ¿Intentaba demostrarse algo a sí mismo o es que había tirado la toalla? Supongo que no importa, porque, en cualquier caso, todo es culpa mía.

Necesito llamar a Donna. Pero, Dios mío, ¿cómo voy a decírselo?

—Voy a buscarle una manta —dice Libby en algún punto cerca de mí y se va.

Las olas chocan y se levanta de nuevo el viento, y, cuando se calma, el que habla es Grady:

—Esto es culpa tuya —susurra con la voz quebrada.

Parpadeo sin comprender.

—¿Qué?

—El triángulo amoroso que te traías con Luke y con Danny —sisea quitándose las lágrimas de la cara—. Danny os pilla y desaparece de repente, y la única prueba que queda es la tabla de surf de Luke. Luke, que no para de meterse en peleas en tu nombre y que anoche discutió con Danny por ti. Yo creo que hasta tú eres capaz de unir las piezas, Juliet.

Lo miro fijamente. Por un momento, estoy demasiado aturdida, destruida, como para comprender lo que me está diciendo. Sí, ya sé que es culpa mía... Y entonces la palabra «prueba» se me queda grabada en el cerebro.

«Pruebas. Las peleas de Luke. Las discusiones de Luke».

Le está echando la culpa a Luke. Y trata de insinuar que fue algo intencionado.

—Pero ¿qué cojones, Grady? Danny... —Se me quiebra la voz y tengo que tragar saliva para mantener la compostura—: ¿Puede que Danny esté muerto, y tú te pones a elucubrar teorías conspirativas? Quizá deberías haber dormido un poco más anoche.

No he debido decir eso.

Entrecierra los ojos.

—¿«Conspirativas»? Dime en qué me equivoco. Todos los vimos discutir a los dos anoche y, luego, Luke se fue detrás de ti corriendo. A continuación, Danny te pilla con él, unas horas después aparece muerto y la única prueba es la tabla de Luke destrozada en el agua. Hasta un niño podría deducir lo que pasó.

Me da un vuelco el corazón. Es una locura, pero, cuando le explique todo esto a la policía, van a estar de acuerdo con él. Cada puta cosa que ha pasado apunta directamente a Luke.

La policía estudiará los incidentes en los que se ha metido. Leerán la parte en la que amenazó a aquel chico con ahogarlo.

Le tomarán declaración a todos los que estaban en la casa: todos oyeron la pelea de anoche entre Danny y Luke, todos escucharon a Danny gritarle a alguien en la playa. Y, después, la mitad de Rhodes dirá que Luke me defendió tras el funeral del pastor.

Luke, que anoche estuvo en la playa horas y horas, sin coartada. Luke, cuya tabla de surf es la única prueba que tienen. Aunque no pudiesen imputarlo, seguro que perdería a sus patrocinadores.

—Grady —le suplico—, sabes que Luke jamás haría eso. Por favor, no le cuentes a nadie mi conversación con Danny. Estaba siendo… irracional. Pensaba que nos estábamos distanciando y dijo todo tipo de locuras.

—Danny no estaba loco, y no te atrevas a intentar insinuar que lo estaba. Lo único que fue una locura es que no lo viera antes. Yo no dejaba de repetírselo, y él nunca me escuchaba.

Ay, Dios. ¿Qué ha estado diciendo Grady y desde hace cuánto? ¿Y por qué Danny nunca me lo preguntó? ¿Por qué no cortó conmigo?

Si hubiésemos cortado, si nunca me hubiese conocido, ahora estaría con alguien como Libby. Alguien a quien le encantaría ser la esposa de un misionero. Y Luke… Luke no tendría ninguna mancha en su historial. Todos los altercados que tuvo antes de que yo llegara a su vida sucedieron siendo menor de edad, así que no contarían.

Serían agua pasada. Y él estaría surfeando, acumulando patrocinios y acostándose cada noche con una chica en biquini distinta.

A lo mejor sí que soy veneno, como dijo mi madre. A lo mejor le he arruinado la vida a la gente: a mi hermano, a Danny, a Donna. Pero me niego a que Luke engrose esa lista.

—Dime qué tengo que hacer —suplico—. Sabes que Luke no lo hizo, pero tiene antecedentes. Así que, aunque se quede en nada, para cuando esto acabe todos sus patrocinadores se habrán retirado. Esto arruinaría su vida.

—Mira qué rápido se te secan las lágrimas cuando empezamos a hablar de Luke —se burla.

Quiero disculparme. Quiero arrastrarme. Quiero decir cualquier cosa que lo convenza. Pero, cada vez que abro la boca, lo empeoro.

—Grady, hasta Danny hizo un comentario sobre saltar si tuviese la tabla de Luke. Tú lo oíste. Castígame a mí todo lo que quieras, pero sabes que Luke no lo hizo. No le digas a la policía que Danny nos pilló.

Se me queda mirando fijamente, pálido, con una mirada calculadora en sus ojos secos.

—Quiero que te vayas —dice al fin—. Si quieres que todo esto me lo guarde para mí, quiero que te vayas de Rhodes. Para siempre. Y no te creas ni un segundo que voy a dejar que te marches de rositas con Luke y tengas un final feliz, después de todo lo que has hecho. Te irás y cortarás todo contacto con él.

No puedo. A Donna y a Luke les haré daño, pero a mí me matará.

—Grady, yo no le voy a contar a nadie lo tuyo de anoche…

—Lo de anoche no pasó, ¿entiendes? Si alguna vez insinúas lo contrario, os destrozaré la vida a Luke y a ti. Lo único que quiero es que te largues.

—¿Cómo voy a explicarles eso? —pregunto con la voz rota—. Les voy a hacer muchísimo daño.

—¿Qué le haría más daño a Donna? Dime. ¿Que tú te vayas, o enterarse de que la razón por la que Danny está muerto eres tú?

—Aprieta los labios—. Y, en cuanto a Luke, limítate a decirle que no le puedes ni mirar a los ojos sin ver la cara de Danny. Si fueses mejor persona, eso probablemente sería verdad.

Llega el equipo de búsqueda y rescate y, cuando empiezo a llamar a Donna, estoy llorando tanto que no puedo hacerlo. Beck coge mi teléfono y se lo cuenta él.

La policía nos pide que vayamos con ellos a comisaría. Lo normal sería que yo fuese con Luke, pero ahora cada paso que doy parece sospechoso. ¿Me preguntarán por qué desperté primero a Luke? ¿Deducirán algo si voy con él a la comisaría? ¿Verán lo que de repente ahora me parece totalmente cristalino? Que yo estaba con Danny, pero era en Luke en quien me apoyaba. Que me iba a casar con Danny, pero a quien le contaba las cosas era a Luke, y a quien recurría cuando estaba jodida, una y otra puta vez, era a él.

Así que le pido a Harrison que me lleve él, e intento ignorar la confusión que se refleja en la cara de Luke mientras me ve dirigirme hacia el BMW. Sin embargo, en el último momento, me doy la vuelta y camino hacia donde está Luke, que es la persona más honesta y sincera, del modo más inesperado, inquietante e irracional que existe.

Hoy más que nunca necesito que lo demuestre.

—No les cuentes nada de lo nuestro —susurro—. No les digas que yo te gusto. No les cuentes la conversación que tuvimos anoche. Limítate a no… meterme a mí en esto —le suelto cuando en realidad lo que quiero decirle es «no te metas tú en esto», pero no puedo. Luke no tiene ni idea de lo que es el instinto de supervivencia. Pero a mí siempre me pone por delante, así que hoy me tengo que aprovechar de eso al máximo.

—De acuerdo —dice. Capto un destello de dolor en sus ojos y lo veo apretar los músculos de la mandíbula. Bien. «Quédate herido y confuso, Luke. Así te será más fácil creer que no quiero tener nada que ver contigo cuando esto acabe».

Siento tanto dolor al pensarlo que me llevo una mano al pecho. No sé cómo voy a poderlo aguantar.

Cuando llegamos a la comisaría, nos dicen que han encontrado el cuerpo de Danny. Llevaba puesto el invento de Luke alrededor del tobillo.

Me hundo en una silla negra acolchada, y soy incapaz de controlar el temblor de las piernas. Ya lo sabía, pero oír cómo me lo confirman lo cambia todo. Entierro la cara entre las manos y me repito a mí misma que tengo que despertarme de esta pesadilla.

Pero no pasa nada.

Danny se ha muerto de verdad. ¿Le hice feliz estos últimos meses? Nunca lo sabré. Solo sé que está muerto y que todo es culpa mía.

Donna me llama, con la voz ahogada en lágrimas, tan aturdida que apenas puede formar las palabras.

—Juliet —susurra—, ¿cómo voy a vivir sin él?

Cierro los ojos. «No lo sé». No sé cómo ninguno de nosotros va a salir adelante. Lloramos juntas hasta que alguien viene a tomarme declaración.

Me vuelven a llevar a un despacho de una comisaría. Y yo voy recordando todo el camino la última vez que estuve en una. Cómo me echaron a mí la culpa veladamente y me pidieron que vendiera a Luke por algo mucho más insignificante. Me acuerdo de cómo le tendieron una trampa a mi hermano y consiguieron que muriera antes de salir siquiera del edificio. Da igual lo amables que parezcan, porque yo no puedo permitirme confiar en ellos.

Si yo miento, y Grady no, parecerá que estoy ayudando a Luke a encubrir un crimen. A lo mejor un buen abogado podría ver todas las lagunas que tiene la versión de los hechos de Grady, pero no podemos pagar a un buen abogado.

Así que, cuando llega el policía, convierto las pequeñas verdades, como que Danny había bebido, o que estaba celoso de la tabla de

Luke, en una historia de los hechos que no se parece en nada a la realidad.

—Tengo entendido que Luke y Danny discutieron —dice—. ¿Sabes de qué se trataba?

—No tengo ni idea —respondo.

Qué fácil es mentir; aunque no debería extrañarme, porque llevo años haciéndolo.

Los días previos al funeral son como una nube.

La parroquia ha decidido cancelar definitivamente la oferta de apoyar la misión de Donna en Nicaragua, y ella está demasiado rota como para que le importe.

Me siento a un lado de ella en el funeral; al otro lado tengo a Luke. No lo he mirado a los ojos ni una sola vez.

Después, hay una recepción en la parroquia. Donna está rodeada de gente que intenta consolarla y darle de comer. A Libby le gustaría hacer lo mismo conmigo, pero Grady siempre está rondando alrededor con una mirada que me asusta.

El único motivo por el que ha accedido a no decir nada es porque yo le estoy guardando un secreto también a él. ¿Y si un día se da cuenta de que no tiene por qué avergonzarse de ser quien es? ¿Y si la verdad sale a la luz igualmente? Lo cierto es que aquella noche no fue lo que se dice precavido. Así que, si lo pillan con otro, ¿podría venirse abajo la historia?

Dejo que mi mirada se pose un momento en Luke, en ese rostro que tanto amo. ¿Hasta dónde llegaría por protegerlo? Iría tan lejos como fuese necesario. Si se me ocurriera una forma de eliminar a Grady del todo, probablemente lo haría sin dudar.

La Juliet malvada ha dado un paso al frente y se ha puesto justo en el centro, como si nunca se hubiese ido. De ahora en adelante, voy a necesitarla mucho.

Luke cruza la habitación hacia mí.

—¿Podemos ir a algún sitio a hablar?

Grady está observándolo todo. Tengo que terminar con esto de una vez.

—No —le respondo—. Y deja de intentar llevarme aparte todo el rato. La gente ya está comentando cómo te perseguí cuando saltaste por primera vez. Me estás haciendo quedar mal. Mañana me voy a Los Ángeles. No me llames ni me mandes mensajes. Esto se acabó.

Le desaparece el color de la cara.

—No puedes estar hablando en serio. —Jamás le había oído la voz así de ronca, así de vacía.

—Nunca podré mirarte a los ojos sin ver lo que perdí —miento con la garganta tan cerrada que apenas me salen las palabras.

Echo una última mirada a su cara de asombro y dolor y me voy directamente de la sala, incapaz de mantener la compostura ni un segundo más.

No sé cómo sobreviviré sin él, pero, por su bien, más me vale averiguarlo.

35

AHORA

Yo era una persona sin hogar cuando me mudé a Los Ángeles. La primera vez que un tío intentó algo conmigo en el albergue, le di un puñetazo en la garganta tan fuerte que me denunció. Mentí en las solicitudes de trabajo, robé comida en los supermercados, salí con el dueño de un club para conseguir bolos y me acosté con un productor para que me hiciera una maqueta gratis. Era despiadada y calculadora, las veinticuatro horas del día, y no tenía el más mínimo remordimiento por ello.

Algo se convirtió en piedra en mi interior el día que salí de la iglesia y me alejé de Luke. En ese instante, renuncié a toda esperanza de llegar a ser buena, o amada, o incluso feliz, en algún momento de mi vida. Decidí limitarme a sobrevivir y nada más. Y las cosas así fueron más fáciles.

Ahora, cuando contemplo la desconcertada expresión que tiene Luke en los ojos mientras nos sacan esposados del salón de baile, sé que tengo que volver a encontrar ese algo. Haré daño a quien haga falta —incluso a Donna o al propio Luke— para evitarle todo esto a él.

Donna corre a mi lado.

—Juliet, ¿qué está pasando?

En un mundo ideal, le contaría toda la verdad, la horripilante verdad, antes de que oyera la versión de Grady, pero no estoy segura de que la mía suene mucho mejor, y tengo miedo de que no haga lo que necesito que haga si se entera.

—Luke no hizo nada —susurro—. Sé que esto tiene mala pinta, pero hazme caso: Luke no tuvo nada que ver. Tienes que sacarlo de esta. Encuentra a Harrison. Y dile a Drew que llame a su abogado.

No estoy segura de que lo haga. Si yo fuese ella, no lo haría.

A Luke y a mí nos meten en coches patrulla distintos. No pronuncio ni una sola palabra y no lloro. Mantengo la compostura e intento decidir a quién llamaré cuando me tomen la ficha policial. ¿A mi agente, a alguien de la discográfica, a mi representante, al agente de Luke? ¿Quién perderá más dinero con nuestro arresto? ¿Quién se esforzará más en sacarnos de esta? No estoy segura.

De lo que no me cabe duda es de que ninguno se lo currará lo suficiente.

Cuando entro, la comisaría en pleno se da la vuelta para mirarme. Supongo que no todos los días se es testigo de la detención de una famosa con un vestido de satén hasta el suelo. Yo les devuelvo la mirada, a ver si encuentro a alguien que pueda ayudarme. Me fotografían y me toman las huellas dactilares y, mientras tanto, lo único que me pregunto es a quién puedo tirarme, amenazar o sobornar para que ayude a Luke.

—Nos gustaría hablar con usted sobre la noche en que Danny murió —dice el agente.

—Quiero hacer mi llamada.

—Son solo unas preguntas.

Me quedo mirándolo fijamente hasta que me da el teléfono.

Llamo a Ben, abogado de Drew y amigo mío. No creo que esté especializado en derecho penal, pero es más listo que el hambre. Entre Harrison y él, seguro que al menos consiguen que Luke salga en libertad bajo fianza hasta que se nos ocurra algo.

Responde al primer timbrazo.

—Juliet, no digas nada —me advierte—. Drew ya me lo ha explicado y estoy de camino. Tu amigo Harrison ya debe de estar allí. Vamos a solucionar esto.

Donna ha hecho lo que le he pedido. Por primera vez desde que ha empezado a desmoronarse todo, estoy a punto de echarme a llorar. Trago saliva.

—No te preocupes por mí…

—Si te he dicho que no digas nada, significa «nada» —gruñe—. Sí, sé quién te preocupa. Estamos en ello. Tú aguanta y mantén la boca cerrada.

Ben parece muy seguro de sí mismo, pero Ben siempre parece muy seguro de sí mismo. Y a lo mejor lo único que intenta es que me calle.

Me meten en una habitación con poca luz y un espejo de dos caras. Hay una silla de metal y una mesa de madera barata; es igualita a las que salen por la tele. Supongo que en cualquier momento entrarán dos detectives para jugar a «poli bueno, poli malo». Uno me ofrecerá agua, mientras el otro lanza sillas como un energúmeno.

Espero y espero, pero no entra nadie, hasta que apoyo la cabeza sobre los brazos cruzados e intento idear un plan alternativo en caso de que Ben y Harrison fallen. Sin embargo, no se me ocurre nada. Al final, en lo único que puedo pensar es en Luke a mi lado, meciéndose en una hamaca al tiempo que me dice que todo está bien. Y, en ese momento, sí que me pongo a llorar.

No sé cuándo las lágrimas ceden al sueño, pero me despierta el ruido de la puerta al abrirse. No tengo ni idea de cuánto tiempo ha pasado.

—Puedes irte —dice un tío de uniforme.

Lo miro fijamente, esperando alguna condición a cambio. Me espero a que me diga que Ben ha pagado la fianza o que tengo que comparecer en el juzgado dentro de una hora.

—¿Así sin más?

Arquea una ceja.

—¿Quieres quedarte?

Me llevan al mostrador de tramitación, y allí me devuelven el bolso y los tacones.

Harrison está esperando al final del pasillo con el esmoquin puesto todavía.

Abro la boca, y él niega con la cabeza para advertirme que no diga nada aún. Solo habla cuando se cierra la puerta y empezamos a caminar por el pasillo.

—Luke está bien.

—Pero ¿lo han soltado?

Vuelve a negar con la cabeza.

—Todavía no, pero creo que lo harán en breve.

—No lo entiendo —susurro—. Si tenían pruebas suficientes como para arrestarnos, ¿qué es lo que ha cambiado?

—Que las pruebas son totalmente circunstanciales. El invento de Luke alrededor del tobillo de Danny no demuestra nada. Grady les contó lo de tu aventura con Luke y que te peleaste con Danny la noche que murió. Eso les dio un móvil, pero ya no lo tienen. Donna se ha encargado de que así sea.

Me paro en seco.

—¿Donna?

—Ha sido ella la que le ha dicho a la policía que habló con Danny esa misma noche, y que él le dijo que iba intentar el mismo salto que Luke.

Yo estaba sentada con Danny cuando él habló con Donna. En ningún momento hizo alusión al salto.

Frunzo el ceño:

—¿Cómo? Eso no es…

Me corta advirtiéndome con los ojos y poniéndome una mano en el brazo. Sin embargo, su sonrisa es amable.

—Os quiere a Luke y a ti como si fueseis sus hijos, Juliet.

«Donna mintió», es lo que me está diciendo. Se acaba de enterar de que Luke y yo estábamos juntos, y de que Danny saltó por lo que hicimos, y aun así ha mentido para salvarnos a los dos.

Pero ¿eso también significa que nos ha perdonado? No me puedo imaginar a nadie capaz de hacerlo.

Me deja en la puerta del vestíbulo y me comenta que tiene que ir a encargarse de un par de cosas para Luke. Salgo yo sola y veo a Donna esperándome. Se levanta con los brazos extendidos, y voy directa a ella como la niña que sigo siendo por dentro. La quinceañera asustada que no tiene claro si alguien se ha preocupado por ella alguna vez.

Por fin obtengo mi respuesta. Ella se preocupó por mí. Siempre. Igual que Luke.

—Lo siento muchísimo —susurro.

Me abraza muy fuerte.

—Haría cualquier cosa por mis hijos…, por todos ellos. No soy estúpida. Sé que pasan muchas cosas de las que yo ni me entero. Pero lo único de lo que no me cabe ninguna duda es de que ni Luke ni tú le habríais hecho daño a mi hijo a propósito. Esto no fue culpa tuya, Juliet. No fuimos justos contigo. Hace mucho tiempo que me di cuenta de eso.

—Pero yo…

Sacude la cabeza.

—Tú nos necesitabas, y nosotros lo utilizamos a nuestro favor. Yo quería una hija, y Danny una historia de amor fácil y sin complicaciones. Pero eso no es posible con una chica complicada. Te pasamos por encima y tú nunca te quejaste.

—No tenía por qué. Vosotros me salvasteis.

Me aprieta la mano y se le saltan las lágrimas.

—Ay, y cómo te machacamos con eso, ¿verdad? Te decíamos de mil maneras lo afortunadísima que eras para que así te quedaras quietecita y no te salieras del tiesto. —Me lleva a una silla y se sienta a mi lado—. Yo tenía mis sospechas de que Luke y tú sentíais algo el uno por el otro. Si hubiese sido mejor persona, más fuerte, te habría dejado marchar, pero por aquel entonces lo que deseaba para mí era más importante que lo que deseaba para ti. Siempre lo quisiste, ¿a que sí?

—Lo siento —susurro—. También quería a Danny, pero de un modo distinto.

Me rodea con un brazo y dejo caer la cabeza en su hombro.

—Lo sé, cariño —me dice, y puedo oír la sonrisa en su voz—. ¿Por qué crees que os pedí a los dos que volvierais para ayudarme?

Nos quedamos así sentadas mucho tiempo, y en mi interior se abre una ventana. Ni un solo sermón del pastor logró hacerme creer en algo más grande que yo misma. Pero un amor como el de Donna, un perdón como el de Donna, es demasiado grande y hermoso como para que haya ocurrido por casualidad.

Puede que aún no crea en Dios, pero sí que creo en ella y en Luke, y ahora mismo… eso me basta.

Son las tres de la madrugada cuando llega Libby. Me pongo recta, en tensión. Me saluda insegura con la mano mientras Harrison la acompaña al interior de la comisaría.

No estoy segura de qué hace aquí ni de qué le diré como quiera hablar a la salida. Lo que sí me consta es que Grady le habrá dado una versión muy diferente de lo que pasó aquella noche, y tal vez debería limitarme a dejarla que se lo imagine. Después de todo, va a tener un hijo suyo en cuestión de meses, y mis advertencias llegarían demasiado tarde.

Solo ha pasado media hora cuando Harrison vuelve a salir con ella.

—Tu amigo Ben sigue ahí, pero todo pinta bastante bien —nos dice—. ¿Por qué no os vais a dormir un poco las dos? Creo que no lo soltarán hasta mañana.

Donna lo mira a él primero y luego a mí. Por la expresión que tengo en la mandíbula, sabe perfectamente que no me voy a ir a ninguna parte.

—Creo que nos quedaremos un poco más —le dice.

Nos sentamos de nuevo, y Libby lo hace en la silla contigua a la mía.

—Así que —empieza— menuda nochecita.

Se me escapa una risa temblorosa.

—Sí, supongo que sí.

—Lo siento —dice al tiempo que se le llenan los ojos de lágrimas—. Les he contado la verdad.

Trago saliva. «Mierda». A lo mejor esto no acaba como yo esperaba.

—¿Y qué verdad es esa?

—¿Aquella noche? ¿La noche en que Danny murió? —Se mira las manos—. Fue a Grady a quien Danny le gritó en la playa. Sé que todo el mundo creyó que era a Luke, y dejé que lo pensaran porque si todo salía a la luz no habría estado bien visto.

Donna y yo nos miramos.

—¿Si salía el qué a la luz? —pregunta ella.

—Que Grady era el que hacía presión para que no os fueseis a Nicaragua. Yo no estaba de acuerdo con él, pero sabía lo que estaba haciendo. Mucha gente lo sabía. Organizó reuniones y una campaña para escribir cartas en contra, y Danny se enteró. En aquel momento pensé que en realidad Grady solo quería el dinero para poder quedarse aquí, pero ahora… Ahora no creo que fuese por eso. —Traga saliva—. Anoche, Grady me dijo que le habías estado chantajeando. Que te inventaste una historia de que lo habías pillado en la playa con Ryan para que así no dijera nada de Luke y de ti. Solo que no te inventaste nada, ¿verdad?

Bajo los hombros. Me gustaría mentirle, pero no puedo, y menos cuando me lo pregunta así, sin rodeos.

—No, no me inventé nada. Lo siento mucho. Te lo habría dicho si hubiese podido. Pero Grady me dijo que culparía a Luke si yo decía una sola palabra.

Se queda callada un rato largo.

—Creo que yo ya lo sabía. No lo de la noche en la playa. Pero he ido encontrando cosas en casa, en su ordenador y en su teléfono. Siempre tenía una excusa, pero… creo que más o menos yo lo sabía.

—Se ríe en voz baja, para sí misma—. ¿Sabes de quién creo que estaba enamorado en realidad? De Danny. Nunca entendí por qué desde el principio te odiaba tanto. Y en aquel entonces siempre quería estar cerca de Danny, no de mí.

Pues claro. No sé por qué no se me había ocurrido antes: me odió desde el principio y nunca entendí por qué siempre quería estar con nosotros; le dijo a Danny que podrían dirigir la parroquia juntos después del ataque al corazón del pastor. Y luego, por lo visto, hizo todo cuanto estaba en su mano para que Danny no se marchara de Rhodes.

—¿Y qué vas a hacer? —pregunto.

—Pues venirse a casa conmigo, claro —suelta Donna—. Voy a necesitar ayuda. Hemos despedido a Hilary, por si no lo sabías. Dejó que Cash, el hombre que te había agredido a ti, nuestra mayor mecenas, asistiese a la inauguración. No creo que sea el tipo de persona que nos gustaría que tomara decisiones por nuestros niños. Libby, si no te importa llevarme a casa, te lo agradecería. Juliet, ¿puedo convencerte de que vengas con nosotras? Podrían faltar aún varias horas.

Quiero asegurarme de que realmente lo sueltan. Y de que no sale mal nada más.

—Me gustaría quedarme, a no ser que creas que igual Luke no me quiere aquí.

Ella ladea la cabeza.

—¿Y por qué no iba a querer?

Por tantos motivos que no sé ni por dónde empezar. Bueno, sí, que haya pasado esta noche en la cárcel por mi culpa sería un buen ejemplo.

—He mentido muchísimo, Donna —susurro—. A ti te he mentido, pero a él todavía más. Y le he hecho mucho daño. Una y otra vez.

Me coge de la mano y la sujeta en la suya.

—Cariño, todo lo hiciste por él. Lo va a entender. Y también entenderá que fue lo más sabio que podías haber hecho.

Trago saliva.

—Pero no lo fue… Lo que quiero decir es que no sirvió de nada. Lo más seguro es que lo empeorara todavía más.

Me sonríe.

—¿Habríais podido contratar a un abogado de primera, por no decir a dos, hace siete años? ¿Alguno de vosotros se habría podido permitir cualquier tipo de abogado en aquel entonces? Yo no podría haberos ayudado, y Luke habría acabado perdiendo los patrocinadores hiciéramos lo que hiciésemos. Así que ¿cómo puedes decir que no sirvió para nada?

Me muerdo el labio.

—Tengo la sensación de que no va a funcionar.

—Juliet, no tienes esa sensación porque no vaya a funcionar. Tienes esa sensación porque aún no te crees merecedora de un final feliz. Pero por una vez, solo por mí, ten un poco de fe.

Me levanto y me quedo abrazada a ella mucho rato. Las personas pueden minarte la confianza hasta hacerla añicos. Pero algunas también son el modo de que vuelvas a descubrir una semillita de algo en tu interior; algo tierno, esperanzador y lleno de amor; algo que germinará.

Lo había sentido solo una vez en mi vida. Y, de nuevo esta noche, Donna me ha ayudado a ver que sigue ahí.

Abrazo a Libby, y las dos empiezan a alejarse, pero antes Donna se vuelve y me dice con los ojos muy brillantes:

—Por cierto, Juliet, cuando lo suelten y todo salga como te he dicho, tómate un día o dos, ¿quieres? Todavía tenemos la habitación en el hotel, al fin y al cabo. Os veré a los dos cuando hayáis descansado.

—Y en ese momento Donna, la esposa del anterior pastor, me guiña un ojo. Y Libby, la esposa del actual pastor, se para detrás de ella, con los ojos de par en par, articulando: «Dios mío», antes de hacerme el gesto del pulgar hacia arriba.

La comisaría está relativamente tranquila las horas siguientes. Siento que llamo ridículamente la atención con este vestido de satén rojo, pero al final me duermo y sueño con Luke acurrucado contra mí.

«Esta es la hamaca más incómoda en la que me he tumbado nunca», le digo.

«No es demasiado tarde. Aún podemos irnos a París».

Presiono mis labios contra su cuello. Qué raro, huele a limpiacristales.

«Creo que tenemos que comprar una hamaca nueva».

—Jules —dice, pero este no es el Luke de los sueños. Es el Luke de carne y hueso. Abro los ojos: estoy tumbada a lo largo de dos sillas y él está arrodillado frente a mí.

Tiene la cara desencajada y aprieta la mandíbula. Ha pasado la noche en la cárcel por mi culpa, y me pregunto si la ha pasado pensando en lo mucho que ha sufrido a mi costa, año tras año. Tuvo que ver cómo accedía a casarme con Danny después de que le dijera que me escaparía con él; después de años de quererme desde la distancia y de hacer todo lo posible por cuidarme. Y luego tuvo que ver cómo yo me marchaba y actuaba como si él nunca me hubiese importado.

—Vamos —dice levantándose.

Me pongo de pie a trompicones y lo sigo al exterior; la luz del sol, demasiado brillante, me ciega y parpadeo varias veces para acostumbrarme. Camina hacia el lateral de la comisaría, y yo voy tras él, con el corazón en un puño.

Está mirando su teléfono. Parece que lo hace aposta, como intentando ignorarme.

—¿Luke? —Le toco el codo—. Yo...

—Este es nuestro coche —dice como si yo no acabara de intentar llamar su atención, y señala con la cabeza un Kia que entra en el aparcamiento. Su voz es fría y distante. Me trata como a una mujer que le ha roto el corazón, que casi logra que lo inculpen de asesinato o que se ha pasado siete años mintiéndole. Y todo eso soy yo, así que ¿por qué no iba a hacerlo? Trago saliva mientras me deslizo en el asiento trasero.

—¿Al Obsidian? —pregunta el conductor.

Luke asiente, mirando por la ventana, apretando la mandíbula todavía más.

—Sí, gracias.

El conductor nos observa por el retrovisor y abre los ojos como platos al reconocerme. Imagino en qué se convertirá todo esto, si es que no es ya una gran historia. Pero a estas alturas no me importa. Solo necesito saber en qué punto estoy con Luke.

—Luke —susurro—, ¿podemos hablar?

Cierra los ojos. Hasta el sonido de mi voz le resulta insoportable.

—Aquí no —sisea sin mirar hacia mí.

Continuamos el trayecto en silencio, a través de barrios donde los niños caminan hacia la parada del autobús y por algún pueblo en el que decenas de personas hacen cola para tomarse un café, antes de dirigirnos finalmente hacia la playa.

Donna estaba equivocada. No va a perdonarme. Aprieto la cara contra las manos y respiro hondo varias veces entre los dedos. ¿Cómo voy a sobrevivir a los próximos días? ¿Cómo sobreviviré a los próximos años, a las próximas décadas?

—Ya hemos llegado —dice Luke mientras un aparcacoches le abre la puerta.

Salgo tras él e ignoro las miradas de curiosos cuando lo sigo hasta el vestíbulo. No se para ni un momento, se mete directamente en el ascensor, y, solo cuando ya estamos los dos dentro, por fin me mira.

Abre la boca y niega con la cabeza, sin decir nada.

Llegamos a la suite. Entro y él me sigue, dejando que la puerta se cierre tras de sí.

Se me llenan los ojos de lágrimas y me vuelvo hacia él.

—Luke, lo siento. Lo siento muchísimo, joder.

Se quita la chaqueta y la lanza al sofá, se tira de la pajarita y la deshace del todo. Y luego se lleva las manos a la frente antes de pasárselas por el pelo.

—Por el amor de Dios, Juliet. ¿Qué cojones?

Me limpio con la mano las lágrimas que han empezado a caer.

—Lo sé. Ya lo sé. Lo siento mucho.

Me mira fijamente, con los ojos brillantes de la ira.

—¿Tienes idea de lo que he pasado? ¿Tienes idea de lo que han sido estos últimos siete años, intentando olvidarte?

Siento cómo la pena me ahoga. Ni siquiera puedo responder. Me limito a llevarme la mano a la garganta.

—¿Sabes lo que hice después de que te marcharas del funeral de Danny? —me pregunta—. Volví a ese puto acantilado con la intención de saltar.

Inhalo, fuerte y rápido. Sabía que lo que hice le había hecho daño, pero, Dios mío, si hubiese llegado a saltar...

—No dejé de darle vueltas y más vueltas, y las únicas cosas que me impidieron hacerlo fueron dos: el daño que le haría a Donna y la remota posibilidad de que tú entraras en razón.

—Luke, pensé que estaba haciendo lo que tenía que...

—¡He esperado años a que volvieses a mí, Juliet! —grita y empieza a deambular por la estancia—. Ese es el tiempo que tardaste en convencerme de que todo había terminado. ¿Y resulta que todo era mentira? ¿Por qué no me lo dijiste?

Me meto las manos en el pelo.

—¡Porque, si lo hubieses sabido, no habrías podido avanzar en la vida! Te habrías enfrentado a Grady, habrías ido a la policía, lo habrías jodido todo y, aunque no hubieses acabado en la cárcel, ¡habrías perdido todos los patrocinios que tenías! Me vi en la obligación de hacerlo. El surf lo era todo para ti.

Deja de caminar y me mira fijamente, ensanchando los agujeros de la nariz.

—No. Tú lo eras todo para mí. El surf es con lo que me gano la vida.

Me apoyo en la pared que tengo detrás. Cree que metí la pata y quizá fue así. O tal vez logré que no entrara en la cárcel. No puedo retractarme de nada, así que lo único que me queda es asegurarme de que sepa la verdad antes de que se marche.

—Quería que fueras feliz más de lo que nunca he querido nada para mí. Si crees que los últimos siete años no han sido horribles para mí, entonces no entiendes nada. —Se me quiebra la voz—. Si crees que los últimos siete años no han sido una tortura, entonces es imposible que me quieras como yo te quiero a ti, como te he querido desde que entraste por primera vez en la cafetería. Porque cuando amas a alguien con esta intensidad, sí, claro que mentirás a él y por él, joder...

Mis palabras mueren cuando acorta la distancia entre nosotros, y me pega contra la pared enmarcándome la cara con sus manos.

—Ni se te ocurra decirle a un hombre que te ha esperado diez años que tú lo quieres más.

Acerca la boca a la mía, con dureza y suavidad a la vez, con rabia y amabilidad. Me agarro a su cintura solo para mantener el equilibrio, solo para no deshacerme ahí mismo o desplomarme al suelo.

Necesita un afeitado. Yo necesito una ducha. Pero le estoy aflojando el cinturón, y él me está bajando la cremallera del vestido.

—Ni te imaginas lo enfadado que estoy contigo ahora mismo, joder —dice metiéndome los dedos en el pelo para levantarme la cabeza hacia la suya—, y, al mismo tiempo, nunca te he querido más que ahora.

Vuelve a besarme, y al fin lo veo. Me va a perdonar. Desde el principio, iba a perdonarme. Puedo tener defectos, puedo hacer cosas terribles, pero su amor por mí siempre será más grande que todo eso.

Gime cuando introduzco la mano en sus calzoncillos y empiezo a tocarlo.

—A la cama —me exige desabrochándome el sujetador.

Tiro de él hacia la habitación sin más ropa que el tanga. Se quita la camisa por la cabeza y yo me subo al colchón, abriendo bien las piernas mientras él se arrodilla entre ellas.

Tiene su inmensa polla, que ya gotea, en la mano.

—¿Estás lista para mí, Juliet? —pregunta con los ojos brillantes, deslizando un dedo por debajo de mi tanga y metiéndomelo—. Claro que sí. Estás empapada. Siempre lo estás.

Echa el tanga a un lado, se pone encima de mí y empuja. Los dos gemimos al unísono, y por primera vez ninguno tiene que silenciarlo.

Empieza a moverse y me clava los dientes en el hombro cuando jadeo. Es desesperado, frenético, y cuando por fin me contraigo a su alrededor, incapaz de contener el orgasmo un momento más, él se corre unos segundos después que yo.

—Oh, joder —sisea—. Sí.

Gime cuando por fin se libera y se desploma sobre mí, recorriéndome la cara y el cuello con suaves besos.

—Te quiero —susurro—. Te quiero con toda mi alma.

—Ya era hora de que no tuviera que sacártelo —refunfuña y, cuando me río, al fin me devuelve una sonrisa reticente—. Yo también te quiero. Pero supongo que eso ya lo sabías.

—Lo siento. Siento que estuviéramos separados. Siento que hayamos tardado tanto en llegar hasta aquí.

Apoya los labios en mi cabeza y me acerca con sus brazos.

—No me importa cuánto tiempo hayamos tenido que esperar, siempre que acabes siendo mía. Te dije que te esperaría toda la vida, pero me alegro de no haber tenido que hacerlo.

Quiero seguir hablando con él. Quiero contárselo todo, pero supongo que ahora ya tenemos todo el tiempo del mundo para hacerlo. Los dos estamos de acuerdo en salir de la cama y darnos una ducha, pero, en lugar de eso, con la brisa que se cuela entre las cortinas y el rugido del océano como ruido de fondo, nos quedamos dormidos.

Es exactamente igual de maravilloso a como lo había soñado.

Me despierto sola. Me giro en la cama hacia el balcón, donde Luke, en calzoncillos, contempla el horizonte. Ya ha amanecido, y el color violeta del alba está dando paso a tonos naranjas y rosas.

Me pongo su camiseta y cruzo la habitación, rodeándolo por detrás con los brazos, sonriendo mientras apoyo la cara en su espalda desnuda.

—Anda, vete a surfear, que sé que lo estás deseando.

Se da la vuelta y me abraza contra su pecho.

—He tenido una idea. —Me coloca un mechón de pelo detrás de la oreja—. ¿Has vuelto a intentar hacer surf desde aquel día en Malibú?

Me quedo en tensión.

«Malibú». Qué felices y qué desgraciados éramos al mismo tiempo. Y qué inocentes, aunque ninguno de los dos lo pensara en aquel momento. ¿Qué habría pasado si me hubiese ido con Luke? ¿Si hubiéramos salido del agua juntos, hubiéramos recogido nuestras cosas y nos hubiésemos marchado en silencio? Danny me habría odiado, pero seguiría vivo. Y yo no le habría hecho tanto daño a Luke.

Pero no podemos retroceder en el tiempo. Lo único que podemos hacer es empezar de nuevo y no dejar que nada se interponga entre nosotros.

—¿Surf? No. —Deslizo mis dedos entre los suyos—. Pero hay un montón de gente alojada en el hotel este fin de semana. Llamaríamos demasiado la atención allí juntos los dos. Mañana habría fotos en todas partes.

Endereza la espalda y se aleja.

—A lo mejor ayer necesitábamos hablar más de lo que yo pensaba. —Su mirada se vuelve fría—. ¿Hay alguna razón por la que todavía no quieres que la gente lo sepa?

Acorto la distancia que nos separa y apoyo la boca en el centro de su esternón.

—Por mí, puedes lanzar panfletos desde un avión por todo Los Ángeles anunciándolo a bombo y platillo. No tiene nada que ver con eso. Es que tú eres un surfista profesional y yo una principiante de mierda. La gente de la playa se partirá de risa al verme, y sentirá lástima por ti.

Relaja los hombros. Vuelve a rodearme con los brazos y me apoya los labios en la cabeza a modo de disculpa silenciosa. Supongo que le va a llevar un tiempo superar lo mal que fueron las cosas en el pasado. A mí también me costará.

—Te puedo asegurar que ningún hombre heterosexual sentiría lástima por mí, y la última vez lo hiciste muy bien, pero hasta dentro de unas horas no habrá demasiada gente. Podríamos bajar ya.

El agua estará fría y estas olas son más grandes que las de Malibú.

—No tengo neopreno —argumento débilmente—. Me congelaré.

Me dedica una sonrisa socarrona.

—Hice que te trajeran uno ayer. Está en recepción.

Me río.

—Así que ¿yo era algo seguro?

—Juliet Cantrell —susurra y me estrecha contra él—, tú no has sido en tu vida algo seguro.

Noto cómo se me ponen duros los pezones.

Levanto los ojos hacia los suyos.

—Ahora mismo, soy algo bastante seguro.

Me levanta tan deprisa que pego un grito ahogado, me pasa las piernas alrededor de sus caderas y empieza a caminar hacia la cama. Sonríe.

—No te vas a librar de hacer surf. Pero supongo que eso puede esperar.

Una hora más tarde llegamos a la playa. El sol ya ha salido del todo, y el cielo se tiñe de rosa y azul. A excepción de unos cuantos surfistas en el agua y un viejecillo con un detector de metales, tenemos el lugar para nosotros solos.

Me remolca hasta que llegamos a la rompiente. Incluso con el neopreno puesto, el agua está muy fría, pero hace sol, y Luke sonríe tan joven y tranquilo como hace siete años.

Con su ayuda, y tras varios intentos fallidos, al fin logro coger una ola.

La última vez que lo hice fue en Malibú, y ahora, igual que entonces, sonríe, pero en su mirada hay algo más profundo esta vez. Algo más serio.

Empiezo a remar hacia él y, por alguna razón, él también rema hacia mí. Me alcanza y coge la parte delantera de mi tabla, tirando de ella para acercar nuestras caras.

—Cásate conmigo —dice.

Esta vez, no le pondré ninguna objeción. Si estoy dispuesta a meterme en esta agua congelada y a desafiar las gigantescas olas con tal de estar cerca de Luke Taylor, no creo que me vaya a quejar de esto.

—Pon la fecha. Y tendremos que comprar una hamaca.

Se inclina sobre mi tabla y me besa un rato muy muy largo.

—Lo antes posible. Y la hamaca la encargué ayer.

Parece que, después de todo, sí tendremos nuestro final feliz. Habría esperado toda mi vida, pero me alegro de no haber tenido que hacerlo.

EPÍLOGO

Es verano y ya empieza a salir el sol. Me despierto y me siento fatal por haber dormido hasta tan tarde, aunque hace solo un año para mí la hora de acostarme era el amanecer, y no precisamente con un buen sueño reparador.

Nadie me va a decir que no duerma tanto, y el que menos mi marido, pero yo sigo siendo un poco supersticiosa con el tema. Cuando se va a hacer surf por las mañanas, me gusta estar ya despierta para recordarle que tenga cuidado, aunque ahora probablemente la advertencia es innecesaria. Las olas de la costa norte de Oahu resultan intimidantes todo el año, pero, desde que supimos que estaba embarazada, se arriesga menos.

Me lavo los dientes, me echo agua en la cara y leo un mensaje de Libby mientras me dirijo a la terraza de atrás.

Me ha enviado una foto de George, su hijo, con toda la cara llena de yogur morado.

Libby

Solo te voy preparando para lo que te espera dentro de un par de meses...

Me río. Puede que su vida haya cambiado todavía más que la mía: ahora es madre soltera —Grady abandonó el estado después de que lo destituyeran—, y ella supervisa el Hogar de Danny, que parece estar a punto de convertirse en una institución a nivel nacional.

Al final, el artículo del *New York Times* se limitó a contar una historia acerca de cómo superar una tragedia, algo que podría haber estado relacionado con el gran número de publicistas y agentes —los de Drew, los de Luke y los míos— que llamaron al periódico y acusaron a la periodista de falta de imparcialidad.

Llego a la terraza y miro a lo lejos, observando a los chicos en el agua. Es imposible saber cuál de todos es mi marido hasta el momento en que lo veo meterse en la ola, deslizándose por su pared sin esfuerzo. Navega la superficie y luego entra en el tubo, donde desaparece un momento. Contengo la respiración y no la suelto hasta que vuelve a salir. Este es el precio que tiene amar a Luke: el miedo, estos momentos de angustia... Pero, después de tantos años separados, lo pago encantada.

¿Quiénes habríamos sido en otra vida, si hubiésemos seguido los caminos que otros nos marcaron? Él podría haber estudiado empresariales y haberse dedicado al marketing o a las ventas. Yo podría ser la esposa de un pastor que se pasa el día escondiendo cada parte verdadera de mí misma, o una profesora de música que no hace más que pulsar el botón de repetición de la alarma cada mañana porque no quiere ir a trabajar.

Sin embargo, ahora Luke llena su día con las cosas que le gustan, y yo hago todo lo posible por seguir su ejemplo. Montamos un estudio de grabación en casa, y el álbum que estoy escribiendo ahora es mejor y más personal que cualquier otra cosa que haya hecho en mi vida. Llegó un momento en que pensé que estaba vacía, agotada, que no había nada que me importara lo suficiente como para ponerle música... Cuando, en realidad, estaba todo tan enterrado que casi me había olvidado de que seguía ahí.

Ojalá estuviese aquí Donna para oírlo, pero al menos vivió lo suficiente para otras cosas. Nos vio casarnos en la playa, al atardecer y con solo un puñado de invitados, y llegó a presenciar cómo el Hogar de Danny funcionaba a pleno rendimiento.

El final le llegó poco después de la primera Navidad de la institución, y allí estuvimos con ella. El día antes de morir me dijo que no tenía miedo.

«Estoy a punto de volver a ver a Danny. ¿De qué podría tener miedo?».

Espero, por su bien, que tuviese razón.

Luke se deja caer en otra ola y empieza a remar hacia la orilla. No está sonriendo, pero sé que lo que veo en su cara es alegría pura.

Se baja la cremallera del neopreno y deja que le cuelgue de las estrechas caderas mientras se sacude el pelo. Cada día, todos los días, estoy rodeada de hombres que no tienen prácticamente ni un gramo de grasa corporal y con músculos que la mayoría de las personas no saben ni dónde están; y, sin embargo, la única belleza que me sigue sorprendiendo, la única a la que no acabo de acostumbrarme, es la de Luke. Empieza a acercarse a mí, mientras yo bajo los escalones de la terraza para llevarle una toalla.

—Nena —refunfuña—, creía que ya habíamos hablado de lo de bajar a la playa en pijama.

Me río.

—Estoy embarazada de ocho meses y esto no es precisamente un *négligé*. Lo único que voy a hacer es asustar a estos tíos y que no quieran casarse nunca.

—No tienes ni idea de lo equivocada que estás —dice atrayéndome hacia él. Está mojado, pero no me importa. Acerca la boca a la mía—. En cuanto a lo del embarazo, he oído un rumor que dice que mantener relaciones sexuales a veces hace que las cosas se aceleren.

Me río otra vez. Menciona ese «rumor» unas cien veces al día.

—Sí, me parece que yo también lo he oído en alguna parte.

Tiro de él hacia la hamaca que ha colgado entre dos árboles. Me deja subir a mí primero, ahora como un pato, antes de tumbarse a mi lado y pasarme un brazo por debajo de la cabeza. Nos columpiamos con la brisa, viendo cómo el sol inunda el mundo de colores. Dentro de un momento, lo llevaré al interior para que haga tortitas. Igual comprobaremos una vez más si ese rumor que ha oído es cierto. Pero todavía no.

Ahora no quiero estar en ningún otro lugar.

FIN

Este libro se terminó de imprimir
en el mes de julio de 2024.